Insa Segebade (Hrsg.)

Nordisches Land

Erzählungen

Bibliografische Information der Deutschen Nationalbibliothek:
Die Deutsche Nationalbibliothek verzeichnet diese Publikation
in der Deutschen Nationalbibliografie; detaillierte
bibliografische Daten sind im Internet über dnb.de abrufbar

Coverfoto: Folkert Mensing
Herstellung und Verlag: BoD – Books on Demand, Norderstedt

ISBN: 978 3 75287 959 9

Inhaltsverzeichnis

Seite:

Kathrin Bargmann   4
Ozeanblau

Lena Kristin Busker   18
Ohne Titel

Folkert Mensing   48
Pohjoinen Maa – Nordisches Land

Svenja Schöngart   62
No fixed Rules

Stephanie Petrowsky   77
Farbenspiel

Jennifer Lohei   98
Ascolta il tuo cuore - Höre auf dein Herz

Dennis Wachtendorf   111
Mein Freund, Alexander

Paulina Kyora   130
Mein Mond ist dein Mond

Linnea Penk   160
Fünfzehnminutenzwanzig

Kathrin Bargmann

Ozeanblau

In ihrem Körper vibrierte und dröhnte es, als würde jemand auf ihrem Brustkorb Schlagzeug spielen. Bunte Lichter zuckten durch den Raum und ermöglichten immer wieder einen grellen Blick auf die sonst von Dunkelheit umhüllte Menschenmenge. Das leuchtende Stakkato verwandelte die Menschen augenscheinlich in Roboter, die sich mit kurzen, stockenden Bewegungen zum Rhythmus drehten und wendeten, stampften und hüpften. Die Melodie schien ihre Adern wie Blut zu durchströmen, der Bass trommelte wie ihr Herz in ihrer Brust und versorgte den Körper mit seinem Lebenselixier. Ronja liebte diesen Club. Hier konnte sie sie selbst sein, sich ungeachtet der Blicke der anderen bewegen und einfach gehen lassen, sich der Musik hingeben. Es kam ihr manchmal so vor, als wäre der DJ auf wundersame Weise der einzige Mensch auf der Welt, der sie verstehen würde. Und wenn auch nicht in der richtigen Welt, dann wenigstens für den Moment in ihrer eigenen kleinen Welt jede Samstagnacht auf ihrer Lieblingstanzfläche.

Ronja kam für gewöhnlich alleine her, sie hatte nicht sehr viele Freunde. Nur eine gute Freundin hatte sie, und die war das komplette Gegenteil von Ronja. Sie war einen Kopf größer als Ronja, hatte langes, schwarzes Haar wie eine persische Prinzessin, welches sie immer offen trug, damit sie sich hinter ihrer wilden Mähne verstecken konnte. Sie hatte ein rundliches Gesicht und war leicht pummelig. Ronja beneidete sie um ihre Figur, sie fand Emmas weiblichen Kurven klasse. Emma wiederum beneidete Ronja um ihre schlanke Linie. Nicht nur das, Emma sah in Ronja so etwas wie ihr Idol. Und damit war sie nicht alleine, nahezu jeder schien sie zu lieben. Schon in der Schule war das kleine, zierliche Mädchen mit der süßen Stupsnase und den engelsgleichen Locken das beliebteste der Klasse gewesen. Die Mädchen wollten so sein wie sie, und die Jungs wollten mit ihr befreundet oder, im Laufe der Jahre, besser noch in einer Beziehung mit ihr sein. Ronja hätte also nie Probleme damit gehabt, einen großen Freundeskreis um sich zu scharen oder einen Freund zu finden. Und dennoch war sie lieber alleine ihren Weg gegangen. Kein Mensch hatte es je geschafft, ihr Interesse derart zu wecken, dass sie ihn wirklich kennen lernen wollte. Dabei hatte sie überhaupt nichts gegen Menschen. Sie fand sie weder grundsätzlich nervig noch falsch noch hatte sie Berührungsängste. Es war nur ganz einfach so, dass sie sie für eine engere Beziehung zu wenig interessierten. Langweilig wäre wohl die passende Beschreibung.

Als sie Emma traf, war das ganz anders. Das schüchterne Mädchen hatte sie auf eine ganz neue Art und Weise in ihren Bann gezogen. Ronja konnte sich nie erklären, was es war, das sie faszinierte. Ob es ihre schüchterne Erscheinung war, ihr Lachen, das, ganz anders als Emma selbst, den ganzen Raum einnahm, oder ihre warmen, haselnussbraunen Augen, die Geborgenheit ausstrahlten. Aber schon nach kürzester Zeit wusste Ronja, dass ihre neue Arbeitskollegin ihre Freundin werden sollte.

Aber da Emma nicht der Typ war für große Menschenmengen, die sich zu ohrenbetäubender Musik mit ihren verschwitzten Körpern aneinander rieben und sich für eine halbwegs gelungene Konversation gegenseitig ins Ohr schrien, war Ronja auch heute alleine unterwegs. Unterhalten wollte Ronja sich sowieso nicht an diesen Abenden, es ging ihr einzig und allein ums Tanzen. Und das konnte sie alleine am besten. Und so schwang sie ihre Hüfte und tanzte sich mit geschlossenen Augen die Seele aus dem Leib.

Einige Lieder später brauchte sie eine Verschnaufpause. Sie zwängte sich durch die feiernde Meute an den Rand der Tanzfläche und machte sich auf die Suche nach einer Sitzgelegenheit. Gerade als sie sich an zwei Männern vorbeischieben wollte, hielt einer von ihnen sie am Arm fest, beugte sich zu ihr rüber und hauchte ihr ins Ohr: „Na du Süße, wohin des Weges so ganz allein? Setz dich doch zu uns, auf meinem Schoß ist noch ein Plätzchen frei."

Sie verdrehte genervt die Augen. Seine schmierige Hand umklammerte noch immer ihr Handgelenk. Die Haare waren glatt zurückgegelt, sein Hemd spannte über dem Bauch und der Brust und gewährte einen ungewollten Blick auf seine Brusthaare. Sein Atem war eine Mischung aus Bier- und Tabakgestank. Ronja wendete den Blick auf den leicht dümmlich grinsenden Kumpel, der sie von oben bis unten musterte.

Ekelhaft, dachte sie sich nur, zog ihren Arm aus dem Griff und entgegnete: „Das trifft sich gut, ich suche einen Platz für meinen Freund, dann schick ich ihn mal zu dir!" Mit einem aufgesetzten Lächeln drehte sie sich um und setzte ihren Gang fort. In ihren Gedanken tobten ganz andere Worte, solche, die man lieber nicht aussprechen sollte, wenn man sich Ärger ersparen wollte. Ronja schimpfte so gut wie nie und hatte auch, soweit sie sich erinnern konnte, niemanden je wirklich beleidigt. Wahrscheinlich kam sie auch deswegen bei ihren Mitmenschen so gut an, weil sie immer ihre Fassade bewahrte und wie das liebe, kleine Mädchen von nebenan wirkte. Dass sie Schimpfwörter in ihrem Repertoire hatte, die der härteste Gangsterrapper nicht einmal kannte, und in ihrem Kopf Kämpfe gegen Idioten wie die Männer aus dem Club austrug, von denen selbst Muhammad Ali nur träumte, musste ja niemand wissen. Außerdem gefiel ihr diese Rolle des unschuldigen Mädchens, immerhin war sie sich ihrer Beliebtheit auch durchaus bewusst.

Ronja hatte sich wieder einigermaßen beruhigt und ließ sich endlich erschöpft auf eine Bank fallen. Auf der Tanzfläche hatte sie sich körperlich verausgabt, aber auch Situationen wie diese strapazierten sie. Das zierliche Mädchen war eigentlich schon immer selbstbewusst, schlagfertig und hatte auch keine Angst vor solchen Männern. Aber mitunter kostete es sie einiges an Anstrengung, um ihre Beherrschung nicht zu verlieren. Sie schloss für einen Moment die Augen und atmete tief ein und wieder aus. Sie blendete alle Geräusche aus, bis die Musik nur noch wie durch Watte gedämpft in ihren Kopf eindrang. Sie spürte, wie ihr Puls sich verlangsamte, bis er eine normale Geschwindigkeit annahm. Die Hitze, die ihr zu Kopf gestiegen war, akklimatisierte sich und wich zusammen mit der leichten Röte langsam aus ihrem Gesicht.

Vorsichtig massierte sie ihre Schläfen, streckte die Beine und kreiste ihre Füße, als sie plötzlich das Gefühl hatte, beobachtet zu werden. Am anderen Ende der Bank hatte zu Beginn eine Gruppe Mädchen gesessen, das wusste Ronja. Einen kurzen Moment später waren diese aufgestanden und an ihren Beinen langgestrichen, auch das hatte sie mitbekommen. Dass sie nun aber das Gefühl hatte, aus derselben Richtung angestarrt zu werden, bereitete ihr ein mulmiges Gefühl. Sie versuchte, sich unauffällig zu benehmen, damit der Beobachter sich nicht ertappt fühlen würde. Also öffnete sie langsam ihre Augen. Im Augenwinkel nahm sie eine Bewegung wahr, etwas Blaues zuckte durchs Bild. Sie ließ aber den Blick erst bemüht lässig durch den Raum schweifen, um schließlich auf dem anderen Ende der Bank zu verharren: Doch das war leer. Ronja atmete hörbar die Luft aus, die sie, ohne es zu bemerken, angehalten hatte. Ihr wäre nun wirklich nicht nach einer weiteren schlechten Anmache zumute gewesen, aus der sie sich hätte entziehen müssen. Entspannt sah sie sich also wieder im Club um.

Eigentlich ist es doch jedes Wochenende dasselbe, dachte sie sich. Fast alle Menschen hier sind mit ihren Freunden unterwegs. Der Alkohol hat sein Bestes getan, um ihre Sinne zu vernebeln. Die einen stehen den ganzen Abend an der Bar und kundschaften mögliches Flirtpotenzial aus, die anderen wandern ruhelos vom Tisch zur Tanzfläche, zur Bar, zum Raucherraum und wieder zum Tisch, um diesen Abend bloß so legendär wie möglich werden zu lassen. Wieder andere versuchen verzweifelt, auf der Tanzfläche die Blicke auf sich zu ziehen, sprechen gelegentlich die ein oder andere Person an und fallen am Ende des Abends doch wieder einsam und ohne neue Bekanntschaft in ihrer Junggesellenbude ins Bett. So jemanden wie sich selbst hatte Ronja hier noch nie entdeckt, geschweige denn kennen gelernt. Es schien wohl doch eher unüblich, alleine in einer Diskothek aufzukreuzen und nur herzukommen, um die Musik und die Stimmung zu genießen.

Sie seufzte und sah auf ihr Handy. Es war zwar noch früh, aber sie war müde, und die Lust aufs Tanzen war ihr vergangen, also entschied sie sich dazu, den Heimweg anzutreten. Um die beiden Männer machte sie dieses Mal einen großen Bogen, zwängte sich geschickt durch die Feierwütigen und wurde noch ein letztes Mal angerempelt. Endlich draußen angekommen, hielt sie einen Moment lang inne, sog genüsslich die kalte frische Nachtluft ein und blickte dabei in die Sterne. Ihre Wohnung war nicht weit entfernt, und so wollte sie gerade ihren Fußweg angehen, als sich ihr jemand von hinten näherte und ihr Handgelenk griff. Empört und nun doch bereit, auch ein wenig ausfallender zu werden, drehte sie sich um und wollte gerade ihren Gedanken freien Lauf lassen, als es ihr schlagartig die Sprache verschlug. Vor ihr stand nicht etwa wieder der lästige, schmierige Typ, sondern jemand anderes. Jemand Fremdes. Und doch schien er ihr gar nicht fremd zu sein, als er da so wortlos vor ihr stand und sie von oben herab eindringlich ansah. Diese Augen!, dachte Ronja nur und war von seinem Blick gefesselt. Sie hatte das Gefühl, als würde sein Blick sie durchbohren, aber auf eine schöne Art und Weise, als würde er bis zu ihrer Seele durchdringen oder zumindest ihre Gedanken lesen können. In dem künstlichen Licht der Laterne konnte sie seine Augenfarbe nur schwer erkennen. Himmelblau?, fragte Ronja sich, war aber unzufrieden damit. Seine Mundwinkel umspielte währenddessen ein leichtes Lächeln, wobei der rechte Mundwinkel ein wenig höher saß als der linke. Sein Teint schien etwas dunkler zu sein, als wäre er gerade erst aus einem Urlaub in der Karibik zurück. Ein wenig verwirrt und eher widerwillig löste Ronja endlich ihre Augen von den seinen und blickte auf seine Hand, die sie noch immer festhielt. Ein blauer Ärmel! Er folgte ihrem Blick und löste ruckartig seinen Griff, als hätte sie ihn daran erinnert, sie auch wieder loszulassen.

„Oh, Entschuldigung!", ertönte nun zum ersten Mal seine weiche Stimme, begleitet vom schiefen Lächeln.

„Hast du mich auf der Bank beobachtet?", schoss es aus Ronja vorwurfsvoller heraus, als es ihr lieb war. Erschrocken über sich selbst, schnellte ihre freigewordene Hand vor ihren Mund. Das Handgelenk fühlte sich ohne seine wärmenden Finger irgendwie zu leer und beweglich an. Sofort spürte sie, wie ihre Wangen anfingen zu glühen.

Amüsiert schob er seine Hände in seine Jeanstaschen und legte den Kopf ein wenig schräg. „Wie hast du mich erkannt, war es der Geruch? Du konntest mich nämlich gar nicht sehen, du hattest deine Augen geschlossen."

Wie aufs Stichwort, ertappte Ronja sich dabei, wie sie versuchte, seinen Duft zu erhaschen. Er schien ein Parfum aufgelegt zu haben, aber kein aufdringliches, ganz dezent umschmeichelte es seinen eigenen Geruch. Er erinnerte sie an einen Spaziergang im Wald und ein gemütliches Kaminfeuer, an die Natur und Wärme.

„Es waren deine unverkennbaren stampfenden Schritte. Die spürt man schon aus weiter Entfernung", entgegnete sie mit einem neckischen Grinsen.

Der junge Mann lachte. „Du bist ganz schön frech, vielleicht überlege ich mir noch einmal, ob ich dir dein Handy wiedergebe."

Sie stockte und tastete automatisch ihre Jackentasche ab.

„Du hast es liegenlassen. Direkt bevor du rausgegangen bist. Ich hab's zufällig gesehen und…", fuhr er fort und blickte dabei etwas beschämt zu Boden.

Ronja nahm es ihm erleichtert ab. „Oh wow, wie gut, dass du es gefunden hast! Danke, echt. Wie kann ich meinem heimlichen Stalker jetzt dafür danken?"

Wieder brach er in lautes Gelächter aus. „Nenn mich lieber Nick. Und du musst dich nicht bedanken."

„Und was, wenn ich das aber möchte?", versuchte Ronja, den Augenblick noch ein wenig hinauszuzögern. Sie wollte nun gar nicht mehr nach Hause. Sie war wieder hellwach und fühlte sich wie elektrisiert. In der Luft schien eine Spannung zu liegen, die sie kaum aushalten konnte. Sie wollte sich bewegen, um sich daraus zu lösen, war aber gleichzeitig wie versteinert. Sie wollte ihn berühren und auch wieder nicht, weil sie Angst hatte, ihr Körper würde explodieren. Auch Nick stand ihr reglos gegenüber und schien in Gedanken versunken.

„Also?", unterbrach Ronja die Stille und versuchte, einen klaren Kopf zu bekommen.

Nick blinzelte, nahm einen tiefen Atemzug und schüttelte leicht den Kopf. „Äh, ach so, ja. Ich würde ja vorschlagen, dass du mich auf einen Drink einlädst, aber so wie's aussieht, wolltest du gerade gehen."

„Ja, eigentlich schon… Was hältst du von Kaffee? Morgen vielleicht?" Ronja fummelte nervös an dem Reißverschluss ihrer Jacke herum. Es war eine laue Sommernacht, aber sie fühlte sich, als würde sie mitten in der prallen Sonne der Sahara stehen.

„Morgen hört sich gut an. Ich, ähm… Gehst du ganz alleine nach Hause? Soll ich mitkommen? Ich meine… Das hörte sich doof an, eigentlich denke ich nur, du solltest vielleicht nicht nachts alleine durch die Straßen laufen."

Wieder verlor sie sich in seinem durchdringenden Blick. Nur langsam sickerten seine Worte zu ihr durch, schlugen aber umso heftiger ein. Er will sich mit ihr treffen! Sie war sich sicher, man würde ihren Herzschlag durch ihre Jacke hindurch sehen, und in ihrem Bauch breitete sich ein unbekanntes Gefühl aus. Das müssen diese Schmetterlinge sein, von denen jeder spricht, ging es ihr durch den Kopf. „Ja klar. Äh, also wir können gerne noch ein Stück zusammen gehen."

Die beiden lächelten sich schweigend an und bewegten sich immer noch nicht vom Fleck. Er machte schließlich zögerlich einen Schritt auf sie zu, was sie ebenfalls aus ihrer Starre löste. Als wäre ihr schlagartig wieder etwas eingefallen, drehte sie sich ruckartig um und lief schnellen Schrittes los.

Den Blick auf den Boden gerichtet, liefen die beiden nebeneinander her. „Musst du nicht deinen Freunden Bescheid sagen?", durchbrach Ronja plötzlich die nächtliche Stille.

„Ich war alleine da."

Ronja sah auf. Alleine, genau wie sie. Neugierig studierte sie sein Profil. Erst jetzt fiel ihr der angedeutete Dreitagebart auf. Seine tiefschwarzen Haare waren an den Seiten etwas kürzer, oben war die dicke, leicht gewellte Matte ein wenig wild, aber wirkte dennoch gekonnt in Form gebracht. Sie hatte das Bedürfnis, ihre Finger darin zu vergraben. Als er ihren forschenden Blick bemerkte, wendete sie ihn schnell wieder nach vorn. Ronja spürte, wie ihre Wangen glühten.

Nun sah Nick sie aufmerksam an. „Und warum warst du alleine da? Du bist doch viel zu hübsch, um alleine in einen Club gehen zu müssen."

Das sagt der Richtige, dachte sie sich, erwiderte aber nur: „Ich tanze am liebsten allein."

„Dann hast du noch nicht mit der richtigen Person getanzt." Er blieb stehen und grinste sie mit einem Zwinkern im Lächeln an. Mit einer leichten Verbeugung streckte er ihr seine Hand entgegen und fragte: „Darf ich die Dame um einen Tanz bitten?"

Ronja stand wie angewurzelt vor ihm und wusste nicht, ob es sich um einen Scherz handeln sollte. Verwirrt und ein wenig hilflos sah sie sich um. Die beiden befanden sich mittlerweile auf einer Brücke über den Main. Sie hatte gar nicht bemerkt, wie weit sie schon gekommen waren. Die Brücke war durch kleine Straßenlaternen beleuchtet, wobei das Licht von großen, weißen Bällen ausging. Von hier aus erinnerten die Laternen sie immer an lauter kleine Monde, welche sich dann vom Blick aus ihrer Wohnung über die schlafende Stadt in unzählige kleine Sterne verwandelten.

Ein wenig zögerlich ergriff sie schließlich seine Hand und trat auf ihn zu. Im selben Moment zog er sie auch schon schwungvoll an sich und legte seine Hand um ihre Hüfte. Ronja schnappte nach Luft. Wollten die beiden im Takt ihres Herzens tanzen, würden sie wohl einen Quickstepp aufs Parkett legen. Sie spürte die Wärme, die sein Körper ausstrahlte, und seinen Atem auf ihrem Gesicht. Wieder sog sie genüsslich seinen Duft ein. In ihrem Kopf rauschte es, sie konnte keinen klaren Gedanken fassen. Sie schauten sich gegenseitig tief in die Augen, als würden sie darin versinken. Wie in den Tiefen des Ozeans, ging es Ronja durch den Kopf, als sie leise flüsterte: „Ozeanblau." Nick sah sie fragend an, aber sie schüttelte nur lächelnd den Kopf.

„Fehlt nur noch die Musik", stellte er daraufhin sachlich fest und kramte sein Handy samt Kopfhörer aus seiner Jackentasche. Sanft streifte er ihre Haarsträhne zurück und klemmte sie hinters linke Ohr, um ihr den Kopfhörer vorsichtig einzustecken. Die Berührung seiner Finger hallte auf ihrer Wange nach und ließ sie verlegen lächeln. Mit ernster Miene wählte er ein ruhiges Klavierstück aus und steckte sich den zweiten Ohrstöpsel ins rechte Ohr. Behutsam legte er seine Hand wieder auf ihre Hüfte und begann, ihre Körper langsam hin und her zu schaukeln. Ronja ließ sich einfach von ihm führen und vergaß alles um sich herum. Und sie fühlte sich von Nick verstanden, so ganz ohne Worte. Als würde das dünne Kabel zwischen ihnen nicht nur ihre Ohren, sondern auch ihre Gedanken und Gefühle verbinden.

Als das Lied zu Ende war, ertönte plötzlich ein lauter Popsong, welcher auf eher geschmacklose Art und Weise irgendwelche wackelnden Frauenpopos besang. Die beiden wurden aus ihren Träumen gerissen, blieben stehen und schauten sich einen Moment lang verdutzt an. Dann konnten sie nicht mehr an sich halten und brachen beide in lautstarkes Lachen aus. Nick nahm den beiden die Kopfhörer wieder aus den Ohren und verstaute das Handy in seiner Tasche. Mit einem breiten Grinsen stützten sie sich auf die Mauer der Brücke. Den Blick auf den Flusslauf gerichtet, umhüllte sie erneut die nächtliche Ruhe. Nur das Wasser flüsterte ihnen leise seine Geschichten zu. Die Nacht hatte für Ronja immer etwas Magisches, aber noch nie hatte sie sich so aufgehoben und vollkommen gefühlt. Da packte sie plötzlich das Bedürfnis, Emma von Nick zu erzählen. Die wird vielleicht Augen machen, dachte sie mit Vorfreude darauf, ihre beste Freundin an ihrem Glück teilhaben zu lassen.

Während sie dem Plätschern so lauschte, hatte sie immer noch den Popsong im Ohr. Zunächst nur ganz leise, wie einen lästigen Ohrwurm, den man nicht mehr loswird. Mit der Zeit wurde er jedoch immer lauter und schien auch gar nicht mehr aus ihrem Kopf zu stammen. Für einen Moment dachte sie, Nick hätte sein Handy nicht ausgestellt und das Lied würde immer noch aus seiner Tasche ertönen. Sie wendete sich zu ihm, um ihn darauf anzusprechen, doch die Worte blieben ihr im Hals stecken. Neben ihr stand niemand mehr. Hektisch sah Ronja sich um. Weit und breit keine Menschenseele. Gerade als ihr die Angst die Luft zuschnürte, schreckte sie hoch. Nun dröhnte ihr der Song wieder klar und deutlich in den Ohren, drängte sich ihr geradezu schmerzhaft auf, warf sie unsanft in die kalte Realität, ihr Blick auf die tanzende Menge gerichtet. Nick war weg, die Brücke und die kleinen Straßenlaternen, die wie Sterne funkelten, das alles war weg. Stattdessen saß sie immer noch auf derselben Bank, auf der sie vor einer Weile eingeschlafen sein musste. Ronja dämmerte es: Das war alles nur ein Traum gewesen – ihre Benommenheit wich langsam der traurigen Erkenntnis, doch bevor die Melancholie über das vermeintlich Verlorene sie packen konnte, musste sie unwillkürlich schmunzeln. Vor ihren Augen schwebten Nicks Umrisse, seine Gesichtszüge und seine wuscheligen Haare. Seine Stimme klang in ihren Ohren, und seine Berührungen hatten glühende Stellen auf ihrer Haut hinterlassen. Sogar seinen Duft schien Ronja wahrzunehmen. Sie schüttelte fassungslos den Kopf. Sie hätte schwören können, das alles tatsächlich erlebt zu haben, so real hatte es sich angefühlt. Fasziniert von dieser Erfahrung, fasste sie nun wirklich den Entschluss, ihrer besten Freundin darüber zu berichten. Bei dem Gedanken daran, huschte ihr schon wieder ein Lächeln übers Gesicht. Sie sah Emma schon genau vor sich, wie sie dem Traum eine tiefe Bedeutung zusprach und Ronja erklärte, welche Rückschlüsse sich daraus nun auf ihr Liebesleben ergaben. Darüber kam sie selber ins Grübeln. Warum träumte sie so etwas überhaupt? Inmitten feiernder Fremder am Rande der Tanzfläche? Nick war alles, was sie bisher vergeblich in einem Menschen zu finden versucht hatte. Vielleicht musste sie erst davon träumen, um die Realität zu erkennen: So jemand wie Nick, der existiert wohl auch nur im Traum. Mit einem ernüchterten Blick auf die Tanzfläche, sah sie sich nacheinander einige Männer an, nur um am Ende die chauvinistischen Idioten von vorhin wieder zu entdecken. Mit einem lauten Seufzen entschied sie sich dazu, den Abend zu beenden und den Heimweg über die mondbeschienene Brücke anzutreten, auf der sie vor ein paar Minuten noch eng umschlungen mit Nick getanzt hatte.

Am nächsten Morgen wachte Ronja auf und sah als erstes in diese faszinierenden blauen Augen. Sie hatte sich Nicks Anblick so sehr eingeprägt, dass sie ihn wahrscheinlich noch Jahre später aus bloßer Erinnerung lebensecht hätte nachmalen können. Und doch war die vergangene Nacht nur ein Traum. Ihre Gefühle hatten so unglaublich echt gewirkt und waren gleichzeitig so fremd. Auf ihrem Handy las sie eine Nachricht von Emma: „Hey Süße, hattest du einen schönen Abend?"

Bei dem Gedanken an den Abend legte Ronjas Herz tatsächlich wieder einen Schnellsprint ein, sie hätte vor Glück am liebsten geschrien, so berauscht fühlte sie sich immer noch von dieser vermeintlich magischen Erfahrung. Ihre Finger rasten über den Touchscreen und tippten eine schnelle Antwort an ihre beste Freundin: „MainCafé. 14 Uhr."

Das Café hatte den jungen Pharmareferentinnen seit Anbeginn ihrer Freundschaft als Treffpunkt gedient, hier wurden Geschichten aus Kindheitstagen ausgetauscht, Lästereien über Kunden und Arbeitskollegen geteilt und die neusten Lebensweisheiten aus Emmas Ratgebern, die sie in ihrer Freizeit verschlang, diskutiert. Sogar der ein oder andere Traum wurde hier schon analysiert, jedoch hatte sich keiner bisher derart real angefühlt.

„Was bist du denn so hibbelig?", fragte Emma stirnrunzelnd, nachdem sich die beiden an ihren Stammtisch gesetzt hatten. In dem kleinen Erker eröffneten die Halbbogenfenster einen Blick über die Fußgängerzone hinüber auf den Main. Bei einem warmen Becher Cappuccino genossen die Mädchen hier von oben das Treiben der shoppenden Menschenmengen oder, wie heute, der Sonntagsspaziergänger.

Ronja grinste breit. „Ich habe jemanden kennen gelernt. Naja, nicht wirklich, aber er ist gewissermaßen und sprichwörtlich mein Traummann. Er ist groß, hat dunkle Haare, unglaubliche Augen…"

„Ja warte mal, was heißt denn dein Traummann? Hört sich an wie Ian Somerhalder, aber den wirst du wohl kaum kennen gelernt haben", unterbrach Emma ihre Schwärmerei.

Ronja verdrehte die Augen. „Neeiiin, erzähl keinen Quatsch. Okay, also eigentlich habe ich auch niemanden kennen gelernt.

Ich war gestern vom Tanzen total kaputt und habe mich zum Ausruhen hingesetzt, als ich plötzlich eingeschlafen bin und dann…"

Weiter kam sie nicht, denn Emma prustete lauthals los und übertönte mal wieder raumerfüllend die Geschichte mit ihrem Lachen. „Du bist was? Im Club eingeschlafen? Mann Ronja, wie tief hast du denn ins Glas geblickt! Warte, lass mich raten. Dein Traumprinz hat dich wachgeküsst und ihr seid glücklich gemeinsam in den Sonnenuntergang geritten oder was, jetzt geht's aber los!" Emma hielt sich den Bauch vor Lachen.

Ronja wartete stirnrunzelnd den Fantasieausbruch ihrer Freundin ab. „Hast du's dann, du Doofi? Ich find's doch auch witzig. Aber warte, es wird doch erst noch interessant: Ich hatte dann jedenfalls einen Traum, der einfach unheimlich real war! Und darin hab' ich diesen Typen kennen gelernt, Nick. Und wir haben dann die wundervollste Nacht meines Lebens miteinander verbracht. Ganz im Ernst, ich habe sowas noch nie gefühlt, das weißt du. Es war, als würden wir uns kennen. Schon ewig. Als wäre alles völlig klar, niemand muss etwas sagen, weil beide schon Bescheid wissen."

„Ach, du redest von dir und mir, sag das doch gleich", neckte Emma sie.

„Nur, dass ich ihn auch küssen wollte", entgegnete sie lachend. Und so ließ sie mit ihrer Freundin den ganzen Traum noch einmal Revue passieren, von den vertrauten Worten über die verzehrenden Blicke, von der ersten Berührung bis zur letzten. Die beiden Mädchen saßen noch Stunden im Café und schwärmten von Nick, malten sich die kühnsten Fantasien aus und diskutierten über ihre jeweiligen Vorstellungen von ihren Traummännern. Heimliche Wünsche wurden ausgetauscht und auf Gemeinsamkeiten hin überprüft. An der ein oder anderen Stelle konnten sich die beiden Freundinnen vor Lachen kaum noch halten. Glückselig saßen sie sich gegenüber, schauten sich verstehend in die Augen und hatten beide überhaupt nicht das

Gefühl, jemanden zu missen. Sie wussten, dass sie einander von ganzem Herzen dieses traumhafte Glück wünschten. Und bis es so weit war und auch darüber hinaus, hatten sie ja sich, diese wunderbar wertvolle Freundschaft.

„Los, darauf stoßen wir an", sagte Emma. „Auf unsere Freundschaft. Ich bestell' uns einen Sekt." Sie winkte den Kellner heran.

Ronja war wieder in Gedanken versunken. Als der Kellner herannahte und mit sanfter Stimme fragte: „Na Mädels, was kann ich euch bringen?", wurde sie schlagartig wach und fühlte sich gleichzeitig in ihren Traum zurückversetzt. Ihr Herz machte einen Hüpfer, ihr Bauch kribbelte und sie sah hinauf in seine Augen: Ozeanblau.

Lena Kristin Busker

Ohne Titel

Von Schutzengeln habt ihr sicher schon mal gehört. Kleine, dicke, geflügelte Wesen, Menschen ähnlich. Die hinter, über oder vor den Menschen herlaufen beziehungsweise fliegen und sie vor dem Bösen beschützen. Die vielleicht dafür sorgen, dass jemand den Bruchteil einer Sekunde später das Haus verlässt, und der herabstürzende Ast von dem großen Baum vor der Tür sie somit verfehlt. Oder die dafür sorgen, dass ein schlimmer Autounfall nicht tödlich endet. Ich bin mir sicher, dass jeder so sein eigenes Bild von Schutzengeln im Kopf hat. Von Religion zu Religion haben Schutzengel andere Bedeutungen und Erscheinungen. Aber ich kann euch sagen, das könnt ihr alle gleich mal vergessen. Keine eurer Vorstellungen und Wünsche ist wahr. Die Wahrheit ist, wir sehen weder aus wie Menschen, noch sind wir kleine, dicke Wesen mit Flügeln. Wir legen auch keine Steine in den Weg, die euch davor beschützen, euch weh zu tun, wir können genauso wenig irgendjemanden von irgendetwas abhalten. Wir können nicht mal jemandem das Gefühl geben, er müsse jetzt nach euch fragen oder sehen. Vielleicht gibt es Wesen wie diese, aber wenn, habe ich sie noch nicht kennen gelernt, und ich kann euch versichern, dass ich ihnen nur zu gerne sagen würde, was für einen verdammt schlechten Job sie da manchmal machen. Aber egal, zurück zu uns, oder sollte ich sagen zu mir?
Vielleicht wundert sich nun der ein oder andere, wer ich bin. Aber das einzige, was ich euch mit Sicherheit sagen kann, ist, dass ich nichts von dem bin, was ihr euch vorstellt. Genau genommen bin ich gar nicht. Und ich kann auch nicht wirklich etwas. Aber ich existiere. Jetzt habe ich euch schon so viel erzählt, über mich oder eher das, was ich nicht bin. Aber eigent-

lich soll es hier gar nicht um mich gehen. Vielleicht am Rande ein bisschen, weil ich das bin, was eurer Vorstellung eines Schutzengels am nächsten kommt.

Nein, vielmehr soll es um sie gehen, ach richtig, ihr kennt sie ja noch gar nicht. Aber ihr werdet sie kennen lernen. Es geht um meinen Schützling. Um den Menschen, der da gerade vor dem Spiegel steht, in dem winzigkleinen Badezimmer. Die maritime Dekoration an der Wand ist verstaubt. Auf dem Spiegel, in den sie blickt, dem sie ganz nah gekommen ist mit ihrem Gesicht, sind Zahnpastaspritzer. Sie steht auf Zehenspitzen, um sich besser sehen zu können, weil sie nicht besonders groß ist. Sie leistet sich mal wieder ein Starr-Duell. Dieses Menschenspiel, bei dem zwei Menschen sich tief in die Augen schauen, und wer zuerst wegschaut oder lacht, der hat verloren. Nur dass sie es mit sich selber spielt, ganz alleine, nur mit ihrem Spiegelbild. Und die Gefahr, dass sie anfängt zu lachen, ist verschwindend gering. Nein, eigentlich ist sie nicht vorhanden.

Die Knöchel an ihrer Hand sind schon ganz weiß, weil sie sich so verkrampft am Rand des Waschbeckens festklammert. Verzweifelt auf der Suche nach ein bisschen Halt, den sie in ihrem Leben so sehr vermisst. Und wieder tropft eine Träne aus ihren vom Weinen ganz rot gewordenen Augen in das Waschbecken. Die Träne sucht sich still und leise einen Weg hinunter in das Abflussrohr und verschwindet heimlich. So, als hätte es sie nie gegeben.

Ich sitze auf dem kleinen Brett vor dem Fenster, das mehr eine Nische in der Wand ist, durch das ein wenig Licht von draußen hereinkommt. Ich sitze einfach da und beobachte sie. Holle. Meinen Schützling. Dieses kleine, zerbrechliche Menschenwesen. Sie ist so zerbrechlich. So dünn, weil sie es kaum aushält, etwas zu essen. Nicht selten beobachte ich sie dabei, wie sie in genau diesem Badezimmer vor der Toilette steht und angewidert das Essen wieder auskotzt, welches sie in sich hineingezwungen hat, damit ihre Eltern sich keine Sorgen mehr machen. Obwohl Holle es den anderen Menschen nicht verrät, so spüre ich deutlich, dass sie das zum einen tut, um zu verschwinden, und zum anderen weil sie denkt, dann wäre sie nicht mehr diejenige, die Männer schön finden.

Sie trägt auch heute wieder ihren Lieblingspullover. Mit langen Ärmeln, damit sie diese über ihre Hand ziehen kann, und man nur noch ihre Fingerspitzen sieht, mit diesem großen Kragen, in dem sie allzu gerne ihr Gesicht versteckt, wenn sie nicht angesehen werden möchte. Und der sie warm zu halten vermag, in einer Welt, in der sie sonst nur Kälte verspürt. Sie ist jetzt 17 Jahre alt. 17 junge Jahre, aber wenn man in ihre Augen sieht, denkt man, sie wäre um einiges älter, so viel wie sie schon miterlebt und gesehen hat. Sie steht da also vor ihrem Spiegel und weint bitterlich.

Ich weiß nicht genau, warum sie weint, aber irgendwie wäre es auch nicht Holle, wenn sie nicht weinen würde. Vielleicht war es wegen des Streits mit ihren Pflegeeltern. Sie sind mal wieder sauer auf sie, weil sie es erneut nicht geschafft hat, zur Schule zu gehen. Schule, das ist für ihre Eltern das Wichtigste. Sie sagen immer, Holle bräuchte einen geregelten Tagesablauf, damit es ihr bessergehen würde. Aber dass sie sich in der Schule so fremd fühlt wie sonst nirgendwo, dass sie immerzu Angst hat, etwas Falsches zu tun und sich die Blicke der anderen auf ihrer Haut anfühlen, als würde jemand ein Feuerzeug daranhalten, das wissen sie nicht. Sie würden es vermutlich auch nicht verstehen.

Ich wünschte, ich könnte Holle irgendwie helfen. Sie in den Arm nehmen und sie spüren lassen, dass sie nicht alleine ist. Manchmal versuche ich, ihr eine Hand auf die Schulter zu legen in der Hoffnung, sie würde merken, dass ich da bin. Obwohl wir das nicht dürfen. Aber ich habe sie so in mein Herz geschlossen, dass ich es trotzdem ab und zu mache. Obwohl ich mir sicher bin, sie spürt mich nicht. Vorsichtig lasse ich mich auf ihrer Schulter nieder und blicke nun in das Zerrbild von ihr im Spiegel. Ihre dunkelbraun gefärbten Haare verbergen einen Teil ihres Gesichts und verschwinden in dem Kragen ihres Pullis. Langsam wird ihre Atmung etwas ruhiger, und das Schluchzen wird leiser, bis es vollends verstummt. Sie schaut sich selber noch einmal tief in ihre eigenen grün schimmernden Augen. Augen, in denen auch ich mich schon das ein oder andere Mal verlor. Wenn sie wütend, müde oder traurig ist, scheinen ihre Augen noch grüner und intensiver zu strahlen als sonst.

Mit einem tiefen Atemzug löst sie ihren verkrampften Griff vom Waschbecken. Ich spüre deutlich, wie ihre innere Anspannung in sich zusammenbricht. Es ist wieder einer dieser Abende, einer dieser Abende, der sehr schwierig werden wird, an dem sie mich braucht, mehr als sonst. Sie dreht den Wasserhahn auf, zieht ihre Ärmel ein bisschen höher und lässt das kalte Wasser ihre Arme umspielen. Sie spürt die Kälte kaum, nach und nach immer ein wenig mehr. Bis sie schließlich das Wasser wieder abstellt, sich die Hände an ihrer Jeans abwischt und fast schon wütend mit dem Handrücken die letzten Tränenbahnen aus dem Gesicht streift. Während sie beginnt, sich die Zähne zu putzen, setze ich mich wieder auf die Fensterbank und betrachte sie. Ich muss gestehen, nach dem heutigen Tag bin ich sehr froh, wenn sie endlich im Bett liegt und schläft, dann habe ich ein paar Stunden Pause, bevor wir gemeinsam in den nächsten Tag starten. Sie ist fertig mit Zähneputzen, streift ihren Pullover über den Kopf und hängt ihn sorgfältig auf den Haken an der Wand. Sie zieht sich zu Ende aus, vermeidet dabei den Blick in den Spiegel, streift ihr Nachthemd über und geht aus dem Badezimmer in ihr Zimmer zurück.

Sie zieht die Gardinen zu, schaltet das kleine Licht auf ihrem Schreibtisch an und stellt sich vor ihre rote Schreibmaschine. Obwohl ihr kleines Zimmer bis oben vollgestopft ist mit viel Krimskrams aus vergangenen Tagen, ist das ihr liebster Gegenstand hier. Auf dem Schreibtisch befinden sich unzählige

Zettelchen, auf denen die unterschiedlichsten Sachen geschrieben und gemalt sind. Ihre ganzen Wände sind geschmückt mit Worten. Worte, die nur sie kennt und liest, ganz abgesehen natürlich von mir. Ihre Eltern haben es aufgegeben, sie zum Aufräumen zu überreden, auch wenn sie das Chaos nicht gutheißen. Aber Holle fühlt sich hier wohl. Es ist wie ihr eigenes kleines Versteck, in dem sie sein kann, wer sie ist, ohne darüber nachdenken zu müssen, wer sie ansieht und wer was über sie denkt.

Holle setzt sich an ihren Schreibtisch, nachdem sie ihre Katze vorsichtig vom Stuhl aufgehoben und neben ihr Kopfkissen gelegt hat. Die Katze ist zwar aufgewacht, aber beschwert hat sie sich nicht, sie kennt dieses Ritual und legt sich jeden Abend wieder auf den Stuhl vor dem Schreibtisch, obwohl selbst sie inzwischen genau wissen müsste, dass Holle sie sowieso wieder aufs Bett legen wird. Aber vielleicht macht das Tier dies ja auch absichtlich. Sobald Holle am Schreibtisch sitzt, legt sie ein Blatt ein und beginnt, sanft in die Tasten der Schreibmaschine zu drücken. Die rhythmischen Klickgeräusche der Tasten beruhigen sie. Ich spüre deutlich, wie ihr Herzschlag einen langsameren Rhythmus annimmt und ihr Körper die letzten Anspannungen des Tages von sich abstreift. Ich bewundere, wie sie mit den Worten umzugehen vermag. Manchmal sitzt sie hier bis spät in die Nacht und schreibt seitenlange Texte, manchmal zaubert sie mit den Worten die schönsten Gedichte, die ich je gelesen habe, und manchmal reicht ihre Kraft nur für ein paar kleine Sätze.

Die langen Texte laugen sie total aus, es ist, als würde sie sich mit dem Schreiben selbst reinigen, als würde sie all die ungesagten Worte und Gedanken des Tages laut hinausschreiben. Bei den Gedichten ist es ganz anders, dafür braucht sie sehr lange, ihre Worte sind sehr gewählt, und sie denkt über jedes einzelne lange nach. Und die Sätze? Die machen mir Angst, es ist, als würde sie diese einfach so dahin spucken, damit sie endlich aus ihrem Kopf verschwinden, meistens zieht sie das Blatt danach aus der Schreibmaschine, zerknüllt es wütend und schmeißt es zu den anderen verhassten Wörtern in den Papierkorb. Wie jeden Abend setze ich mich auf ihre Schulter und warte gespannt ab, bis die ersten Worte mit dem Blatt oben aus der Schreibmaschine herauskommen.

Heute wäre ich gerne stärker.
Ich würde gerne mehr Farben sehen können.
Ich hätte gerne mehr Mut und Zuversicht.
Ich wäre gerne optimistischer.
Ich wünschte, ich könnte mich mögen.
Ich wünschte, wünschen würde helfen.
Ich hätte gerne jemanden an meiner Seite.
Ich wäre gerne weniger einsam.
Manchmal ist da zu viel ich und zu wenig du.
Manchmal will man sich nicht sehen und sieht dann nur sich.

Ja, so etwas schreibt sie häufig. Sie wünscht sich, wünschen würde helfen, und ich wünschte, sie würde sich mögen. Wenn sie sich mit meinen Augen sehen würde, dann würde sie sich genauso mögen, wie ich sie mag. Dies ist einer ihrer zu kurzen Texte. Er ist zu kurz, um all ihre Gefühle auszudrücken. Ich sagte ja, für mich wird das ein schwieriger Abend. Nachdem sie das Blatt aus der Schreibmaschine genommen und auf den Stapel von anderen beschriebenen Blättern auf ihrem Tisch gelegt hat, merke ich, dass sie ihre Traurigkeit und Verzweiflung und den Schmerz des Tages noch nicht überwunden hat. Das, was gleich kommt, würde ich euch gerne ersparen, genauso wie ich es mir und ihr gerne ersparen würde. Sie setzt sich auf ihr Bett, und ihre Augen sind schon wieder mit Tränen gefüllt, ich spüre, wie der Gedanke sie quält, dass sie sich in diesem Moment so fühlt, wie sie sich fühlt. Ich weiß, wie viel Mühe sie sich gibt, wie sehr sie sich wünscht, sie müsse diese

Gefühle nicht länger ertragen. Sie greift unter ihr Bett. Dieses Bett hat ihr Pflegevater nur für sie gebaut. Sie zieht eine kleine Kiste darunter hervor, darin befinden sich Verbandszeug, Taschentücher und die Klingen. Wie sehr ich mir in solchen Momenten wünsche, ich könnte ihr diese aus der Hand schlagen, ihr sagen, dass sie das nicht tun muss, dass sie nicht alleine ist, und vor allem wie sehr ich mir wünsche, ich könnte all die negativen Gefühle auf mich nehmen, damit sie einfach einschlafen kann. Aber auch heute Abend zieht sie die kalte Stahlklinge wieder durch ihre Haut. Atmet tief ein. Klebt ein Pflaster auf die Wunde und packt die kleine Kiste wieder zurück unter das Bett. Sie löscht das Licht und weint sich leise und einsam in den Schlaf. Wie benommen schaue ich ihr dabei zu. Schaue in dieses weiche Gesicht. Sie hat diesen Tag überstanden, wenn auch nicht unbeschädigt, aber sie hat es geschafft.

Am nächsten Morgen schreckt sie auf, als ihr Wecker sie aus wüsten Träumen reißt. Verschlafen steht sie auf und fühlt sich dabei wie fremdgesteuert. Sie zieht sich an und lässt das Frühstück wieder aus. Sie nimmt sich eine kleine Flasche Milch aus dem Kühlschrank und schmeißt diese in ihren Schulrucksack, in dem sich sonst nur ihr selbstgenähtes Federmäppchen befindet. Beim Verlassen des Hauses blickt sie auf den großen Kalender, der neben der Küche im Flur hängt. Ihre Mutter ist ein Planungs-Freak, alles, was so ansteht, landet sowohl in deren kleinem Kalenderbüchlein als auch auf diesem Familienkalender. Jeder hat dort eine Spalte. Heinz, ihr Pflegevater, Irmi, ihre Pflegemutter, und sogar ihr Pflegebruder Torben, der inzwischen eigentlich mehr bei seiner Freundin als hier zu Hause wohnt.

Holle verweilt einen Moment länger als sonst vor dem Kalender und starrt auf das Datum. Es ist der letzte Schultag vor den Herbstferien. Für sie bedeutet das, dass es ihr letzter Schultag an dieser Schule sein wird. Sie hat gemeinsam mit ihren Eltern entschieden, dass es vielleicht besser wäre, an eine andere

Schule zu wechseln. Holle hatte sich nicht getraut, ihnen zu sagen, dass sie der Meinung ist, ein Schulwechsel würde ihr nicht helfen. Es würde ihr nicht die Angst nehmen, Fehler zu machen, nicht die Angst nehmen, nicht gut genug zu sein. Vor allem aber wären auch die Schüler und Schülerinnen dort nicht anders. Sie sind alle so schrecklich pubertär und eigenartig. Holle hatte die anderen in ihrem Alter noch nie wirklich verstanden. Seitdem sie denken kann, fühlt sie sich wie ein Alien zwischen Wesen, die Holle ebenso wenig verstehen wie Holle sie. Dass daran auch ein Schulwechsel nicht viel ändern wird, davon ist Holle überzeugt. Sie hatte schon ganz verdrängt, dass heute also wieder einmal einer der letzten Tage an einer Schule sein wird.

Sie hat schon häufig die Schule gewechselt. Es fühlt sich fast ein bisschen an wie die Normalität. Schon als sie noch bei ihren leiblichen Eltern lebte, war ihr Leben unbeständig. Sie ist oft umgezogen, bis sie schließlich nach viel Schmerz, Tränen und vielen grausamen Geschehnissen in dieser Familie gelandet ist. Sie hat sich vom ersten Tag an hier willkommen gefühlt. Aber obwohl sie schon acht Jahre hier lebt, fühlt es sich nicht an wie eine richtige Familie. Sie sieht ihre Pflegeeltern zwar als Eltern an, aber sie hat es nie geschafft, sie Mama oder Papa zu nennen. Das fühlt sich für Holle einfach nicht richtig an. Obwohl diese Menschen alles getan haben, damit sie sich angenommen und geliebt fühlt, mussten sie doch einsehen, dass Holle keinen Menschen mehr so nah in ihr Leben lassen würde. Unzählige Male haben sie darüber gesprochen, und Holle vermochte nie, die richtigen Worte zu finden, um ihnen zu erklären, dass Irmi und Heinz nicht mehr für sie tun konnten, und es nicht an ihnen liege, dass sie sich fühle, wie sie sich eben fühlt. Genaugenommen weiß Holle das die meiste Zeit selber nicht so genau, aber auch damit hat sie sich irgendwie abgefunden.

Als sie endlich den Blick von dem Kalender abwenden kann, verlässt sie das Haus. Es ist noch nicht ganz hell draußen, und

sie würde sich beeilen müssen, um den Bus noch zu bekommen, der sie aus diesem Dorf bringt. Der Herbst ist ganz plötzlich gekommen, wie sie feststellen muss. Absichtlich lässt sie
ihre Füße über den von Laub bedeckten Weg schleifen und
beobachtet dabei, wie die gelb-orange-braunen Blätter vom
Boden aufgewirbelt werden und hinter ihr wieder ruhig zum
Liegen kommen. Sie mag den Herbst. Der Gedanke, dass bald
alles von Laub bedeckt ist und sich darunter zum Winterschlaf
bereitmacht, gefällt ihr. Obwohl sie an der Schule, zu der sie
nun ein letztes Mal fährt, keine wirklichen Freunde hat und
auch die Lehrer nicht vermissen wird, hat sie die ganze Busfahrt über ein mulmiges Gefühl und kann nicht aufhören darüber nachzudenken, wie dieser letzte Tag sein wird. Sie hat ihren
Mitschülern nicht erzählt, dass sie geht. Sie vermutete, es würde sowieso niemanden wirklich interessieren. Ihre Klassenlehrerin weiß natürlich davon, ist aber vermutlich sogar froh darüber. Bedeutete das für sie doch weniger Anrufe bei Holles
Eltern, weil sie mal wieder unentschuldigt fehlte. Auch wenn es
keinen Unterschied macht, ob Holle im Unterricht ist oder
nicht. Während der Busfahrt habe ich mich in ihrer Mantel-
tasche verkrochen, nah bei ihr, und fühle alles, was sie auch
fühlt.

In der Schule angekommen, setzt sie sich still und leise auf
ihren Platz in der Mitte der Klasse, hier fühlt sie sich am wohls-
ten. Vorne sitzen immer die, die von den Lehrern bemerkt werden wollen, die sich oft melden und immer aufmerksam zuhören. Zu denen gehört Holle nicht. Genauso wenig wie zu denen
ganz hinten, die nie aufpassen und nur an ihren Handys
hängen oder es witzig finden, die Vorderen mit kleinen Papier-
kügelchen zu beschießen. Holle ist dazwischen. Sie würde nie
auf die Idee kommen, sich im Unterricht zu melden, aber so
lange sie es schafft, sich auf den Unterricht zu konzentrieren,
was selten der Fall ist, ist sie interessiert und will lernen. Ich

mag es, sie in der Schule zu beobachten während der Stunden, wenn sie es schafft, ihre Gedanken zu kontrollieren und bei dem Unterricht zu bleiben. Dann fühle ich, dass sie sich normal fühlt. So normal, wie sie es nur selten schafft.

Auch heute sitzt sie auf ihrem Platz und beobachtet, wie nach und nach die Mitschüler den Raum betreten. Auch wenn sie Aufmerksamkeit hasst und es nicht mag, angesehen zu werden, wartet sie doch sehnsüchtig auf ein Zeichen von den anderen, dass sie sich verabschieden würden. Ohne auf den Unterricht zu achten, beobachtet sie ihre Mitschüler und spielt unter dem Tisch nervös mit ihren Ärmeln. Doch der Tag verläuft ganz normal. Erst in der vorletzten Stunde, die sie bei der Klassenlehrerin hat, wird sie zum Thema gemacht. Obwohl sie irgendwie den ganzen Tag darauf gewartet hat, will sie nun doch im Erdboden versinken und wünscht sich, unsichtbar zu sein, während die anderen ihr ein kleines Geschenk überreichen und sie mit den üblichen Phrasen bedenken, die sie nicht zum ersten Mal hört. „Wir werden dich vermissen" oder „Wir wünschen dir alles Gute für deinen weiteren Lebensweg".

Ich spüre deutlich die Verachtung, die Holle in diesem Moment spürt. Ich weiß, genauso wie sie, dass hier niemand sie vermissen wird. Die anderen haben von Anfang an hinter ihrem Rücken über Holle getuschelt, mit dem Finger auf sie gezeigt und sie nie wirklich angenommen. In der 11. Klasse haben sich neue Grüppchen gebildet. Die Klasse als Gesamtes kannte sich noch nicht. Aber Holle war kein Mitglied in einer dieser Cliquen. Obwohl sie sich wünscht, irgendwo dazuzugehören, konnte sie sich nie vorstellen, ein Teil von so etwas zu sein. Sie verachtet die anderen zwar nicht, aber sie würde nie so sein wollen wie sie. Da Holle es sich zum Hobby gemacht hat, Menschen zu beobachten, konnte sie auch in dieser Klasse sehen, wie oberflächlich alles war. Sie entdeckte kaum eine echte Freundschaft. Als sie die anderen heute so beobachtet, entdeckt

sie nicht mal echte Menschen. Aufgesetztes Lächeln und Lachen, aufgesetzte Freundlichkeit.

Als der Schultag endlich vorbei ist, verlässt sie die Schule ohne
einen Blick zurück. Das letzte halbe Jahr war sie hier durch die
Hölle gegangen, und obwohl ihre Zuversicht verschwindend
gering ist, dass es an der neuen Schule anders werden wird,
kann sie doch einen Funken Hoffnung in sich aufkeimen
spüren.

Zu Hause angekommen, beobachte ich Holle dabei, wie sie
ihren Rucksack in die Ecke des Esszimmers schmeißt, nachdem
sie die Flasche Milch, von der sie kaum etwas getrunken hat,
wieder zurück in den Kühlschrank gestellt hat. Ihre Eltern sind
noch nicht zu Hause, aber Irmi hat ihr am Morgen eine Schüssel
Salat in den Kühlschrank gestellt. Sie isst ihn gierig, nachdem
sie den ganzen Tag über so angespannt war, dass sie kein bisschen Hunger verspürt hat. Heute war alles in allem ein guter
Tag.

Wie jeden Abend setzt sie sich wieder an die Schreibmaschine,
doch heute scheint etwas anders zu sein. Sie sitzt da und schaut
die kleinen, schwarzen Tasten an. Ich spüre, wie sie versucht
herauszufinden, was genau sie eigentlich fühlt. Da ist die
Freude, Freude darüber, dass sie nicht wieder in diese Schule
gehen muss. Trauer und Angst, weil sie nicht weiß, was
kommt, und Wut. Ja, Wut darüber, dass sie auch Hoffnung
empfindet. Sie wollte doch nicht mehr hoffen, weil es jedes Mal
so schrecklich weh tut, wenn ihre Hoffnungen zerplatzen. So,
als wäre eine Seifenblase, die man gerade mit voller Liebe
betrachtet, die man bewundert, weil sie in der warmen Früh-
lingssonne in allen Farben des Regenbogens schimmert, an einem kalten Stück Eisen eines Zauns zerplatzt, und nur ein bisschen Feuchtigkeit und Kälte übrig bleibt.

Ganz langsam tanzen ihre Finger über die Tasten, immer wieder innehaltend. Weil sie sich erst sicher sein müssen, ob sie folgendes wirklich schreiben wollen:

Aufbruch, Abbruch
Aus dem Fenster und ins Leben
Die Tristesse in Ketten legen
Endlich Leben, Sonne fühlen
Nicht mehr verstecken, einfach berühren
Eine Welt in Scherben lassen
Nicht mehr sich und andere hassen
Einfach los und Neues schaffen
Auf den Brücken Segel raffen
Weiter vor und nicht zurück
Versuchen wir erneut das Glück

Sie nimmt das Blatt aus der Schreibmaschine und hält den Atem an, als sie das Geschriebene liest, als würde es nicht von ihr stammen. Sie betrachtet die Wörter, wobei sie das Blatt dabei übersieht, als würden die Buchstaben einfach in der Luft schweben. Sie schüttelt ihren Kopf ein bisschen verwirrt, legt das Papier vorsichtig oben auf den Stapel von anderen beschriebenen Blättern und geht gedankenverloren ins Bett. Sie schläft relativ schnell ein, und auch ich gönne mir etwas Ruhe. Als sie eingeschlafen ist, setze ich mich neben ihren Kopf auf ihr Kopfkissen und streiche ihr behutsam eine Strähne aus dem Gesicht. Ich wünsche mir so sehr für sie, dass der Schulwechsel ihr helfen wird. Ich will nicht immer wieder um sie bangen müssen, es tut mir immer wieder sehr weh, dabei zusehen zu müssen, wie sie weint. Und obwohl ich gerne an ihrer Seite bin, sind selbst mir ihre Gefühle manchmal fast zu viel. Arme, kleine, liebe Holle.

Die nächsten zwei Wochen vergingen wie im Flug. Holles Pflegeeltern waren in den Urlaub gefahren und haben sie alleine zu Hause gelassen. Sie hatten ihr zwar angeboten mitzufahren, aber sie wollte lieber den Herbst genießen, als jetzt irgendwo in Italien am Meer zu sitzen. Sicherlich mag sie das Meer, aber sie mag keine Urlaube und erst recht nicht, sich halbnackt irgendwo zeigen zu müssen. Außerdem bedeuten Urlaube immer nur, dass es irgendwann Stress geben wird. Für Holle bedeutete, zu Hause zu bleiben, dass sie den ganzen Tag ihre Ruhe hatte, weil niemand ihr sagte, was sie machen sollte. Sie verbrachte die Tage vor allem damit, sich in dicke Decken einzukuscheln und zu lesen; wenn das Herbstwetter es zuließ, sogar mit einem heißen Tee auf dem Balkon.

Obwohl sie in diesen beiden Wochen kaum sprach, fühlte ich, dass sie sich so lebendig fühlte wie schon lange nicht mehr. Sie ging zum Einkaufen nur in den Dorfladen am Ende der Straße, dort war nie viel los, und sie konnte schnell wieder in ihr sicheres Zuhause fliehen. Es gab Abende, an denen sie sich sehr einsam fühlte. Wie sehr ich mir in solchen Momenten wünsche, ich könne mit ihr reden, könnt ihr euch nicht vorstellen. Sie hat so viel zu sagen, sie hat so viele schöne Gedanken, so viele tolle Bilder im Kopf. Auch wenn diese oft durch ihren Selbstzweifel und die Traurigkeit verdeckt werden. Zum Ende der zwei Wochen spürte ich jedoch immer wieder, wie die Angst in ihr wuchs wie der Samen einer schnell wachsenden Pflanze. Einer dunklen, mit Dornen geschmückten Pflanze. Je näher der Tag rückte, an dem sie zu der neuen Schule gehen musste, die nun noch weiter weg war als die letzte, umso größer wurde diese Pflanze der Angst. Am Wochenende vor Schulbeginn kamen ihre Pflegeeltern zurück aus dem Urlaub. Stolz zeigten sie ihr die Urlaubsbilder, welche Holle sich gedankenverloren ansah und sich fast immer an den passenden Stellen zu dem äußerte, was gesagt wurde. Ihre Gedanken allerdings galten nur der neuen Schule.

Holle hat die ganze Nacht nicht geschlafen und sich den Kopf darüber zerbrochen, wie es wohl an der neuen Schule sein wird. Ihren Stundenplan hat sie bereits mitgeteilt bekommen. Heute würde sie Englisch haben, dann Geschichte und danach gleich Französisch. Dieses Mal will sie versuchen, das sprachliche Abitur zu machen. Holle ist ein Sprachfan, obwohl sie mit Fremdsprachen nicht so gut zurechtkommt. Aber sie ist nicht allzu unzufrieden. An der Schule, an die sie nun geht, gibt es ein Kurssystem. So, wie sie es verstanden hat, wird sie nicht mehr in Klassen unterrichtet, sondern selbstständig in Kurse gehen. Worüber Holle sich am meisten freut, ist, dass sie nun darstellendes Spiel als Prüfungsfach machen kann. Das gab es an ihrer alten Schule nicht, und sie freut sich sehr darauf, da sie irgendwann im Bereich der Theaterpädagogik arbeiten möchte.

Als ihr Wecker sie mit einem schrillen Ton weckt, fühlt Holle sich so, als hätte sie gar nicht geschlafen, aber ich habe sie beobachtet, und drei Stunden hat sie geschlafen. Sehr unruhig, aber immerhin geschlafen. Ach, liebe Holle, ich würde dir so gerne die Angst nehmen. Ich würde ihr gerne von meiner Zuversicht berichten, dass irgendwie alles gut werden wird. Ich weiß nicht genau warum, aber ich spüre einfach, dass es diesmal gut werden wird. Okay, gut ist vielleicht übertrieben, aber besser.

Als Holle sehr verschlafen und in ihrem Lieblingspulli versteckt die Treppe runterschleicht, sieht sie ganz unerwartet Irmi dastehen und sie breit anlächeln. „Hallo Holle, Liebes. Heute ist also der große Tag. Ich habe mir den Vormittag freigenommen, um dich zur Schule bringen zu können. So haben wir noch ein bisschen mehr Zeit zum Frühstücken. Wir werden um viertel nach sieben losfahren. Ist das okay, Schatz? Bist du aufgeregt?"

Diese Frage kann Holle in diesem Moment gar nicht beantworten. Aufgeregt? Ja, vielleicht, aber ihre Angst ist größer. Diese Angst vor den vielen neuen Menschen und dieser Schule, die so viel größer ist als die alte. Sie ist bisher nur einmal dort gewesen und ist sich ziemlich sicher, dass sie sich dort öfter verlaufen wird als ihr lieb ist.

„Mhm, irgendwie schon", murmelt sie vor sich her, und ich spüre ihren Unmut darüber, dass Irmi den Morgen mit ihr verbringen will. Holle wäre jetzt lieber alleine. Sie will jetzt nicht darüber reden, wie es ihr geht, was sie denkt oder fühlt. Nein, das will sie sicher nicht, genauso wenig wie sie etwas essen will. Bei dem Gedanken, jetzt essen zu müssen, fühlt sie sich, als würde ihr Magen sich verknoten.

Irmi schmeißt bei dem Versuch, eine Tasse Tee auf den viel zu vollgestellten Tisch zu stellen, ihr eigenes Wasserglas um. Ich sage euch, diese Frau ist so unfassbar tollpatschig, wenn ich nicht genau wüsste, dass sie nur Holles Pflegemutter ist, würde ich sagen, dass Holle diese Tollpatschigkeit von ihr geerbt hat. Das geht nicht, das weiß ich, aber sie sind sich in dieser Angelegenheit einfach sehr ähnlich. Holle setzt sich an den Tisch, reicht Irmi die Rolle Küchenpapier, die sich am anderen Ende des Tisches befindet, für genau diese Art von fast täglichen Unfällen, keine der beiden verliert ein Wort darüber. Holle zieht ihre Beine nah an ihren Körper und umarmt diese, um sie noch fester an sich zu ziehen und schaut ihre Pflegemutter an. Ich spüre, wie ihr Gedanken auf der Zunge brennen, die sie sich nicht zu sagen traut. Sanft lasse ich mich auf ihrer Schulter nieder und kann fast schon sehen, wie ihr Kopf qualmt bei dem Gedanken, wie sie die Worte am besten formen kann, um die Gedanken freilassen zu können.

„Du?", fragt sie leise. Irmi blickt nur auf, sagt aber nichts. „Was ist, wenn es nicht anders wird? Was, wenn es nicht hilft, dass ich die Schule wechsle? Ich… ich will euch nicht enttäuschen."

„Ach Holle, Liebes. Sei doch nicht immer so schrecklich pessimistisch. Wenn du das Ganze so angehst, kann das doch nichts werden. Du hast selbst gesagt, dass du die Schule toll findest. Kopf hoch, Brust raus und auf in den Kampf."

Oh nein, zielsicher in das nächste Fettnäpfen getreten, die Gute. Als würde es Holle jetzt helfen, wenn man ihr sagt, sie soll sich nicht so anstellen. Sie hat Angst, merkt Irmi das denn gar nicht? Sicherlich war das keine Absicht, aber ernsthaft? Holle hat es doch schon so deutlich gesagt, wie sie konnte. Ach, meine Holle, ich verstehe dich, auch wenn du das natürlich nicht wissen kannst. Holle isst Irmi zuliebe ein wenig Müsli mit Quark und gibt sich wieder ihren Gedanken hin. Im Auto versucht Irmi weiter, Konversation zu betreiben, aber Holle schafft es kaum, ihr zuzuhören. Nickt nur. „Ja, wird schon alles werden", murmelt sie mit einem Seufzen, obwohl sie da kein bisschen dran glaubt. Ich spüre, wie Holle sich nach und nach in sich zurückzieht. Sie wirkt dann so schrecklich kalt, als würde sie die Mauer um sich nochmal dicker werden lassen, selbst ich spüre das, obwohl ich sonst immer durch ihre aufgesetzte Art schauen kann. Heute fällt mir das deutlich schwerer als sonst. Aber natürlich kann ich verstehen, dass sie heute einfach stark sein will, auch wenn ich weiß, dass sie immer stark ist, vor allem in den Momenten, in denen sie glaubt, schwach zu sein.

Beim Verlassen des Autos setze ich mich auf ihre linke Schulter und halte mich an ihr fest in der Hoffnung, dass sie sich ein kleines bisschen sicherer fühlt. Ich bin da, Holle, ich bin für dich da, du bist nicht alleine. Wenn ich das nur lange und laut genug denke, vielleicht spürt sie es ja dann. Holle trifft sich am Eingang der Schule mir ihrer neuen Tutorin. So heißen hier die Klassenlehrer. Sie strahlt Holle breit an. So breit, dass man das Gefühl bekommen könnte, sie habe sich ihre Mundwinkel an die Ohrläppchen getackert, denn: Delphine und Mädchen lächeln immer, denkt Holle und kann ein kleines Grinsen trotz ihrer inneren Unruhe nicht unterdrücken. Für diese Gedanken liebe ich sie. Wie oft sie schon gesagt bekommen hat, sie sei ein Mädchen, sie müsse doch lächeln, hat sie aufgehört zu zählen. „Na du. Wir haben uns ja schon einmal getroffen, aber jetzt nochmal offiziell. Ich bin Maja, deine neue Tutorin, und möchte dich herzlich willkommen heißen an der IGS. Du hast deine erste Stunde in deinem Klassenraum, den habt ihr in der 11. Klasse noch, ich bringe dich hin, und dann findest du bestimmt jemanden, der dir mit den anderen Räumen helfen kann. Wirkt erst mal ziemlich verwirrend hier, aber so schwer ist es nicht, glaube mir. Ich dachte an meinen ersten Tagen auch, das hier würde mehr einem Labyrinth als einer Schule gleichen, aber wenn man sich hier erst mal auskennt, dann kann man viel entdecken."

Holle nickt nur und betrachtet Maja eingehend. Auch ich schaue sie mir genau an, wie alt sie wohl sein mag? So fünfzig vielleicht? Sie ist nur ein klein wenig größer als Holle und mindestens genauso dünn. Holle missbilligt das. Sie mag es nicht, wenn andere Menschen dünner sind als sie, weil sie sich dann immer so dick fühlt.

Beschwingt geht Maja vor Holle her, sie ahnt ja nicht, welche Gedanken uns im Bezug zu ihr durch den Kopf gehen. Sie führt Holle durch diese riesige und verzweigte Schule. Holles Angst steigt, weil sie nicht glaubt, alleine wieder hier raus finden zu können. Erst links an dem Kiosk vorbei, der nach fettigem Essen stinkt, dann rechts durch eine Tür, links die Treppe hoch, wieder links, um dann wieder rechts zu gehen. Durch eine Art Pausenhalle, die in Grau und Rot gehalten ist. Grau und Rot… was sind das bitte für Farben in einer Schule? An einer Tür vorbei und an noch einer und noch einer und noch einer. Dann wieder leicht links.

Abrupt bleibt Maja stehen. Da Holle so sehr in Gedanken verloren ist, rennt sie fast in diese hinein, und ihr Gesicht befindet sich nur wenige Zentimeter vor Majas. Holle stolpert ein wenig zurück und meint, die Blicke der anderen auf sich zu spüren, als würden sie sie durchbohren, so wie kleine Pfeilspitzen. Aber genaugenommen schauen sie nur wenige der Schüler und Schülerinnen wirklich an. Es ist früh am Morgen, die meisten sitzen halbverschlafen auf den Bänken. Einige schreiben noch schnell Aufgaben bei den anderen ab. Nur ein paar wenige bemerken das neue Mädchen, das dort verängstigt vor Maja steht.

„So, dann wollen wir mal, das wird für das nächste halb Jahr deine Klasse sein, die 11.2. Bist du aufgeregt? Sicher bist du aufgeregt. Sind ganz liebe Schüler und Schülerinnen. Du wirst dich schnell einfinden. Freust du dich? Ich habe den anderen von dir erzählt. Ich denke, sie freuen sich auch auf frischen Wind."

Holle unterdrückt das Bedürfnis, Maja gegen das Schienbein zu treten. Warum zur Hölle stellen Menschen Fragen, wenn sie sich diese dann selbst beantworten? Ich muss kichern, weil ich quasi sehen kann, wie Holle sich darüber ärgert. Nicht, dass sie diese Fragen hätte beantworten wollen, aber das ist so etwas, was Holle an den Menschen nicht versteht. Holle schaut zur Tür, vor der sie stehen, und holt tief Luft. Ich spüre, wie ihr Herz rast und sie dem Drang, einfach wegzurennen, zu widerstehen versucht.

Ich bin mir nicht sicher, was ich von Maja halten soll, sie ist so nett, aber gleichzeitig zu schnell und nicht wirklich einfühlsam. Sie redet wie ein Wasserfall, mindestens genauso schnell und durcheinander. Aber auch Wasserfälle sind irgendwie schön. Genau wie Holle werde ich sie wohl etwas mehr kennen lernen müssen, bevor ich sie wirklich einschätzen kann.

Holle steht also in der Klasse, viele der Plätze sind schon besetzt, und diesmal liegt Holle mit dem Gefühl genau richtig, dass alle sie anstarren. Vorsichtig schaut sie sich um und betrachtet versteckt die anderen, während Maja vorne zur Tafel geht und Holle den anderen vorstellt.

„Holle? Holle!", hört sie wie aus weiter Ferne und schüttelt einmal mit dem Kopf, um sich aus ihren eigenen Gedanken zu befreien. Ein Einheitsbrei an Menschen, wie auch in den anderen Schulen. Das kann ja was werden. „Holle? Vielleicht magst du auch ein paar Worte zu dir sagen, bevor du dich zu den anderen setzt?", fragt Maja harsch, aber liebevoll. „Ehm, ja", NEIN, will Holle eigentlich nicht, was soll sie schon groß zu sich sagen? Aber sie geht ein paar Schritte weiter in die Klasse hinein, so wenig wie möglich, aber so viel wie nötig, und zieht ihre Ärmel noch weiter über ihre Hände und hält sich verängstigt an ihnen fest. Nervös kneift sie sich unbemerkt in den Arm. „Mhm, ich bin Holle, ich hab die Schule gewechselt und gehe jetzt hier zur Schule." Ach Mist, denkt sie, sobald diese Worte ihre Lippen verlassen haben, bestimmt war das genau das, was Maja auch schon gesagt hat. Sie schaut in die Gesichter der anderen und sieht sie grinsen. Der Wunsch, einfach im Boden zu versinken, macht sich in ihr breit und nimmt sie von innen ein, bis er sie ganz ausfüllt. Die wenigen Sekunden, die sie so dasteht, kommen ihr vor wie eine Ewigkeit. „Na gut, so was fand ich auch immer total bescheuert, was soll man da schon groß sagen, nicht wahr?", sagt Maja und man hört, dass auch sie grinst - ohne dass man sie ansehen muss, „dann setz dich am besten da vorne neben Liv."

Sie deutet auf einen freien Platz neben einem Mädchen, welches Holle bisher noch nicht aufgefallen ist. Als ihre Blicke sich treffen, verspüre ich ein Gefühl in ihr, das mir gänzlich unbekannt war, als würde ein Blitz Holles ganzen Körper durchfahren und überall ein Kribbeln hinterlassen. Komischerweise spüre das anscheinend nur ich, Holle ist viel zu aufgeregt, um irgendetwas zu merken. Liv ist so ziemlich das genaue Gegenteil von Holle. Ihre langen, blonden Locken fallen über ihren Oberkörper, und obwohl sie sitzt, sieht man, dass sie zwar kein Riese, aber deutlich größer als Holle ist. Sie trägt eine helle Bluse mit langen Ärmeln und bunten Blumen darauf und man sieht, dass sie eher dicklich ist. Sie lächelt Holle an. Ein Lächeln, welches so viel mehr sagt, als man glauben mag. Und es passiert etwas für mich ganz Neues. Ich meine zu spüren, was Liv denkt. Als würden sich ihre Gedanken zu einem Teil auf mich übertragen, nur dass es keine Gedanken, sondern eher Gefühle sind. Ihr ehrliches Lächeln sagt ohne ein Wort: „Die möchte ich gerne als Freundin haben". Ich weiß, dass auch Holle irgendwie die Hoffnung hat, jetzt jemanden kennen zu lernen, der wie eine Freundin sein könnte. Nicht so deutlich wie ich, weil ihre anderen Gefühle sie immer noch zu überschwemmen drohen, aber sie spürt es irgendwo in dem ganzen Gefühlschaos aus Angst, Hoffnung, Wut auf sich selber und der Hoffnungslosigkeit, die sie schon die letzten zwei Wochen stetig begleitet hat.

Mit hochgezogenen Schultern geht sie auf den Stuhl neben Liv zu und schaut sie verstohlen von der Seite her an. „Hi", murmelt sie, während sie sich setzt und auf dem Stuhl so klein wie möglich macht. Sie hasst diese Momente. Menschen kennen lernen, auf sie zugehen, mit ihnen sprechen. Nein, das ist nicht so Holles Ding.

„Hi", sagte Liv und schaut Holle dabei weiter an. Holle, die mit der Gesamtsituation total überfordert ist, holt ihr Notizheft und einen Stift aus ihrem Rucksack. Ohne irgendjemanden wirklich anzusehen, schreibt sie ein paar Zeilen in ihr kleines, blau-grau gestreiftes Notizbuch, ohne das sie das Haus nicht verlässt.

Augenblick

Für einen Augenblick
In zwei Augen geblickt
Die Welt bleibt stehen
Verstummt…
Wird laut…
Und dreht sich dann viermal so schnell
Bis die Erkenntnis siegt
Augenblicke halten nicht

Verstohlen schließt Holle ihr Notizheft wieder und schaut noch einmal zu Liv rüber und erschrickt etwas, als sie bemerkt, dass

Liv sie immer noch anstarrt. Während Maja vorne mit dem Unterricht beginnt, beugt Liv sich zu ihr herüber und flüstert: „Du schreibst auch? Voll cool, ich schreibe auch". Holle nickt und schaut auf ihr Notizheft, während sie es ein klein wenig weiter an sich heranzieht und so tut, als würde sie Maja vorne zuhören. Liv nickt und holt ihren Block raus und beginnt zu schreiben. Holle erschreckt etwas, als sie von zerreißendem Papier aus ihren Gedanken gerissen wird, und Liv ihr kurze Zeit später einen Zettel zuschiebt. Holle nimmt ihn an sich und erkennt eine verschnörkelte kleine Handschrift. „Hast du dich auch schon mal gefragt, warum auf den Deckeln von Fritz-Cola zwei Männer drauf sind?" Holle liest diese Nachricht dreimal. Beim ersten Mal glaubt sie, sich verlesen zu haben, beim zweiten Mal ist sie total überfordert und fragt sich, warum jemand ihr so etwas schreibt und was diese Liv damit andeuten will. Beim dritten Mal muss Holle grinsen. Sie hebt ihren Kopf von dem Zettelchen und lächelt Liv unwillkürlich an.

Und ich? Ich mache Purzelbäume in der Luft. So ein ehrliches und aufrichtiges Lächeln habe ich von Holle schon so erschreckend lange nicht mehr gesehen. Aber da ist es. Ein Lächeln. Ein richtiges und ehrliches Lächeln, das aufrichtiger nicht sein könnte. All die Angst und Anspannung scheinen von Holle abzufallen, und die innere Mauer, die sie zum Schutz vor sich herträgt, bekommt einen gewaltigen Riss. Es ist, als würde Licht durch diesen Riss strahlen. Holles Licht. Sie leuchtet noch. Nicht, dass ich wirklich geglaubt habe, sie würde nicht mehr leuchten, ich habe es gespürt, aber es jetzt zu sehen, macht mich einfach glücklich. Liv erwidert Holles Lächeln und deutet auf den Zettel. Holle blickt wieder auf den Zettel, dann zu Liv und wieder auf den Zettel. Ich kann schon fast sehen, wie es in ihrem Kopf arbeitet. Sie wusste, warum auf dem Deckel die Köpfe der zwei Männer sind, aber wäre das nicht irgendwie eine doofe Antwort? Holle setzt den Stift an, die Spur des Lächelns immer noch auf ihrem Gesicht und schreibt: „Ja, das habe ich mich schon mal gefragt, aber ist die Antwort nicht ziemlich klar? Wäre da nur einer drauf, wäre er doch schrecklich einsam. Also mussten es zwei sein." Holle liest sich ihr Geschriebenes nochmal durch und fragt sich, ob sie Liv den Zettel so zurückgeben kann. Würde sie es verstehen? Aber noch bevor sie noch länger zögern kann, zieht Liv ihr den Zettel weg. Beim Lesen von Holles Nachricht legt sie den Kopf schief und kichert plötzlich los. Holle, die sich im ersten Moment fragt, ob sie sie auslacht, kommt doch zu dem Entschluss, dass das, was sie geschrieben hat, genau das Richtige war. Etwas erschrocken stellt Holle fest, dass Maja sie beide etwas fragend anschaut, atmet aber erleichtert aus, als Maja sich dazu entscheidet, ihnen das Kichern dieses Mal durchgehen zu lassen. Kurze Zeit später schiebt Liv ihr den Zettel wieder zu „Ja, da hast du natürlich recht, so etwas wäre unverantwortlich. Stell dir mal vor, dann trinkt jemand die Flasche leer und dann ist man innerlich total leer und zusätzlich alleine. Ein No-Go!"

Und so geht es die ganze Stunde hin und her. Holle und Liv, die sich eigentlich gar nicht kennen und auch keine sinnvollen Informationen austauschen, sind so in dieses Gespräch vertieft, dass die Stunde wie im Flug vergeht. Holle hat zwar nichts vom Unterricht mitbekommen, aber sie redet sich ein, dass sie ja noch genug Stunden hat, um zu lernen. Am Ende der Stunde kommt Maja an ihren Tisch und bittet Liv noch einmal, Holle alles zu zeigen, und diese stimmt sofort zu.

„Zeig mal deinen Stundenplan, dann weiß ich, wo du hin musst." Nachdem Liv sich Holles Stundenplan angesehen hat, verkündet sie strahlend, dass sie fast einen identischen Plan haben, Holle könne ihr also einfach den Tag über folgen, dann hätten sie auch noch mehr Zeit, um sich kennen zu lernen. Obwohl Holle sich irgendwie über diese Nachricht freut, verunsichert sie sie zugleich. Ohne den Schutz des Unterrichtes, müsste sie nun wohl oder übel mit Liv reden, da das Schreiben jetzt überflüssig ist. Insgeheim fragt Holle sich, warum es so viel leichter ist, einfach mit jemandem zu schreiben, als mit ihm zu reden.

In der Pause stellt Liv Holle den anderen vor. Holle ist einigermaßen überfordert mit der Situation. So viele neue Namen und neue Gesichter. Wobei sie sich eingestehen muss, und das tut sie nicht sonderlich gerne, dass die Menschen hier beim zweiten Hinsehen gar nicht so sehr Einheitsbrei sind, wie sie noch am Morgen vermutet hat. Im Gegensatz zu Holle, scheint Liv sehr beliebt zu sein, und ohne richtig mitbekommen zu haben, wie es passieren konnte, findet Holle sich in einer Gruppe von Menschen wieder.

Der Rest des Tages vergeht sehr schnell. Ehe Holle es sich versieht, ist die letzte Stunde vorbei. Mit der Hilfe von Liv finden wir den Weg aus der Schule, und Holle steigt in den Bus zu sich nach Hause ein. Als sie endlich zu Hause angekommen ist, schmeißt sie wie gewohnt ihre Tasche in die Ecke der Küche, nimmt sich eine Fritz-Cola aus dem Kühlschrank und betrachtet diese mit einem Lächeln. Sie setzt sich auf den Stuhl am Fenster und betrachtet die Bäume, die sich wie schwarze Schatten von dem immer dunkler werdenden Himmel sanft im Wind hin und her wiegen. Liv. Holle hat dieses Mädchen noch genau vor Augen, sie fragt sich, was das heute war. Der erste Schultag an dieser Schule. So viele neue Menschen und Liv. Holle lässt ihre Gedanken schweifen und schaut einfach raus. Nach einer Weile, als die Dunkelheit selbst die Schatten der Bäume verschluckt hat, steht Holle auf und bereitet das Abendessen zu. Ihre Pflegeeltern würden bald wieder nach Hause kommen. Holle kocht Nudeln und wärmt die Soße auf, die Irmi vorbereitet hat. Als sie nach Hause kommt, starrt sie Holle mit großen, strahlenden Augen an. Ich spüre, wie Holle am liebsten die Augen verdrehen würde, denn diesen Blick kennt sie nur zu gut. „Und? Uuunnnd?", fragt Irmi mit einem hörbaren Grinsen im Gesicht. Holle atmet tief ein, setzt ein Lächeln auf und ohne darüber nachzudenken, hört sie sich sagen: „Es war gut." Noch bevor ihr bewusst wird, was sie da gerade gesagt hat, nimmt Irmi sie stürmisch und fest in den Arm. Man spürt ihre Erleichterung und wie sehr sie sich freut. Erstaunlicherweise lässt Holle diese herzliche Umarmung nicht nur über sich ergehen wie sonst immer, sondern genießt sie auch noch. Beim Abendessen erzählt sie ein wenig von dem Tag, wobei sie Liv aus ihren Erzählungen raushält. Sie glaubt, Irmi wäre nicht besonders begeistert, wenn sie wüsste, dass Holle eigentlich kein bisschen vom Unterricht mitbekommen hat, weil sie die ganze Zeit mit dem Schreiben von Zettelchen beschäftigt war. „Du, ich denke, ich werde jetzt ins Bett gehen. Es war ein anstrengender Tag, und ich muss morgen früh raus", sagt Holle, während sie ein Gähnen unterdrückt. Irmi nickt und wünscht ihr eine „wundertolle" Nacht.

Auf dem Weg in ihr Zimmer, denkt Holle über den Tag und den Abend nach, besonders über das, was sie Irmi gesagt hatte. „Der Tag war gut". Er war gut. Plötzlich spüre ich, wie Angst in ihr aufkeimt, und ich springe alarmiert auf. Angst? Warum denn jetzt Angst? Es war ein guter Tag, und es war sogar ein guter Abend. Dieser Tag hätte so viel schlimmer ausgehen können. Warum spüre ich denn da jetzt Angst? Ich merke deutlich, wie Holle sich in sich kehrt und verschließt. Als wäre etwas passiert, aber ich weiß einfach nicht was. Nachdem sie sich bettfertig gemacht hat, setzt sie sich an die Schreibmaschine.

Wenn die Sonne aufgeht, wird sie auch wieder untergehen.
Wenn ein Tag beginnt, wird er schon bald enden.
Wie soll man das Glück genießen, wenn jedem Anfang ein Ende innewohnt?
Und was bedeutet es schon, wenn heute ein guter Tag war, das heißt doch nicht mehr, als dass man einen Teil einer Treppe hinaufsteigt,

die Treppe, die man schon unzählige Male versucht hat hinaufzu-
steigen. Erfolglos.
Gehe ich jetzt diese Treppe wieder hoch, so heißt das doch nichts
anderes, als dass ich schon sehr bald wieder fallen werde, tiefer und
härter als sonst. Am Glücklichsein geschnuppert. Nur um es dann
umso mehr zu vermissen.

Ach Holle. Liebe Holle. Gedanken wie diese hat sie oft, und
wer will es ihr denn vorwerfen? Sie hat nun schon so oft die
Erfahrung machen müssen, dass sich ein Tief auf der Achter-
bahn des Lebens noch schmerzhafter anfühlt, wenn der Berg
hoch war, von dem es wieder hinabgeht. Ich kann ihre Angst so
gut verstehen, und doch wünsche ich mir, dass sie das Glück
genießen könnte. Aber ich spüre, wie diese Angst sie tief in den
Abgrund zieht. In ihr eigenes Dunkel. In ihre eigene Einsamkeit. Beim Schreiben dieser Zeilen füllen sich ihre Augen mit
Tränen, und sie weint noch immer stumm, als sie den Zettel
zerknüllt und neben den Papierkorb wirft. Holle schaltet das
Licht aus, setzt sich auf ihr Bett und greift einmal mehr zu der
kleinen Schachtel unter dem Bett. Sie zieht die Hose ihres
Schlafanzuges hoch und lässt weitere Wunden auf ihrer Haut
entstehen. Ich wünsche mir, mehr tun zu können als einfach
dazusitzen und ihr dabei zuzusehen. Ich nehme all ihre Gefühle
in mir auf und wache über sie, bis sie endlich im Bett liegt, die
Tränen versiegen, und ihre Atmung langsam ruhiger wird.

Am nächsten Morgen wirkt sie wie betäubt. Sie zieht sich an,
wobei ich den stechenden Schmerz in ihrem Bein spüre, ganz
im Gegensatz zu ihr. Kein Frühstück, kein Lächeln. Im Bus sitzt
sie da, mit ihren großen Kopfhörern, die sie von der Außenwelt
abschirmen. Vor der Schule wartet Liv. Ich spüre Holles Unsicherheit. Sie hat sich vorgenommen, nicht wieder so viel mit
Liv zu machen. Aber sie will sie auch nicht vor den Kopf stoßen
und erwidert mit einem müden und traurigen Lächeln Livs Be-

grüßung. Diese blickt sie einen Moment fragend an, bevor sie Holle in die erste Stunde mitschleppt.

Als sie so dasitzen, versucht Holle, sich auf den Unterricht zu konzentrieren, aber sie versteht kein Wort, bis sie sich schließlich ihren eigenen Gedanken hingibt. Während sie darin versinkt, spürt sie plötzlich ein vorsichtiges Rütteln an ihrem Arm und sieht den kleinen, weißen Zettel, den Liv ihr zugeschoben hat. Holle überlegt einen Moment, den Kopf zu schütteln, aber ihre Neugierde siegt, und sie öffnet das einmal in der Hälfte gefaltete Papier. „Lächle. Lächle, auch wenn es ein trauriges Lächeln ist. Denn trauriger als ein trauriges Lächeln ist die Traurigkeit, die dich vergessen lässt, wie man lächelt. – One Tree Hill, Haley"

Holles Gedanken schreien mich quasi an: Was? Woher weiß sie …? Ist es so offensichtlich? Ich spüre Panik in Holle aufkommen, das Letzte, was sie gebrauchen kann, ist, dass auch an dieser Schule sie alle ansehen, als wäre sie das kleine, dumme, depressive Mädchen. Holle schaut verwirrt zu Liv rüber und versucht zu lächeln, obwohl ihr die Tränen schon wieder in den Augen stehen. Sie nimmt den Zettel, faltet ihn einmal, zweimal und noch einmal, bevor sie ihn in ihr Federmäppchen legt, ohne weiter darauf einzugehen. Französisch vergeht wie zähes Kaugummi, klebrig und sehr gedehnt, aber Holle stellt mit Erleichterung fest, dass Liv weder auf eine Antwort zu warten scheint, noch dass sie weitere Zettel schreibt.

Am Anfang der Pause rufen ein paar Leute der Gruppe, mit der Holle gestern die Pause verbracht hat, nach Liv. Während Holle sich zu erinnern versucht, wo sie wohl am besten und ungestörtesten diese Pause überstehen kann, hört sie Liv sagen: „Heute nicht, Leute. Ich hab schon was anderes vor." Während Holle ihre Sachen langsam einpackt in der Hoffnung, danach ungestört verschwinden zu können, setzt Liv sich auf ihren Tisch und sieht sie an. Sie hat diesen unfassbar nervigen, unendlich mitleidigen Blick drauf. In Holles Kopf wiederholt sich immer derselbe Gedanke: Frag nicht. Bitte frag einfach nicht. „Ich hab keinen Bock mehr. Gleich hätten wir Mathe. Der Kerl, der das unterrichtet, ist ätzend, sage ich dir. Er sieht aus wie 100 und erweckt den Eindruck, als würde er zu Staub zerfallen, wenn er sich bewegt wie ein normaler Mensch. Kennst du den Balzac Laden in der Stadt? Lass uns da hingehen. Ich sehe doch, dass du heute genauso wenig bei der Sache bist wie ich."

Liv hat also gefragt, aber etwas ganz anderes als Holle erwartet hat. Und sie ist so verwirrt, dass sie nickt, noch bevor sie darüber nachgedacht hat. Und so verlässt Holle die Schule mit Liv. Schweigend steigen sie in den Bus zur Innenstadt, und schweigend gehen sie in den kleinen, gemütlichen Kaffeeladen mitten in der Stadt. Zielstrebig geht Liv zu der Fensterbank, die mit Kissen versehen ist, damit man sich gemütlich darauf setzen kann. Sie legt ihre Sachen ab, deutet auf die andere Seite des kleinen Brettes, das als Tisch in der Mitte der Fensterbank steht, und fragt: „Kaffee oder Kakao? Die haben hier einen Mokka Latte Macchiato mit Caramel Soße, der ist super. Soll ich dir so einen mitbringen?" Wieder nickt Holle, mit der Gesamt-situation total überfordert, während sie sich auf die Fenster-bank setzt und den Blick von Liv auf die Straße und die Menschen, die hastig hin und her rennen, gleiten lässt.

Als Liv das ominöse Getränk vor sie abstellt, bedankt sich Holle, umfasst mit beiden Händen das schön warme Glas und beobachtet Liv dabei, wie diese sich ihr gegenüber hinsetzt und sie ansieht. Holle nippt an dem Getränk und stellt fest, dass es wirklich lecker ist. Nicht nur ich kann dies ihrem Gesicht ansehen, auch Liv, die sich im Schneidersitz vor Holle nieder-gelassen hat, nickt sichtbar zufrieden mit sich selbst. Holle weiß nicht, was sie sagen soll und trinkt noch einen Schluck. „Dir geht's nicht gut. Ich merke das. Keine Angst, die anderen werden es nicht gemerkt haben, meine Antennen stehen für so was auf Empfang, fürchte ich. Willst du reden?"

Will sie das? Will Holle reden? Sie ist sich in diesem Moment einfach nicht sicher. Sie will nicht nichts sagen, aber etwas sagen will sie auch nicht. Nach kurzem Zögern sagt sie leise: „Weißt du, ich bin wie ein offenes Buch mit vielen Seiten und Kapiteln. Was jedoch in dem Buch steht, erfährt nur, wer es öffnet und tatsächlich liest." Liv nickt bei diesen Worten verständnisvoll. „Verstehe", murmelt sie und nippt ebenfalls an ihrem Latte Macchiato.

So sitzen sie eine Weile da und blicken aus dem Fenster und beobachten die Menschen, die ihre Einkaufstüten durch die Gegend tragen und die Blicke starr auf den mit Kaugummi geschmückten Boden halten. Und langsam kommen Holle und Liv ins Gespräch, während ich einfach auf Holles Schulter sitze und diesen Moment genieße. Noch wissen die beiden nicht, dass dies der Anfang einer unerwarteten, außergewöhnlichen und sehr tiefen Freundschaft sein wird. Sie genießen diesen Moment, ohne zu wissen, dass Liv und Holle, wenn sie sich Morgen begegnen, ohne ein Wort entscheiden werden, wieder hierher zu fahren. Bis sie gar nicht erst zur Schule gehen und sich gleich hier treffen, um zu reden. Zu reden. Etwas, das Holle mal so schwer gefallen ist, und etwas, das sich ändert, sobald Liv ihr gegenübersitzt. Sie werden viel miteinander erleben, und es wird so wunderbare und unfassbare Momente geben, dass ich sie noch nicht in Worte zu fassen vermag. Nach unzähligen Wochen, die die beiden mindestens genauso oft in dem Café wie in der Schule verbracht haben, scheint sich Holles Leben verändert zu haben.

An diesem Morgen steht sie früh auf, obwohl sie eigentlich hätte ausschlafen können. Nachdem sie ein paar Minuten am offenen Fenster gestanden und die warme Sonne ihre Haut hat umschmeicheln lassen, setzt sie sich erneut an die Schreibmaschine, die sie die letzten Wochen für ihre Verhältnisse sehr wenig benutzt hat, und fängt an zu tippen. Ich setzte mich wie gewohnt auf ihre Schulter und warte voller Vorfreude darauf, dass die ersten Worte erscheinen, damit ich sie lesen kann.

Ohne Worte

Eine Kurzgeschichte also. So beginnt Holle meistens ihre Kurzgeschichten, da sie in der Regel nicht wirklich weiß, wo sie sie hinführen. Als würde sie eine Reise antreten, deren Ende noch ungewiss ist. Nach und nach erscheinen mehr Worte. Ich lese sie aufmerksam mit:

Von Schutzengeln habt ihr sicher schon mal gehört. Kleine, dicke, geflügelte Wesen, Menschen ähnlich. Die hinter, über oder vor den Menschen herlaufen beziehungsweise fliegen, und sie vor dem Bösen beschützen. Die vielleicht dafür sorgen, dass jemand den Bruchteil einer Sekunde später das Haus verlässt, und somit der herabstürzende Ast von dem großen Baum vor der Tür sie verfehlt. Oder die dafür sorgen, dass ein schlimmer Autounfall nicht tödlich endet.

Moment mal... Das kann doch gar nicht sein.

Ich bin mir sicher, dass jeder so sein eigenes Bild von Schutzengeln im Kopf hat. Von Religion zu Religion haben Schutzengel andere Bedeutungen und Erscheinungen. Aber ich kann euch sagen, das könnt ihr alle gleich mal vergessen. Keine eurer Vorstellungen und Wünsche ist wahr. Die Wahrheit ist, wir sehen weder aus wie Menschen, noch sind wir kleine, dicke Wesen mit Flügeln. Wir legen auch keine Steine in den Weg, die euch davor beschützen, euch weh zu tun, wir können genauso wenig irgendjemanden von irgendetwas abhalten. Wir können nicht mal jemandem das Gefühl geben, er müsse jetzt nach euch fragen oder sehen.

Ich weiß, das kann eigentlich nicht sein, und doch...

Vielleicht gibt es Wesen wie diese, aber wenn, habe ich sie noch nicht kennen gelernt, und kann euch versichern, dass ich ihnen nur zu gerne sagen würde, was für einen verdammt schlechten Job sie da manchmal machen. Aber egal, zurück zu uns, oder sollte ich sagen, zu mir? Vielleicht wundert sich nun der ein oder andere, wer ich bin. Aber das einzige, was ich euch mit Sicherheit sagen kann, ist, dass ich nichts von dem bin, was ihr euch vorstellt. Genau genommen bin ich gar nicht. Und ich kann auch nicht wirklich etwas. Aber ich existiere. Jetzt habe ich euch schon so viel erzählt, über mich oder eher das, was ich nicht bin. Aber eigentlich soll es hier gar nicht um mich gehen. Vielleicht am Rande ein bisschen, weil ich das bin, was eurer Vorstellung eines Schutzengels am nächsten kommt.

Nein. Das kann echt nicht sein. Ich schaue Holle an und schaue mich an und spüre ein sehr, sehr merkwürdiges Gefühl in mir aufkommen.

Nein, vielmehr soll es um sie gehen, ach richtig, ihr kennt sie ja noch gar nicht. Aber ihr werdet sie kennen lernen. Es geht um meinen Schützling. Um den Menschen, der da gerade vor dem Spiegel steht, in dem winzigkleinen Badezimmer.

Folkert Mensing

Pohjoinen Maa - Nordisches Land

1. Rabenflügel

Die letzten Schneeflocken des Winters fallen hinab. Sie kitzeln sanft unsere Gesichter. An ein paar Stellen ist bereits viel der einst meterhohen weißen Pracht geschmolzen, und die ersten Blumen des Frühlings strecken ihre Köpfe an die Oberfläche. Das Grün der unendlich wirkenden Tannen und Fichten kommt langsam zum Vorschein. Wir halten uns an den Händen und tänzeln durch den endlosen Wald. Die Sonne steht am Himmel und verdrängt die Kälte der letzten Monate. Wir erreichen die kleine Lichtung, an der wir schon so oft waren, machen eine kleine Pause. Ich schaue in die Bäume und erspähe einen Vogel, der friedlich auf einem Ast sitzt. Es ist eine Krähe, die nun ihre langen, pechschwarzen Schwingen öffnet. Bevor sie sich von ihrem Ast in die Lüfte stürzt, blicke ich kurz in ihre ebenso tiefschwarzen Augen. Dann fliegt das Tier los. In meine Richtung. Es kommt näher und immer näher. Als die Krähe nur noch wenige Meter von mir entfernt ist, öffnet sie ihren Schnabel und fängt an zu kreischen. Wie gelähmt bleibe ich stehen, gelähmt von diesem tief ins Mark gehenden Schrei. Sie kommt näher und immer näher. So nahe, dass ich die Feder der Flügelspitze im Gesicht spüren kann. Ihr Schrei wird lauter und immer lauter...

Schweißgebadet wache ich auf. Alles nur geträumt. Schon wieder. Wie jede Nacht. Schon wieder derselbe Traum. Vorsichtig stelle ich den laut kreischenden Wecker aus. Dann ist es still, zumindest fast. Nur der Wind pfeift eisig übers Land, ansonsten herrscht Totenstille. Bevor ich mich für den Tag fertig mache, schaue ich noch routinemäßig aus dem kleinen Schlafzimmerfenster meines Häuschens am Waldrand nach draußen.

Es ist stockdunkel, nur durch das entfernte Licht des Nachbarhauses lässt sich ein kleiner Blick auf die Natur werfen. Hier wird die Schwärze der ewigen Nacht durch das Weiß des Schnees verdrängt. Es ist, als wäre sämtliche Farbe verschollen. Nur Schwarz und Weiß bekämpfen sich. Außer dem ist nichts zu sehen, weder das Grün der Bäume, noch irgendein Tier und schon gar kein Mensch. Normalität im Nord-Ostfinnischen Suomussalmi.

Deprimiert gehe ich unter die wärmende Dusche, der Blick auf meinen zerbrochenen Badezimmerspiegel verschlimmert meine Stimmung eher noch. Ich verlasse das Bad deshalb recht schnell und brühe mir danach einen Tee auf, den ich in Ruhe trinke, bevor ich mich in gefühlte 20 Lagen Klamotten packe, um den täglichen Fußweg zur Arbeit zu überstehen. Ich verlasse mein Haus, stehe mitten in leichtem Schneefall und befreie zunächst das Außenthermometer von der weißen Masse. -26,9°C. Aha. Nicht der kälteste Tag dieses Jahr. Bei weitem nicht. Wenigstens meine Kleidung hält einigermaßen warm. Dennoch merke ich nach kurzer Zeit, wie sich kleine Eiszapfen im Inneren meiner Nase bilden. Wie immer gehe ich den Waldweg, um zum Jugendhaus zu gelangen. Dieser ist zwar etwas länger, aber verlassen und einsam. Und still. Bis auf den eisigen Wind ist dort nie etwas oder jemand zu hören. Doch den Wind spüre ich nicht. So wenig wie ich die Kälte spüre. So sehr kann ich mich jedes Mal in Gedanken verlieren, wenn ich diesen Weg entlangschleiche. Tief sinken meine Füße ein, doch genauso schnell, wie die Spuren im Schnee entstehen, werden sie vom mittlerweile wieder deutlich stärker gewordenen Schneefall versteckt. Als wäre dort nie jemand entlanggekommen. Das lässt mich darüber grübeln, was bleibt, wenn man einmal nicht mehr da ist, um neue Spuren zu legen. Wie schnell sind die alten Spuren verschwunden? Oder gar vergessen?

Fünf Minuten zu spät erreiche ich meinen Arbeitsplatz. Mein Kollege Eero ist bereits da und sitzt an seinem Schreibtisch, welcher im großen Aufenthaltsraum steht. Direkt neben meinem. Sonst ist niemand da, die Jugendlichen sind noch in der Schule. Hoffen wir zumindest. Sie sollten es am Montagvormittag um 10.05 Uhr zumindest sein. Eero und ich verstehen uns ganz gut, auch wenn wir zumeist wenig miteinander sprechen. Mit seinen 35 Jahren ist er nur ein wenig älter als ich. Der Tee ist bereits fertig. Wir trinken ihn gemeinsam, bevor wir mit der Arbeit anfangen. Damit ich mich nach dem eisigen Fußmarsch aufwärmen könne, sagt Eero. Bevor die ersten Klienten erscheinen, ist noch viel zu tun. Papierkram, der Einkauf für die Woche, Aktionen planen, Finanzen kontrollieren und und und… Würden wir die Arbeit aufteilen, wäre alles schnell erledigt. Aber wie erarbeiten alles gemeinsam.

Um halb eins, also eine halbe Stunde bevor die ersten Jugendlichen eintrudeln, machen wir Mittagspause. „Wie geht's dir eigentlich?", fragt mich Eero, während wir unseren Müll aus der Mikrowelle essen. Ebenso wie ich, weiß er wohl, dass meine Antwort „gut" nicht der Wahrheit entspricht. Auch seine, dieselbe, Antwort auf meine Rückfrage ist wohl auch nicht ganz wahr. Allerdings setzen wir uns hier mit so vielen Problemen auseinander, dass wir unseren privaten Mist heraushalten. Soetwas könnten wir höchstens bei einer Runde Frisbeegolf oder einem gemeinsamen Gang in die Sauna besprechen. Aber der Frisbeegolfplatz im Park ist im Winter nicht nutzbar, und unsere ab und an geplanten Treffen im Schwimmbad können wir irgendwie nie in die Tat umsetzen. Also bleibt es wieder bei dem belanglosen Gequatsche in den Pausen.

Auch wenn wir am Vormittag bereits sehr produktiv sind, kommt die eigentliche Arbeit erst nachmittags auf uns zu, wenn zehn bis 25 Jugendliche im Jugendhaus sind. Sie benötigen oft Gespräche in unserem kleinen Beratungsraum oder einfach nur jemanden, der mit ihnen spielt oder ihnen Aufmerksamkeit schenkt. Leider ist unsere Einrichtung die einzige sozialpädagogisch geleitete in Suomussalmi, in der sich die jungen Leute treffen können. Und das, obwohl der Ort mit gut 9000 Einwohnern gar nicht mal so klein ist. Da diese aber auf weit über 100 Kilometern Ortslänge verteilt sind, ist das Gebiet sehr dünn besiedelt. Bis zur nächsten größeren Stadt, Kajaani, sind es anderthalb Stunden Autofahrt. Diese Abgeschiedenheit gefällt mir. Wie dem auch sei, heute war es im Nuorisotalo, also dem Haus der Jugend, recht voll, und so verging die Arbeitszeit sehr schnell. Pünktlich um 18 Uhr bitten wir die letzten Jugendlichen heraus und schließen das Haus ab. Zum Abschied reden wir erneut wenig, der Austausch eines knappen „bis Morgen dann" muss genügen.

Eigentlich möchte ich schnellstmöglich nach Hause. Der Weg am Dorfrand entlang, an der Schule vorbei und über die immer etwas glatte, große Brücke, welche den Übergang vom Fluss Ämmänhaara zum See Ämmänlampi überspannt, ist kürzer, geht schneller und ist beleuchtet. Der Waldweg ist all dies nicht. Trotzdem wähle ich nach kurzer Überlegung wieder diesen Weg. Die Taivalalasentie, also jene Straße, zu der auch die große Brücke zählt, möchte – nein, will - ich nicht nutzen. Kann ich nicht nutzen. Nie wieder. Zum Glück führen ja zwei Wege vom Stadtzentrum in die Karhunkierros, in der mein Haus steht. Ich laufe diesmal ohne stehen zu bleiben, und so erblicke ich mein Haus schon nach knappen 20 Minuten. Die schöne mattrote Holzfassade ist ein wenig durch mein Außenlicht erkennbar. Auch wenn ich gerne schnell nach Hause wollte, so bin ich hier irgendwie nicht glücklich. Immerhin kann ich aber Musik hören und den Kopf ausschalten, obwohl Architects' „Gone with the wind" oder Currents' „Shattered" meine eher deprimierte Grundstimmung nicht bessern. Allerdings ist der Hip-Hop-Mist, der den ganzen Tag im Jugendhaus läuft, nicht zu ertragen. Mit einem warmen Abendessen, noch mehr Tee und ganz vertieft in meine Musik, lasse ich in mich versunken den Tag ausklingen und gehe mal wieder viel zu spät ins Bett. Ist auch egal, durch die alten

Alpträume werde ich wahrscheinlich eh kaum Schlaf bekommen.

2. Krächzen im Kerzenschein

So fliegen die Tage an mir vorbei. Mein Badezimmerspiel ist kaputt, das Thermometer hält es nicht für die nötig, die -20°C zu übersteigen, der Schneefall lässt nur wenig nach, Menschen meide ich, genau wie die Taivalalasentie. Also alles beim alten. Auch meine eher nicht so tolle Stimmung. Ich verbringe viel Zeit in den endlosen Wäldern; schade, dass dort kaum Pflanzen zu sehen sind. Es ist zwar inzwischen Mitte Februar, und langsam fangen die Tage wieder an zu existieren, jedoch ist immer noch tiefster Winter. Natürlich habe ich mich am Wochenende wieder abgeschottet und war extra am frühen Sonntagmorgen einkaufen, um niemandem zu begegnen, den ich kenne. Aber das ist jetzt egal, es ist Montagmorgen, und ich muss mich zur Arbeit quälen.

Schon den ganzen Morgen plagt mich ein komisches Gefühl, und so verlasse ich zu spät das Haus. Obwohl ich ausnahmsweise, ohne irgendwo stehen zu bleiben, zum Jugendhaus gehe, komme ich diesmal zehn Minuten zu spät an. Ich packe den Türgriff und möchte hinein, allerdings lässt sich die Tür nicht öffnen. Komisch, normalerweise ist Eero doch immer schon da. Jetzt muss ich auch noch in der Eiseskälte nach meinem Schlüssel suchen. Wenig später betrete ich das Jugendhaus, in dem noch kein einziges Licht an ist. Ich habe gerade den Wasserkocher angestellt und bin dabei, die Arbeitscomputer hochzufahren, da betritt Eero den Raum.

„Du schon hier?", frage ich ihn leicht ironisch, verwundert und besorgt. Mit sehr bedrückter Miene antwortet er mir, dass er am liebsten nicht gekommen wäre und ihm der Weg noch nie so schwer gefallen sei wie nach dem, was in der Nacht von Samstag auf Sonntag geschehen war. „Ich habe es gestern Abend erst erfahren", sagt er mit einer sehr zittrigen Stimme. „Die Jugendlichen waren Samstagabend mal wieder in der leerstehenden Hütte am Ufer des Ämmänlampi am Feiern. Sie haben sich ein Eisloch in den See gemacht. Anscheinend ist Jussi später alleine nochmal dorthin gegangen. Ich weiß nicht warum. Er ist dort hineingefallen und nicht wieder rausgekommen. Ich weiß nicht, warum er das getan hat. Sie haben ihn erst gestern Mittag gefunden. Ich weiß nicht, warum er das getan hat".

Geschockt höre ich Eeros Worte. Ich bin völlig sprachlos, und schlagartig verliert mein Gesicht jegliche Farbe. Wie konnte das nur passieren? Und warum ist es im Ämmänlampi passiert? Ausgerechnet dort, ausgerechnet in diesem See! Jussi war regelmäßig hier, wir haben öfter Gespräche mit ihm gehabt, haben gerne mit ihm gearbeitet. Auch bei den anderen war er recht beliebt.

Der Arbeitstag zieht sich ins Unendliche. Nach vielen quälenden Stunden bin ich froh, dass der Tag endlich vorbei ist. Mit gesenktem Kopf laufe ich nach Hause. Nicht den direkten Weg, sondern viele kleinere Waldwege. Über zwei Stunden bin ich unterwegs. Die Zeit nutze ich, um über alles nachzudenken, über den Arbeitstag, die ganze Situation. Weder mein Kollege noch ich haben nach den Neuigkeiten etwas Weiteres gesagt. Auch die wenigen Jugendlichen, die heute da waren, waren still wie nie zuvor.

Als ich irgendwann zu Hause ankomme, schließe ich mich im Badezimmer ein. Obwohl sonst niemand da ist. Beim Blick in die kleine noch heile Ecke meines zerbrochenen Spiegels sehe ich, wie eine Träne meine Wange hinunter läuft. Damals habe ich es nicht ertragen, mich voller Tränen im Spiegel zu sehen. Deshalb habe ich ihn zerschlagen. Nur die kleine Ecke ist heile geblieben. Mittlerweile ist es zur Normalität geworden, und die Ecke hat bereits unzählige Tränen gesehen. Diese Ecke ist der einzige noch heile Teil des Spiegels. Oder doch nicht? Dass der Rest des Spiegels kaputt ist, heißt nicht gleich, dass er kaputt ist, er ist immer noch ein Spiegel und gibt ein richtiges Bild wieder, er spiegelt mich, allerdings nicht mehr das äußere, sondern das innere Bild. Nur die heile Ecke funktioniert nicht. Mit der bloßen Faust schlage ich auf das Teil. Es ist mir völlig gleichgültig, dass ich mich dabei schneide. Wenigstens stimmt der Spiegel jetzt an allen Stellen. Die Schmerzen spüre ich nicht, spüre ich schon lange nicht mehr. Eigentlich müsste der Spiegel entsorgt werden, er ist ja zerbrochen. Jedoch kann man nicht alles, was zerbrochen ist, einfach entsorgen! Warum muss immer alles heil sein, muss funktionieren? Wie kann es nur so weit kommen, dass man selbst eine recht tiefe Schnittwunde nicht spürt? Wie viel Mist muss einem passieren, dass man sich irgendwann wünscht, endlich wieder Schmerzen spüren zu können? Leider kann ich mir auch nach intensivem Nachdenken diese Fragen nicht beantworten, höre dann auch auf, mir darüber weiter den Kopf zu zerbrechen. Eine ganze Weile stehe ich wie versteinert vor dem nun völlig zerstörten Spiegel, bis ich es schaffe, das Badezimmer zu verlassen.

Ich weiß nicht, wie viel Zeit vergangen ist und traue mich auch nicht, jetzt auf die Uhr zu schauen. Möchte ich auch gar nicht. An der Dunkelheit draußen lässt sich die Uhrzeit nicht erkennen. Man sieht nur, dass es wieder angefangen hat zu schneien, nachdem heute Nachmittag keine Flocke zu sehen war. Es ist sowieso egal, wie spät es ist, wann – oder ob – ich schlafen gehe, da wir uns entschlossen haben, morgen das Nuorisotalo geschlossen zu lassen, um uns allen einen Tag zum Durchatmen zu gönnen.

Ich beschließe, erst einmal wach zu bleiben. Habe eh keine Ahnung, welcher Alptraum schlimmer ist. Der, der mich immer plagt, wenn ich schlafe und panisch aufwachen lässt, oder jener, der Tag für Tag stattfindet, wenn ich wach bin und unendlich zu sein scheint. So lösche ich daheim alle Lichter und zünde eine Kerze an. Stelle sie auf den Tisch und höre Musik, versinke einmal mehr in den Melodien, in den Texten.

Es klopft an der Tür. Ich stehe auf, nehme die Kerze mit und gehe in den Flur. Durch diesen zieht sich nun ein heller Schein, während ich die Klinke in die Hand nehme. Zwei schwarze Gestalten stehen dort draußen. Leicht eingeschneit. Die Kerze scheint immer heller und heller. Ich kann die Gestalten draußen nun deutlich sehen, schließe sie in die Arme. Ein kurzes Lächeln zieht sich durch mein Gesicht, das erste Lächeln seit Ewigkeiten. Wir sind völlig still, bis auf leichte Atemgeräusche. Sonst ist nur das Pfeifen des aufgekommenen Schneesturms zu hören. Aber der Sturm ist egal. Die Kälte auch. Um uns herum ist alles vergessen, alles irrelevant. Als ich kurz meine Augen öffne, erblicken diese den mittlerweile blendenden Schein meiner Kerze. Erneut vergeht eine Ewigkeit, als meine Ohren ein störendes Geräusch wahrnehmen. Nein, nicht schon wieder! Dieses Mistvieh! Eine Krähe kreischt am Himmel, und plötzlich ist es stockfinster. Die Kerze ist erloschen, und ich bin aufgewacht. Ich habe nicht einmal gemerkt, dass ich eingenickt bin. Langsam taste ich mich zum Lichtschalter und gehe dann völlig übermüdet ins Badezimmer, um mich nun doch bettfertig zu machen. Ich glaube, es ist bereits recht früh am Morgen, als ich mich hinlege.

Es ist eine unruhige Nacht ... oder ein unruhiger Tag. Die ganze lange Woche sehne ich das Wochenende herbei, von den Geschehnissen bei der Arbeit, privat, also generell um mich herum, bekomme ich nichts mit. Wie automatisiert läuft alles ab, ohne dass ich darüber nachdenke, mein Tun gar reflektiere oder überhaupt irgendetwas merke. Endlich ist es dann Samstag. Wie sehr habe ich mich darauf gefreut. Ich stehe am frühen Morgen auf, mache mich fertig, packe meinen großen Rucksack und laufe in den Wald. Ich laufe stundenlang, kilometerweit. Hier kann ich die Qualen und den Ballast der letzten Tage – nein, Wochen – abwerfen. Immer wieder bleibe ich stehen, beobachte die Tiere, die Natur. Als ich nach einiger Zeit, ich denke es ist etwa Mittagszeit, unsere Lichtung erreiche, halte ich inne und mache eine längere Pause. Zum ersten Mal heute esse und trinke ich etwas. Ich bin nicht direkt hierher gelaufen, warum ich so viele Umwege gegangen bin, weiß ich allerdings selber nicht so genau. Wahrscheinlich irgendwas Unterbewusstes. Erstaunlicherweise ist es heute so gut wie nie am Schneien, und die Sonne zeigt sich sogar etwas.

Nach der Mittagspause führe ich meinen Weg durch die Wälder fort. Es ist wieder recht früh dunkel, aber wenigstens ist der Himmel sehr klar. Keine Wolke ist zu erblicken. Irgendwann sehe ich sogar Sterne am Himmel. Nach einer stundenlangen Wanderung bin ich wieder auf dem Rückweg. Es ist noch etwa eine Stunde zu gehen, als mir der Atem stockt und ich wie gefesselt in den Himmel starre. Auch wenn einem der Anblick der Aurora Borealis nicht fremd ist, so ist es doch immer wieder unbeschreiblich atemberaubend. Gerade heute scheint das Licht besonders hell zu leuchten, so ein feiner grünlicher Schimmer. Bis auch das letzte bisschen Licht am Himmel verschwunden ist, bleibe ich wie angewurzelt auf der Stelle stehen. Es ist wohl irgendwann zwischen drei und vier Uhr morgens, als ich erschöpft, aber zufrieden in meinem warmen Bett liege.

Auf diese Weise verbringe ich auch die nächsten drei Tage, da am Montag und Dienstag wegen der Beerdigung frei ist. Ob mein Kollege auf diese geht, weiß ich nicht. Ich tue es jedenfalls nicht, kann es nicht tun.

3. Die letzte Nacht des Winters

Nur wenige Wochen sind seitdem vergangen. Das Jahr schreitet unaufhörlich voran, und auch der Winter beginnt, sich langsam aber sicher zu verabschieden. Es ist Mitte März, als es schon regelmäßig Temperaturen über 0 gibt. Obwohl es ab und an noch schneit, beginnt der Schnee immer mehr zu schmelzen. Die ersten Nadeln der vielen Tannen und Fichten tauchen bereits aus dem Schneetreiben auf, und auch erste Blümchen wagen es, ihre Köpfe durch die nicht mehr ganz so dicke Schneedecke zu stecken, um ein paar Sonnenstrahlen zu erhaschen. Die Tage sind bereits so lang, dass man sie tatsächlich als Tag bezeichnen kann. Selbst die Stimmung im Jugendhaus ist wieder dabei, sich zu normalisieren. Einzig meine Gefühlslage ist eher schlechter geworden. Nach innen. Äußerlich lasse ich mir kaum etwas anmerken. Das bin ich gewohnt, das habe ich jetzt knapp ein Jahr lang trainieren können. Noch immer nutze ich bevorzugt den Sonntagmorgen, um einkaufen zu gehen. Oder die Zeit vor der Arbeit. So läuft mir fast nie jemand, den ich kenne, über den Weg. Nur ganz selten mal Eero, der sich meistens vor der Arbeit noch Proviant für den Arbeitstag holt. Da es in Suomussalmi allerdings drei Lebensmittelläden gibt, nutze ich zumeist einen anderen als er. Heute mal nicht. Es ist ein Dienstagmorgen, und wir laufen uns im K-market über den Weg, suchen unsere Sachen und gehen gemeinsam zur Kasse. Wir führen sogar mehr oder weniger eine private Unterhaltung, die sich auch in den Pausen bei der Arbeit fortsetzt. Es war ja schon sehr lange geplant, dass wir uns mal zum Reden treffen, und so schaffen wir es auch endlich, ein Treffen für den frühen Samstagnachmittag im Kylpylä, dem örtlichen Schwimmbad, festzulegen.

Erstaunlicherweise klappt es dann am Samstag tatsächlich. Als ich gegen 14.30 Uhr ankomme, sehe ich Eero schon in der Eingangshalle warten, und als ich näher komme, rufe ich leicht besorgt: „Hei! Wartest du schon lange?", um dann ein beruhigendes „Hei! Nein, erst seit zwei Minuten" als Antwort zu bekommen. Wenige Minuten später stehen wir bereits mitten in der Schwimmhalle und begeben uns in das große und warme Entspannungsbecken mit den eingebauten Sitzmöglichkeiten im Wasser. Ich blicke durch die Halle, und mir fällt wieder ein, wie sehr ich diesen Ort eigentlich liebe. Viel zu lange ist es schon her, seit ich das letzte Mal hier war.

Außer uns sind nur ganz wenige Leute da, was es umso schöner macht. Die Halle ist fast komplett verglast, und es gibt viele Pflanzen. Das Dach ist sehr hoch, und einige von ihnen hängen von einer Art Vorsprung nach unten und schweben so förmlich in die Halle hinein. Das gesamte Gebäude ist von innen sehr gut temperiert, und alleine durch die Aufmachung mit den riesigen Glasscheiben, ja sogar einem Dach aus Glas, dem ganzen Grün und den freundlichen und hellen Farben entstehen Wärme und eine tolle Atmosphäre. Es gibt auch ein Dampfbad und zwei Saunen. Nachdem man sie besucht hat, kann man sich im angrenzenden Fluss in einem Eisloch abkühlen, worauf wir aus gegebenem Anlass aber lieber verzichten. Einige Stunden verbringen und entspannen wir im Kylpylä. Wir sprechen sogar viel, über die Arbeit, Privates und alles Mögliche. Als wir durch das Glasdach schon in den vollkommen schwarzen Himmel schauen, beschließen wir zu gehen.

Ganz in ein Gespräch vertieft, laufen wir zum Stadtrand. Wir müssen beide in dieselbe Richtung, um nach Hause zu gelangen. Nachdem wir die ersten beiden Straßen gemeinsam bewältigt haben, realisiere ich verwundert, dass Eero zu Fuß ist und nicht, wie für ihn üblich, mit dem Auto. Als ich ihn darauf anspreche, sagt er nur, dass er lange nicht mehr gelaufen ist und dies gerne tun wolle. Wir führen unser intensives Gespräch fort, bis ich schlagartig und panisch stehen bleibe. Ich sehe Eero an. „Ich fand es wichtig, mit dir an diese Stelle zu gehen, damit du deine Panik überwindest, damit du endlich mal darüber sprechen kannst und aufhörst, dich davon korrumpieren und zerbrechen zu lassen", spricht er mich mit ernster Miene an. „Ich merke, wie schlecht es dir geht und dass es immer schlimmer wird."

Ich brauche ewig, um reagieren zu können. Wir sind mitten auf der Brücke der Taivalalasentie. Nicht ganz 200 Meter von der Stelle entfernt, an der vor wenigen Wochen Jussi sein eisiges Grab gefunden hat. Mir läuft es eiskalt den Rücken herunter.

Stille. Unterbrochen vom erneuten Krächzen eines dieser heim-
tückischen Raben. Endlich bringe ich Wörter heraus, wenn auch
sehr stotternd: „Es war fast genau hier. Hier hat meine geliebte
Toive vor zehn Monaten und 13 Tagen die Kontrolle über ihren
Wagen verloren. Ich dachte, ich komme darüber hinweg. Aber
ich kann das nicht, kann so nicht leben. Seitdem hat sich die
Schwärze der Nacht immer mehr in meinen Kopf gefressen. Ich
sehe kein Licht mehr. Und unsere Kleine… nein!"

Lange stehen wir noch draußen und reden weiter. Bis wir
irgendwann bei mir zu Hause sind. Eero sieht sich den Spiegel
in meinem Badezimmer an und sagt dann abgeklärt und
trocken: „Ich glaub, ich verstehe". Spät in der Nacht geht er
nach Hause. Und lässt mich in meinem Haus zurück. Alleine.
In meinem Badezimmer. Auf den gebrochenen Spiegel star-
rend, den gebrochenen Menschen davor sehend. Toive bedeutet
Hoffnung. Die habe ich nicht mehr. Gemeinsam mit Toive verschwand sie irgendwo in den Untiefen des Universums.
Schwebt als kleines Partikel durch Raum und Zeit – irgendwo,
zu weit weg von hier.

Viel muss ich seit dem Treffen mit Eero nachdenken. Bei der
Arbeit melde ich mich für ein paar Tage krank. Nur selten bin
ich draußen unterwegs. So wie jetzt. Ich stehe mitten zwischen
alten Bäumen, weit weg von irgendeinem Weg. Und träume
vor mich hin. Ich weiß nicht, was nach dem Tod kommt, und
ob es wirklich das Ende ist. Hier im Wald, mit mir selbst alleine,
kann ich mir aber viel vorstellen. Auch wenn meine Vorstellung gerade sehr an eine Mischung aus Tim Burtons „Corpse
Bride" und „Nightmare before Christmas" erinnert. Zumindest
an den Zeichenstil daraus. Vor meinem geschlossenen Auge
kann ich Toive und unsere Tochter sehen. Greife nach ihren
mittlerweile knöchernen Händen. Schließe sie in die Arme.
Obwohl ich nur Skelette vor mir sehe, wünsche ich doch, es sei
echt. Ich gehe Hand in Hand mit den beiden durch die Landschaft. Sehe ein großes Eisentor mit filigran verschnörkelten

Verzierungen vor mir. Surreal. Das Tor ist überwuchert mit wilden, kahlen Dornenbüschen. Toive und unser Kind gehen hindurch. Ich traue mich noch nicht, ihnen zu folgen. Auch wenn ich gerne würde. Ich starre auf den Torbogen, und in großen Lettern steht dort „Memento Mori" geschrieben. Soll ich endlich den Schritt durch das Tor wagen? Was passiert, wenn ich es tue? Wie geht es weiter? Vielleicht ist die Zeit gekommen. Viel habe ich nachgedacht in letzter Zeit. Doch egal, wie ich es drehe, die Dunkelheit in mir wird stärker, scheint zu gewinnen. Die Tage werden immer mehr zur Nacht, und nur die eigentliche Nacht gibt mir noch Zuflucht. Wach zu sein, wird zum Alptraum, ich finde Glück nur noch in Träumen. Und auch mein schlechtes Gewissen plagt mich. Ich weiß, dass Eero die ganze Wahrheit vielleicht erahnen kann, bin mir aber nicht sicher. Sicher weiß ich, dass es sonst niemand kann.

Auf den heutigen Tag habe ich gewartet. Es ist der 3. April. Der Geburtstag von meiner Frau. Ein guter Anlass. Zudem ist es heute, nachdem es zuletzt langsam Frühling wurde, wieder deutlich kälter geworden. Zum ersten Mal seit über einer Woche schneit es wieder leicht. Zum Jugendhaus traue ich mich nicht, deshalb lege ich Eero am Vormittag, als er schon längst bei der Arbeit sein müsste, die Kündigung und einen Zettel in den Briefkasten und gehe dann alleine weiter meines Weges.

„Hallo Eero!
Ich schreibe dir, da du der Einzige bist, der mich weder verlassen noch mir den Rücken gekehrt hat. Die Dunkelheit hat mich in ihre Gewalt gebracht. Sie saugt mich immer weiter aus. Ich habe die meisten Glassplitter meines Spiegels entsorgt. Nun spiegelt er nur noch Leere. Nicht mehr lange und ich bin innerlich komplett leer. Ich weiß, es ist unverständlich. Dennoch hoffe ich, kannst du verstehen, dass es keinen anderen Ausweg gab und auch nie gegeben hat. Nachdem Toive nicht mehr da

war und unser Kind – nein, den Namen schreibe ich nicht, ich bin nicht genug wert, um dies tun zu dürfen – schwer krank wurde... ich konnte nichts anderes tun. Ich hätte sie doch in dieser kaputten Welt nicht leben lassen können. In einer Welt bestimmt durch Zerstörung, Konflikte, Korruption und Krankheiten aller Art. Nein, sie hätte niemals in Frieden in dieser Welt leben können. Ohne Mutter. Mit einem Vater, der so mit seinen eigenen Dämonen beschäftigt war, dass er sich nicht hätte kümmern können. Als sie dann noch gegen ihren Tumor kämpfen sollte... sie wäre daran zerbrochen. So zerbrochen, wie ich es bin. Das konnte ich nicht zulassen. Ich konnte es nicht zulassen, dass meine kleine Perle zerbricht. Eine Stickstoffvergiftung ist schmerzlos. Sie musste nicht mehr leiden – nie wieder. Ich konnte es vertuschen. Aber mich selber konnte ich nie belügen. Und ich weiß, dass ich auch dich nie belügen konnte. Trotzdem hast du mich wie immer behandelt.

Eero, ich bin dir unendlich dankbar. Ich wünsche dir alles Gute und weiß, dass du auch mit unseren Jugendlichen weiter gut umgehen wirst und das Jugendhaus weiter ganz toll führst. Ich hingegen – ich habe den Kampf endgültig verloren. Ich konnte nie aus dem Alptraum erwachen. Ich muss zu Toive und meinem Kind – muss sie wiedersehen, sie in die Arme schließen, mit ihnen durch den Wald laufen. Die endlose Winternacht ist vorbei."

Svenja Schöngart

No fixed rules

„Amy! Hier!", rufe ich, als sie schon wieder versucht, eine
Möwe daran zu hindern, sich einen Fisch aus dem Meer zu
picken. Sie kommt zielstrebig zu mir gerannt und stößt voller
Euphorie das Holzbrett um, welches ich gleich als nächstes mit
dem Hobel bearbeiten wollte. Als ich es aufheben möchte,
stupst Amy meine Hand an, wedelt mit dem Schwanz, streckt
ihr Hinterteil in die Höhe und hechelt ganz außer sich. „Okay,
überredet, Prinzessin", gebe ich nach und gehe mit ihr zusammen hinunter zum Strand.
Ich werfe den Stock, den sie sich schon bereitgelegt hat, ins
Meer, und mir wird wieder einmal bewusst, wie wunderschön
es ist. Gerade jetzt im Sommer, wenn die Sonne das Meer
funkeln lässt und die Füße sich im Wasser abkühlen lassen.
Ohne Zeit für weitere Gedanken zu haben, stürmt meine Vier-
beinerin voller Stolz mit ihrem Stock im Maul aus dem Meer
auf mich zu. Sie legt ihn direkt vor meinen Füßen ab, schüttelt
ihr langes, goldenes Fell, um sich vom Salzwasser zu befreien,
und wartet dann ungeduldig auf meinen erneuten Wurf. Ich
hole aus, sie rennt los und bringt mir erfreut ihr Stöckchen zurück. Sie könnte das wohl den ganzen Tag wiederholen. Nach
einer Weile bin ich erschöpft, beuge mich zu Amy hinunter und
streichle ihr treues Gesicht. Sie setzt sich, und so lasse auch ich
mich auf dem warmen, pudrigen Untergrund nieder. Eine
Weile sitzen wir dort und genießen den Moment.
Nach einiger Zeit höre ich, dass etwas weiter entfernt eine
Familie den Strandabschnitt betritt. Der Strand ist unglaublich
lang und tief. Können sie sich nicht weiter entfernt aufhalten?
Ich richte mich auf, klopfe den Sand von meiner Hose und
möchte wieder zurück an die Arbeit. Auch meine nasse Beglei-

terin hat den Besuch bemerkt. Sie spitzt die Ohren und beginnt, mit dem Schwanz zu wedeln. „Nein, Amy - komm, wir gehen zurück", signalisiere ich, hebe grüßend meine Hand und nicke der Nachbarsfamilie kurz zu. Sie wirken freundlich. Unterhalten haben wir uns die Jahre über jedoch nur sehr selten.

Das Baustellenradio in meinem Schuppen spielt die Stelle „There's no fixed rules on the way we see life" aus „Your wish" von Talisco. Der Song lief gestern schon. Und heute früh. Immer dieselbe Leier aus dem Funkgerät. Ich fühle mich wohlig, wenn ich diesen Song höre, und gleichzeitig nervt er mich tierisch. Das Radio stand schon auf diesem rustikalen Regal, als Mutter noch lebte und sie mich bloß auf den Armen mit in den Schuppen trug, weil ich sonst sicher mit der Farbe oder dem Werkzeug gespielt hätte. Sie war reizend. Wohl die liebevollste Mutter, die man sich vorstellen kann. Wenn sie noch erlebt hätte, wie Vater nach und nach dem Alzheimer erlag, hätte sie ihm die Welt zu Füßen gelegt, so wie sie sich bei Lebzeiten für ihre Familie aufgeopfert hatte. Ich denke oft darüber nach, ob ich ihrer Vorstellung wohl gerecht geworden bin, als ich mich um Vater kümmerte. Es stand außer Frage, dass er seine letzten Jahre in seinem so mühevoll aufgebauten Heim verbringen durfte. Ob es richtig war, dass ich das auf mich genommen habe? Ob ich nicht viel mehr hätte geben können, als ich gab? Das werde ich mir wohl nie richtig beantworten können.

Ich erwische mich dabei, wie ich das Radio anstarre. Hm, das Regal könnte auch mal einen neuen Anstrich vertragen. Aber jetzt erst mal zurück an das Brett, das mein Tollpatsch vorhin umgeworfen hat. Ich will endlich das neue Boot fertigstellen. Mein Lieblingsprojekt. Jedes Detail soll stimmen. Es soll perfekt werden. Wenn mein Bruder Sam nächste Woche zu seinem alljährlichen Besuch erscheint, soll es beendet sein. Dann können wir es beim Angeln einweihen. Wenn es ihm gefällt, werde ich es ihm schenken und nicht verkaufen, so wie sonst. Jedes

Jahr im Sommer, wenn er keinen Unterricht geben muss, kommt Sam für drei Wochen her. Wir gehen angeln, ich koche für ihn, und wir werkeln gemeinsam im Schuppen. Oft habe ich beobachtet, mit wie viel Leidenschaft er mir beim Bootsbau hilft und dass er auf dem Meer niemals das Ruder aus der Hand gibt. Gäbe es bei seiner Familie eine Möglichkeit, besäße er sicher schon längst ein eigenes Boot. So hätte er wenigstens hier eins.

Als es langsam beginnt zu dämmern, stelle ich fest, dass Stunden vergangen sein müssen, in denen ich unaufhörlich die Bretter für Sams Boot bearbeitet habe. Das Wetter hat sich mittlerweile etwas abgekühlt. Außerdem knurrt mein Magen. Also begleitet Amy mich in die Küche, und ich schütte ihr Futter in den Napf. Anschließend wärme ich mir die Essensreste von gestern auf dem Herd auf und setze mich damit in den Schaukelstuhl, der auf der Veranda seinen Platz hat. Jeden Abend sitze ich hier, und doch habe ich mich an diesem Ausblick noch nicht satt gesehen. Damals jedoch, während meiner Ausbildung, stand ich das erste Mal in meinem Leben vor einer riesigen Gebirgskette. Direkt vor meinen Augen streckten sich die Gesteine in die Höhe und tunkten ihre Gipfel in weiche Wolken. Ich hielt inne - erstarrt vor Ehrfurcht. Wie gern würde ich das noch einmal erleben. Für das Leben hier muss man dann doch etwas aufgeben - auch wenn das niemand vermuten würde.

Ich spieße die letzte Kartoffel auf und sehe im Augenwinkel, dass ich aufmerksam beobachtet werde. „Hat dir dein Essen nicht gereicht?", schmunzle ich und stelle den Teller auf den Holzboden, damit er auch noch von den letzten Soßenklecksen befreit werden kann. Währenddessen lege ich meine Hände um meine Mundharmonika, erwecke sie sanft mit meinem Atem und genieße die Harmonie zwischen der Melodie, die sie singt, und dem Rhythmus, den die Wellen spielen.

Am nächsten Morgen werde ich von einem warmen Atem direkt neben meinem Gesicht geweckt. Ich öffne langsam meine Lider und blicke unfern in große, braune Hundeaugen. „Guten Morgen, meine Beste!", gähne ich. Eine Pfote liegt auf der Matratzenkante und patscht jetzt vorsichtig auf meinen Arm - das ist wohl mein Zeichen aufzustehen. Ich führe meine Morgenroutine durch. Frisch machen, meinen Kaffee auf der Veranda genießen, während Amy die Wellen begrüßt, den Briefkasten nach einem Brief von Sam mit seinen wöchentlichen Neuigkeiten abtasten - wie auch letzte Woche kommt er wohl wieder mit einem Tag Verspätung -, die Tageszeitung aus dem Briefkasten nehmen und sie auf direktem Wege in die Papiertonne legen, gemeinsam mit Amy frühstücken. Heute möchte ich den Schriftzug auf der Steuerbordseite des Bugs vollenden. „Shonayla" soll dort in weißen, geschwungenen Lettern stehen. So werde ich Sams Boot taufen. Das soll ihn an unsere gemeinsame Kindheit erinnern, als wir alles mit diesem Wort betitelt haben, dem wir keinen Namen zuordnen konnten.

Die Woche verging wahnsinnig schnell. All die Vorbereitungen, der Stress beim Einkaufen, die gezwungenen Gespräche mit den Nachbarn, denen man kaum aus dem Weg gehen kann, und der letzte Schliff am Boot. Es war viel zu tun, und mein Rhythmus ist etwas aus dem Takt gekommen. Aber das ist in Ordnung. Dafür kommt Sam heute endlich an. Gestern habe ich bereits das Essen vorgekocht. Wenn er gleich das Haus betritt, soll es auf dem Herd nur kurz erhitzen. Für Sam wird es so aussehen, als hätte ich schnell alles in einen Topf geworfen, um den Eintopf zu kochen. Das ist gut so. Er muss nicht wissen, wie viel Arbeit ich mir wirklich für ihn gemacht habe.

Amy merkt, dass etwas anders ist und stellt bei jedem Geräusch, das draußen ertönt, ihre Ohren auf und wedelt freudig mit ihrem Schwanz. Sie wird ganz genau wissen, dass es wieder soweit ist und hier für einige Zeit der Jahresbesuch einzieht. Ihre Euphorie kann sie nicht so gut verstecken wie ich.

Sams fertiges Boot habe ich zwischen all die Holzgefährte eingereiht. Für Laien wird es kaum aus der Masse herausstechen, aber für mich ist es die Perfektion eines Holzbootes.

Plötzlich fängt Amy an zu bellen und rennt über die Veranda heraus zur Einfahrt. Das muss Sam sein! Kurz darauf höre auch ich sein Auto schnurren. Ich stelle die Herdplatte an und warte, bis ich das Knartschen der Holzstufen vernehme. Dann verlasse ich die Küche und gehe ihm den Rest des Weges entgegen. Amy lässt nicht mehr von ihm ab, sodass seine Hosenbeine eins mit ihrem langen Fell werden.

„Hallo Sam", begrüße ich ihn ruhig und nehme die schwere Reisetasche von seiner Schulter, „du hast den langen Weg also wieder einmal hinter dich gebracht."

Mein Gegenüber wartet geduldig, bis ich das Gepäck ins Gästezimmer gestellt habe. Dann hält er mir seine Hand hin, und wir schlagen ein. Sam reißt mich an sich und klopft mir forsch auf den Rücken. Ich tue ihm nach.

„Mann, ist das schön, dich wieder zu sehen, mein Lieber! Wie ist es dir ergangen?", spricht er mich grinsend an, nachdem er seine Hände auf meinen Schultern platziert hat.

„Ganz gut, alles beim Alten", halte ich mich kurz, „Amy freut sich, dass du da bist."

Sam kniet nieder, und die beiden beginnen, miteinander zu raufen. Als sie voller Hoffnung zur Tür schnellt, sich umdreht und ihn freudig anschaut, winkt Sam ab. „Du bist mir vielleicht eine", lacht er, „später vielleicht. Ich hab' einen riesigen Kohldampf, und hier riecht es schon so gut!". Mein Besuch schaut mich fragend an.

„Ach, das sind nur ein paar Reste, die ich zusammengeworfen habe, weil ich Hunger hatte. Möchtest du auch etwas davon?"

Es war ein schöner erster Tag mit Sam, den wir gemeinsam auf der Veranda haben ausklingen lassen. Er hat wie immer unglaublich viel erzählt. Von seinem Job als Sportlehrer, seiner Familie und dem ganzen Unsinn, den seine beiden Teenies,

Mason und Jacob, zurzeit treiben. Ich höre ihm wahnsinnig gern zu, auch wenn ich dabei manchmal etwas wehmütig werde. Wir hatten eine tolle Kindheit zusammen. Der Tod von Mutter hat uns damals noch enger zusammengeschweißt, und wir haben gemeinsam so viel Unsinn gemacht, dass wir in der ganzen Nachbarschaft dafür bekannt waren. Ich erinnere mich noch gut, als wir einmal heimlich zu dem etwas abgelegenen Haus geschlichen sind, während die Besitzer in Urlaub waren - bepackt mit Nägeln, Brettern und einem Hammer aus Vaters Schuppen. Nachdem die Bewohner zurück waren, herrschte ein großes Tohuwabohu. Denn die zugenagelte Haustür hatte ihnen den Eintritt verwehrt. Allen war klar, dass die Bretter zu Vater gehörten - nur leider nicht uns. In diesem Fall hat es ihm sicher nicht gefallen, dass er durch seinen Bootsbau und -verkauf stadtbekannt war. Das gab großen Ärger. Aber mittlerweile ist es eine der Geschichten, an die ich mich am liebsten zurückerinnere. Sams Kinder werden später offensichtlich auch viel zu erzählen haben, so viele Flausen, wie die beiden im Kopf haben.

Ich höre Sam bis hier ins Schlafzimmer schnarchen. Amy konnte sich offensichtlich nicht entscheiden, bei wem von uns beiden sie lieber ihre Nacht verbringen wollte. So hat sie sich auf die Schwelle zwischen beiden Zimmern gelegt und ist bereits zufrieden eingeschlafen.

Als ich morgens wach werde, ruhen die beiden noch selig. Ich entscheide mich, meine Routine allein durchzuführen. Während ich in der Küche meinen Kaffee aufkoche, wird Amy wach und läuft tapsig auf mich zu. Ich bin froh, dass sie gemeinsam mit mir in den Tag startet und alles so ablaufen kann wie sonst auch.

Während ich etwas später mit der Zeitung in der Hand zum Altpapier laufe, ruft Sam mir frisch geduscht entgegen: „Greg, warte! Ist das etwa die Tageszeitung? Ich würde sie gern lesen. Kannst du sie mit hereinnehmen?" Ich gehe also zurück ins

Haus und reiche sie Sam. „Greg, ernsthaft? Du hast in all den Jahren noch immer nicht die Zeitung abbestellt, die Mutter und Vater damals abonniert hatten? Du liest sie doch gar nicht."

Ich weiß nicht recht, wie ich reagieren soll. „Mmh, ja. Weißt du, sie gehört nun mal einfach dazu. Zum Haus, zum Briefkasten. Es wäre merkwürdig, wenn sie nicht mehr geliefert werden würde. Außerdem hatte ich bisher kein Interesse daran, sie zu kündigen. Und finanziell ist das doch sowieso egal. Dank meines Erbteils muss ich mir darum nun wirklich keine Gedanken machen. Also habe ich es einfach beim Alten belassen", rechtfertige ich mich.

Sam antwortet nicht darauf, sondern fragt: „Soll ich uns Omelette braten?". Wir einigen uns darauf, dass ich das Frühstück zubereite und er mit Amy solange zum Strand geht. Während das Essen in der Pfanne brät, höre ich, wie die beiden im Wasser tollen.

„Das Omelette ist fertig!", rufe ich, stelle die Teller mit zwei Tassen Kaffee auf den Tisch und lege einen Kauknochen auf die Holzdielen. Während er frühstückt, blättert Sam in der Zeitung. Er ist vielseitig interessiert und hinterfragt ständig alles, was er hört, um seine Neugierde zu stillen. Eine Stärke, die seine Mitmenschen sicher nicht immer als solche erkennen. Plötzlich schaut Sam von der Zeitung hoch, sieht mich eindringlich an und sagt aufgeregt: „Das hast du mir ja gar nicht erzählt!".

Verdattert antworte ich: „Was habe ich dir nicht erzählt, was meinst du? Wieso bist du so entrüstet?".

„Der Bau", erklärt er, „das Hotel!" Ich verstehe nicht, was er mir sagen will. „Das Hotel, Greg, guck!", er hält mir den Zeitungsbericht vor mein Gesicht. Verwirrt versuche ich zu erfassen, was dort steht. Ich nehme das Papier in meine Hände und lese. Wie bitte? Das kann doch nicht wahr sein. Das ist doch... die können doch nicht einfach!

„Ich wusste nichts davon, Sam. Ich wusste bis gerade eben nicht, dass ein paar Meter weiter ein riesiges Hotel gebaut werden soll. Dieser ganze Tourismus ist doch widerlich! Die können doch nicht ohne Vorankündigung direkt neben unserem Grundstück einen Urlaubskomplex bauen!". Ich bin außer mir. „Sam! Dürfen die das einfach? Was soll ich denn jetzt machen?"

Sam starrt mich an. „Greg, ich habe keinen blassen Schimmer", gesteht er. „Dich hat wirklich nie jemand aufgeklärt? Das ist echt unglaublich."

Einige Stunden und einen Strandspaziergang weiter sitzen wir wieder auf der Veranda. Verdutzt wie zuvor und keinen Schritt weiter. Sam tätigte einige Telefonate, konnte jedoch nichts erreichen. Lange habe ich darüber nachgedacht, ob mir irgendetwas entfallen ist. Ob ein Nachbar beim Einkauf vielleicht etwas erwähnt hat oder hätte, wenn ich aufgeschlossener gewesen wäre. Ich erinnere mich, dass ich gemeinsam mit der Tageszeitung auch einige Male Briefe entsorgt habe. Werbung, Briefe von der Kirche, Spendenaufrufe, Flohmarkt-Zettel. So etwas. Aber doch kein wichtiges Dokument, was mich auf den Bau eines Riesenkomplexes direkt vor meiner Haustür aufmerksam machen wollte. Oder? Ganz sicher kann ich das nicht mehr sagen. Aber das tut ja jetzt eh nichts zur Sache. Fakt ist, dass meine Heimat und dieser wundervolle Strand eine Urlaubsreisenden-Hölle werden. Das ist einfach nicht zu fassen! Meine leeren Augen blicken in die Weite des Meeres, als Amy ihren Kopf mit angelegten Ohren auf mein Knie legt und mich mit ihren treuen Augen anblickt. Als meine Hand sich an ihren Kopf schmiegt, legt sie ihre Pfote auf meine andere Hand, die auf meinem Oberschenkel verweilt. „Meine Beste", flüstere ich, „wie soll das hier nur enden?"

Am Nachmittag geht Sam zu einer Familie in der Nachbarschaft, um nachzuhaken, ob sie von dem Vorhaben wissen. Als er wiederkommt, erklärt er, dass alle Häuser in der Umgebung Ankündigungen in Briefform erhalten haben. Also habe ich es doch unbewusst ignoriert. Die Nachbarn hätten schon gerätselt, wie es nun mit meinem Bootsbau weiterginge und ob ich mir das gefallen ließe.

„Natürlich nicht!", murre ich Sam an.

„Aber Greg, ich denke nicht, dass du den Bau aufhalten kannst. Du musst dich entweder damit arrangieren oder… nein. Du musst dich damit arrangieren", legt mir Sam meine Möglichkeiten offen. Als wüsste ich nicht selbst, dass es keinen Ausweg namens „Baustopp" gibt.

Ich trinke einen großzügigen Schluck von meinem Bier und lehne mich im Schaukelstuhl zurück. Ich könnte es nicht ertragen. All die Menschenmassen. Keine Ruhe mehr. Die zerstörte Idylle. Keine Mundharmonikamelodie ohne feiernde, schreiende Touristen. Kein wohltuender Kaffee am Morgen ohne den Lärm von klimperndem Besteck ein paar Meter weiter. Nie wieder allein am Strand sitzen und die Weite genießen. Nein.

„Das könnte ich wirklich nicht ertragen", offenbare ich mich Sam.

„Aber du hast keine andere Wahl, wenn du den Laden nicht aufgeben willst", erwidert er.

Den Laden aufgeben. Das Haus verlassen. Das Grundstück verkaufen. Wäre das eine Option? Mutter und Vater lag viel an ihrem Heim. Vater war überglücklich, als ich ihm deutlich machte, dass ich den Bootsbau weiterführen und auf dem Grundstück bleiben würde. Dieser Ort ist unser Ort. Ich kann mir nicht vorstellen, dass ein fremder Mensch hier wohnt.

„Nein, verkaufen werde ich das alles nicht", mache ich Sam deutlich.

„Ist es wegen unserer Familie, Greg? Jeder versteht das. Auch Mum und Dad würden das verstehen, glaub mir", sagt Sam einfühlsam.

„Es geht ums Prinzip. Aus Protest. Ich werde das nicht kampflos über mich ergehen lassen. Die werden schon sehen, wie dumm es von ihnen war, sich so einen Nachbarn auszusuchen", herrsche ich ihn an.

Ach, so ein Blödsinn. Vielleicht hat Sam recht, und es ist Zeit zu gehen. Sich zu wandeln. Neue Schritte zu gehen. Wenn doch nur er dieses Haus nehmen könnte. Das würde alles leichter machen. Er hätte sicher nicht so ein Problem mit diesem Wandel. Aber er kann nicht. Sein Job, seine Familie, sein Leben an einem anderen Ort. Das wird er nicht aufgeben.

„Ich kann verstehen, dass du so wütend bist. Absolut. Ich hol' uns noch was zu trinken und dann sprechen wir für heute einfach nicht mehr davon. Es ist sicher gut, erst einmal eine Nacht darüber zu schlafen, okay?", schlägt er vor, und wir beenden den Tag versunken in unseren eigenen Gedanken.

Ich habe kein Auge zu bekommen diese Nacht. Immer und immer wieder bin ich die verschiedenen Szenarien durchgegangen. Mich auflehnen, nichts tun und all das über mich ergehen lassen, alles aufgeben und zuletzt die Möglichkeit, dass Sam das Haus vielleicht doch nimmt. Das würde mir wohl am besten gefallen. Ich müsste all das nicht ertragen, und das Haus würde trotzdem in Familienbesitz bleiben. Sam würde den Bootsbau vielleicht sogar weiterführen, und Amy und ich könnten aufbrechen und nachholen, was wir bisher zurückgesteckt haben. Lange habe ich darüber nachgedacht, Sam einfach zu fragen. Zu fragen, ob er das Haus nicht übernehmen will, wo er doch so gern hier ist. Aber ich würde es einfach nicht über die Lippen bringen. Ich müsste ihm von meinem verkommenen Traum, die Welt zu bereisen, erzählen. Das würde mir doch niemand zutrauen! Außerdem kann ich mir einfach nicht vorstellen, dass er sich auf ein anderes Leben einlassen kann. Die Überlegungen heute Nacht haben allerdings gezeigt, dass kein befriedigenderer Ausweg besteht. Vielleicht ergibt sich ein Moment, in dem ich mich überwinden kann. Aber selbst wenn... er wird sich dagegen entscheiden, und damit wäre es eh umsonst, und ich stünde wieder bei null. Ausweglos.

Während wir gemeinsam frühstücken, gesteht Sam mir, dass auch er die halbe Nacht wach lag. Er konnte keine Lösung finden und weiß nicht, wie er mir helfen kann oder wie all das eine gute Wendung nehmen soll. Wenn er bei so viel Grübelei nicht selbst darauf gekommen ist, das Haus vielleicht selbst zu nehmen, ist es wohl Unsinn, ihm das vorzuschlagen. Also bestätige ich ihn, und wir schweigen, während wir weiter essen. Anschließend ruft Sam seine Frau Amanda an, um ihr alles zu berichten. Sie ist derweil mit den Kindern bei ihrer Mutter - wie jeden Sommer, wenn Sam hier unten bei mir ist. Es ist ewig her, dass ich sie oder die Nachkommen gesehen habe. Das letzte Mal muss vor ungefähr zehn Jahren gewesen sein, als Mason und Jacob kurz vor der Einschulung standen. Amanda hatte Sam zu mir gebracht, um dann mit dem Mobil weiter zu ihrer Schwester zu fahren. Sie ist ein guter Mensch. Die beiden passen perfekt zusammen. Aber Amanda und mich verbindet nichts, außer die Innigkeit zu ihrem Mann und meinem Bruder. Die beiden haben sich während Sams Studium in einem Kurs über Ernährungswissenschaften kennen gelernt. Amanda ist, wie Sam, dem Sport verfallen und verdient ihr Geld als Personal Trainerin. So konnte sie schon damals frei entscheiden, wie viel und wann sie arbeiten wollte, um nebenbei die Kinder versorgen zu können.

„Ist alles in Ordnung?", frage ich Sam, als ich sehe, wie er nach langer Zeit gedankenverloren vom Telefonat zurückkommt.

„Mmh..., was? Ach so,... ähm, ja. Es ist alles gut, danke. Ähm ... wollen wir ein bisschen an den Booten werkeln?", erwidert Sam geistesabwesend.

Wir gehen also zum Schuppen, während Amy versucht, uns in ein Spiel zu verwickeln. „Später, Kleine", wehrt Sam ab und fügt in Gedanken verloren hinzu: „Ach weißt du, ich schau mich erst mal kurz um. Mal sehen, was du das Jahr über so gezaubert hast. Dann bekomme ich sicher ein paar Inspirationen".

Ich nicke sein Vorhaben ab, stelle anschließend die Werkbank auf und lege die Werkzeuge bereit. Nach kurzer Zeit kommt Sam zurück.

„Wirklich tolle Stücke, Greg. Du hast es einfach drauf! Ein Boot gefällt mir ganz besonders", bekennt er lächelnd.

Ich wende mich ab und krame in der Schublade, während ich antworte: „Ach ja? Welches denn?".

„Shonayla also, ja? Das Boot ist wunderschön geworden!"

Ich schaue Sam kurz an und wende mich dann wieder der Lade mit den Holzfeilen zu. „Ach das. Ja... ich fand, der Name passte ganz gut", reagiere ich verlegen und lege die passenden Werkzeuge auf die Werkbank.

„Bist du damit schon rausgerudert?", fragt Sam.

„Nein, noch nicht. Ich hatte bisher keine Zeit. Du kannst es testen, wenn du möchtest", rede ich mich raus, während ich die Lade wieder schließe.

Sam schlägt vor, das heute am frühen Abend gemeinsam zu unternehmen und angeln zu gehen. Ich stimme zu, und wir beginnen zu arbeiten.

Das Gewässer ist sehr ruhig, als wir hinausrudern. Deswegen legt Amy sich entspannt zwischen uns und genießt die Fahrt. Sam scheint begeistert zu sein von dem neuen Boot und testet einige Manöver - aus dem Stehgreif mit vollem Erfolg. Nach ein paar Metern entscheiden wir, uns treiben zu lassen und uns ein kühles Bier zu genehmigen. „Die Ruder sind wirklich eins mit dem guten Teil. Der absolute Wahnsinn. Es fährt einfach perfekt!", sagt Sam begeistert. Es ist so erfüllend, ihn so glücklich mit Shonayla zu sehen. Das wäre der perfekte Moment, ihm mitzuteilen, dass das Boot ein Geschenk sein soll. Aber wie sagt man so etwas am besten? Ich überwinde mich: „Es steht hier ja doch nur rum. Du kannst es haben, wenn du möchtest", sage ich nüchtern.

„Das ist wirklich nett, Greg. Aber ich kriege es weder mit, noch habe ich die Möglichkeit, es zu Hause zu nutzen. Ach Mensch,

was würde ich darum geben, es zu Hause fahren zu können!",
antwortet er enttäuscht.

„Dann lass es doch einfach hier stehen. Es ist deins, wenn du
hier bist, und bist du weg, hat es hier einen guten Lagerplatz.
Ich möchte es dir schenken, Sam", beteuere ich.

Sam wird ganz still: „Greg, ganz ehrlich. Das bedeutet mir
wahnsinnig viel. Ich liebe das Rudern, das Meer, die Boote, vor
allem Shonayla." Er wird noch ernster: „Aber vor allem liebe
ich diesen Ort hier. Auf Dauer war er mir immer zu ruhig, aber
jetzt... Greg, ich habe vorhin mit Amanda gesprochen und ihr
von dem Hotelbau erzählt. Wir können uns beide nicht
vorstellen, dass du hier in Zukunft noch glücklich sein könntest. Beim Telefonat haben wir ein bisschen herumgesponnen
und überlegt, wie es wäre, wenn wir herziehen würden. Die
Kinder müssten sich neue Freunde suchen, aber das würde für
die beiden sicher kein Problem werden. Ich könnte einen Boots-
verleih für das Hotel eröffnen oder eine Surfschule anbieten.
Amanda könnte den Urlaubern Fitness- oder Ernährungskurse
geben. Oder Langzeitreisenden die Möglichkeit zum Personal
Training offenhalten. Das alles wäre eine große Chance für uns.
Mit Risiken, klar. Das kann auch alles nach hinten losgehen,
aber es hört sich nach einer so erfüllenden Möglichkeit an. Ein
neuer Lebensabschnitt und das auch noch in Ehren unserer
Eltern. Was sagst du dazu, Greg?"

Ich kann kaum glauben, was Sam da gerade gesagt hat. Vermutlich ist es an der Zeit, mich ihm gegenüber endlich zu
öffnen. „Sam, ich finde, dass das eine großartige Idee ist. Letzte
Nacht habe ich mir so viele Gedanken gemacht, wie es sein
würde, wenn das Hotel steht und der Tourismus hier einzieht.
Für mich ist das absolut kein Leben. Das könnte ich nicht. Ich
muss zugeben, dass mir viel an dem Ort liegt. All die Erinnerungen an damals und die Versprechen, die ich Vater gegeben
habe. Er war so glücklich, als er wusste, dass sein Werk beste-
hen bleibt. Damit leben können, dass dieses Haus und der La-

den verkauft werden – nein. Aber der Gedanke daran, dass du und deine Familie all das übernehmen würdet… das ist einfach wundervoll!", gestehe ich.

„Aber was wäre dann mit dir?", fragt Sam überrascht.

Es ist nun also an der Zeit, mich vollkommen zu offenbaren. Ich atme tief ein und überwinde mich: „Weißt du, ich spiele schon seit langem immer mal wieder mit dem Gedanken, die Welt zu bereisen. Dieser Ort ist wunderschön, absolut! Aber ich würde es bereuen, wenn ich hier meine alten Tage verbringe, ohne vorher die Erde in all ihren Farben und Wundern gesehen zu haben. Wenn dieser Plan wirklich wahr wird, würde ich mit meinem Erbteil und Amy losziehen und mich treiben lassen. Bis es eines Tages nicht mehr geht."

Damit scheint Sam nicht gerechnet zu haben. „Wow, Greg. Wir dachten immer, das hier wäre dein Traum. Genau das, was du dir für dich wünschst", sagt er, während er den Blick auf mir haften lässt.

„Das dachte ich auch lange. Aber tief in mir schlummert etwas, das hier nicht befriedigt werden kann", vertraue ich mich ihm an.

Lange reden wir noch über unsere Vorstellungen. Darüber, wie der Umzug ablaufen könnte, wie das Leben hier für Sam aussehen würde und über die Abenteuer, die ich gemeinsam mit Amy erleben würde. Mir wird klar, dass ich nichts brauche außer ihr an meiner Seite und dem Wissen, dass mein Bruder glücklich ist.

Am nächsten Tag telefoniert Sam erneut mit Amanda. Er erzählt ihr von meiner Reaktion am Vorabend. Während ich ihn am Apparat betrachte, spüre ich, wie seine Freude ihn innerlich füllt. Seine Stimme klingt euphorisch, und seine Körperhaltung zeigt, dass er am liebsten direkt anfangen würde. Er sieht unglaublich zufrieden aus. Ich denke, das ist die beste Entscheidung, die wir jemals gemeinsam gefällt haben.

Ich schaue hinaus aufs Meer, als ich im Küchenradio erneut den Song von Talisco vernehme. Ich murmle mit: „… don't be afraid, I'll always be there… remember you and slow down… "

Ich muss an die Worte denken, die Mutter mir damals ans Herz gelegt hat. Meine Augen füllen sich mit Tränen. Sie hatte ja so recht.

„Hauptsache Reisen ins Glück."

Stephanie Petrowsky

Farbenspiel

„Understanding is the first step to acceptance,
and only with acceptance can there be recovery"
J.K. Rowling in Harry Potter and the Goblet of Fire

Tief einatmen und langsam wieder ausatmen. Den Puls beruhigen. Sie liebte diesen Geruch, den andere als staubig, alt und teilweise sogar muffig bezeichnen würden. Doch Ava überkam dabei ein Gefühl von Heimat, Sicherheit und Ruhe. Das machte diesen Ort für sie so anziehend: Man durfte nicht reden und wenn, dann nur kurz, äußerst leise und wenn es absolut nicht zu vermeiden war. Abgesehen davon waren hier auch kaum Menschen, die hätten reden können - ein weiterer Pluspunkt. Einzig Miss Graham mit ihrer roten Halbmondbrille, die sie an einer Kette um den Hals befestigt hatte, schlich durch die Gänge. Von ihr war garantiert kein Mucks zu erwarten. Mehr als einmal schon hatte Ava einen halben Herzinfarkt bekommen, wenn sie unversehens aufblickte und die kleine, grauhaarige, alte Dame vor ihr stand, um den ein oder anderen Buchstapel einzuräumen. Die Regale waren so hoch, dass sie dazu auf die an den Regalen befestigten Leitern steigen musste. Sie war wie der gute Geist, und Ava konnte sich kaum vorstellen, dass sie jemals die heiligen Hallen der Uni-Bibliothek verließ. Sie fügte sich so gut in die Räumlichkeiten ein, dass sie praktisch Teil des Inventars war.
Am Eingang der Bibliothek wies Ava sich wie immer kurz aus und verschwand zwischen den Buchreihen. Zielstrebig steuerte sie eine der hintersten Abteilungen an. Sie nannte es ihr Wohnzimmer; eine kleine Sitzgruppe in der hintersten Ecke, mit drei

massiven Eichentischen. Jeder der Tische war mit einer Banker-lamp ausgestattet, einer dieser grünen Schreibtischlampen, wie man sie aus alten Filmen kannte. Außerdem gab es bei den Tischen Steckdosenleisten, die sich in die Wand einfügten. Hierher verirrte sich fast nie jemand. Selten kam einer der älteren Professoren durch die Gänge und suchte nach einem speziellen Buch. Meist wurde Ava aber nicht bemerkt, saß sie doch selbst über ihre Bücher gebeugt und in Gedanken vertieft. In gewisser Weise war sie ein Exot, aber eher wie ein Chamä-leon, nicht wie ein Papagei. Sie besaß die Fähigkeit, sich nahezu unsichtbar zu machen und mit ihrer Umgebung zu verschmel-zen. Sie wollte einfach nur in Ruhe gelassen werden und diese Bibliothek war der beste Ort dafür. Wenn sie nicht auch irgend-wann schließen müsste, würde Ava hier sogar die Nächte ver-bringen.

Leider gab es da aber auch noch die Pflichttermine. Jene Treffen mit ihren Mitbewohnern zum gemeinsamen Abendessen, begleitet von Mr. Moreno. Die anderen sprachen ihn mit Jake an, Ava nannte ihn jedoch nie so. Missmutig räumte sie nach einigen Stunden Recherche also ihre Sachen zusammen und machte sich auf den Rückweg. Die Bibliothek der Penn Univer-sity war Teil des Museums von Philadelphia, und Ava brauchte von dort aus bis zum Wohnhaus ziemlich genau eine Stunde mit dem Bus und eine weitere Viertelstunde zu Fuß. Zeit, die sie meistens nutzte, um Vokabeln zu lernen.

Heute dauerte es jedoch etwas länger, bis sie in Boyertown ankam, denn der Bus schlich nahezu über die verschneiten Straßen. Der Wintereinbruch kam wie immer plötzlich und richtete ein Chaos an. Man sollte meinen, die Menschen hätten sich mit den Jahren darauf eingestellt, aber wie Heiligabend kam der Winter jedes Jahr überraschend. Heute schaute Ava statt in ihre Vokabeln aus dem Fenster und betrachtete die dicken Schneeflocken, die friedlich vom Himmel fielen. Wie konnte etwas so Kleines und Harmloses solch ein Chaos verursachen? Während sie weiter in der Dunkelheit die Schnee-flocken mit den Augen verfolgte, schweiften ihre Gedanken ab. Es war Ende November, das erste Adventwochenende stand vor der Tür, aber in vorweihnachtlicher Stimmung war Ava nicht.

Der Bus hielt an, und Ava stieg aus. Auf ihrem Weg durch den Schnee entlang der Greshville Road dachte sie über das bevor-stehende Abendessen nach. Es war Donnerstagabend, und Mr. Moreno würde von jedem hören wollen, wie die letzte Woche gelaufen war und was man am Wochenende vorhatte. Normalerweise würde sie einfach dasitzen und schweigen, aber das ließ Mr. Moreno nicht gelten. Bei einer ihrer ersten Wochen-rückblicke hatte Ava es ausprobiert. Eine ganze Weile hatte sie schweigend am Esstisch gesessen, bis wirklich auch der Letzte es übertrieben fand und sie einsehen musste, dass es keinen Ausweg gab, außer endlich etwas zu sagen.

Sie mochte die Wohngruppe nicht. Mit ihren fast 20 Jahren sah Ava sich durchaus in der Lage, allein für sich zu sorgen. Ihre Eltern sahen das aber anders und hielten es für angebracht, dass sie bis zur Volljährigkeit in der therapeutisch begleiteten Wohngruppe lebte. Noch gut 400 Tage musste sie sich den antiquierten Gesetzen von Pennsylvania beugen und sich vor-schreiben lassen, wo sie zu leben hatte. Normalerweise hatte sie nichts gegen Antiquitäten oder altertümliche Dinge, schließlich studierte sie Assyriologie, aber dass man in Pennsylvania erst mit 21 volljährig wurde, konnte sie nicht nachvollziehen. Doch solange es so war, musste sie hier wohnen, das war Teil der Abmachung.

Ava hatte unbedingt Assyriologie bzw. altorientalische Philolo-gie studieren wollen, ein Fach, dessen Quellenmaterial haupt-sächlich aus Keilschrifttafeln des 4. Jahrtausends vor Christus bestand. Dieser Studiengang wurde nur an wenigen Universi-täten angeboten, und sie hatte sogar ein Stipendium der renommierten Penn University. Eine einmalige Chance, die aus vielerlei Gründen ein Geschenk war. Ihre Eltern ließen sie nur unter der Prämisse gehen, dass sie nicht auf dem Campus wohnte, sondern in eben jenem Haus, das sie soeben erreichte. Es war ein großes, weißes und langgezogenes Backsteinhaus mit zwei Etagen und eher untypisch für amerikanische Verhältnisse. Es wurde umringt von einem Stück Land, auf dem sich auch ein Stall befand. Neben dem Haupthaus gab es noch ein kleineres Nebengebäude, in dem Mrs. Peters wohnte. Sie kümmerte sich hauptsächlich um die jüngeren Kinder, wie den zwölf Jahre alten Jonathan, und darum, dass das Haupthaus nicht im absoluten Dreck und Chaos versank. Natürlich sollten die Bewohner und Bewohnerinnen selbst putzen, kochen und waschen, aber sie hatte ein sehr genaues Auge auf alles.

Ava öffnete die schwere Haustür und trat in den Eingangsbereich ein. Ihre nassen Schuhe stellte sie unter den kleinen Heizkörper, unter dem schon drei andere Paar Schuhe standen: Ein blaues Paar Sneakers, welches sie Jonathan zuordnete, ein Paar Fellboots von Kristina und die abgetragenen Lederimitatschuhe mit durchgelaufener Sohle von Timothy. Die Schuhe der anderen standen auf der gegenüberliegenden Seite im Regal. Nachdem sie ihren Mantel an den Haken gehängt und ihre Tasche am Absatz der Treppe abgestellt hatte, betrat sie den großzügigen Wohn-/Essraum mit offener Küche. An dem langen Esstisch saßen bereits Mr. Moreno, daneben Kristina mit Jonathan und Timothy, auf der anderen Seite warteten noch Mathea und Tobias. Zwischen letzteren beiden war ihr Stuhl frei.

„Guten Abend Ava, schön, dass du es bei dem Wetter noch pünktlich zum Essen geschafft hast, dann können wir ja jetzt gemeinsam anfangen." Mit diesen Worten begann Mr. Moreno, sich Essen auf den Teller zu füllen. Nach einigen Minuten schweigsamen Essens begann der unangenehme Teil: das Gespräch über den Wochenverlauf. Ava interessierte sich recht wenig dafür, was die anderen machten. An diesem Wochenende sollte die Weihnachtsdekoration herausgeholt werden, und Mrs. Peters wollte mit Freiwilligen das Haus in einen Weihnachtstraum verwandeln, ansonsten sollte es ein ruhiges Wochenende werden. Vielleicht könnte Ava sich ja aus allem heraushalten und das Wochenende hauptsächlich in der Bibliothek verbringen.

„Ava? Hey, Ava! Du hast ja gar nicht zugehört. Warst du wieder in Gedanken? Bitte erzähle uns doch, wie deine Woche war. Wie lief es in deinen Kursen?" Mist. Jede Woche hoffte sie darauf, dass man sie übergehen oder vergessen würde, doch natürlich passierte das nie. Mr. Moreno achtete sehr genau darauf.

„Meine Woche war wie immer, die Kurse waren okay, und ich muss viel lernen." Sie versuchte, sich möglichst so auszudrücken, dass es keine Nachfragen gab. In Wahrheit waren ihre Kurse das Beste in ihrem Leben, aber dann müsste sie das vielleicht begründen, oder es hieß wieder: Such dir Freunde, die Kurse sind nicht alles. Also hielt sie es für das Beste, es so knapp und normal wie möglich zu halten, damit das Gespräch schnell beendet war.

„Okay, was machst du denn am Wochenende? Hilfst du Mrs. Peters und den anderen bei der Weihnachtsdekoration? Das fände ich nämlich sehr schön, und es macht bestimmt Spaß."

„Ich muss in die Bibliothek, Recherche und so." Ava hörte, wie Mr. Moreno leise seufzte, wobei er fast unmerklich den Kopf schüttelte.

„Gut, da alle dran waren und wir mit dem Essen fertig sind, löse ich die Runde für heute auf. Ich wünsche euch ein schönes Wochenende und einen guten Start in die nächste Woche. Aber ich sehe euch ja auch noch. Ava, kann ich dich bitte noch kurz unter vier Augen sprechen?"

Jetzt war sie es selbst, die seufzte. Ein Gespräch unter vier Augen, das verhieß nichts Gutes. Sie gingen gemeinsam in das

Büro. Hier standen ein Schreibtisch, ein Bücherschrank, ein schmaler Kleiderschrank und ein Bett. Bei ihrem Einzug hatte Mr. Moreno erklärt, dass es schon einmal nötig sein konnte, dass er hier übernachtete. Falls es mal Schwierigkeiten mit einzelnen Bewohnern oder gleich der ganzen Gruppe gab, konnte er so rund um die Uhr da sein. Ansonsten nutzte er das Büro für die Sitzungen. Jeder Bewohner hatte einmal die Woche ein Einzelgespräch bei ihm.

„Ava, ich mache mir Sorgen." Mr. Moreno setzte sich hinter den Schreibtisch in den hohen Stuhl. „Du bist doch eine kluge, junge Frau, und ich bewundere wirklich deinen Ehrgeiz. Nicht viele suchen sich so ein außergewöhnliches Studium aus und lernen mit so viel Begeisterung."

Ava hatte an der anderen Seite des Tisches Platz genommen und mit gesenktem Kopf dagesessen. Was auch immer jetzt kam, es würde ihr nicht gefallen, dessen war sie sich sicher.

„Ich weiß, dass du nicht gerne redest und viel Zeit alleine verbringst, aber so kann es nicht weitergehen. Ich muss dir nicht sagen, dass du nicht ohne Grund hier bei uns lebst. Deine Eltern machen sich Sorgen, und das kann ich nachvollziehen. Bei unseren gemeinsamen Gesprächen hast du kaum etwas gesagt, und wir kommen so nicht voran. Wie siehst du das denn?"

Wie sie das sah? Sie wollte nur in Ruhe studieren und konnte überhaupt nicht verstehen, was es für ein Problem gab. Sie war nicht aggressiv und egoistisch wie Timothy oder hatte Ärger wegen Drogen wie Kristina. Auch war sie keine Waise wie Jonathan oder hatte eine kranke Mutter wie Tobias und weiß der Geier, warum Mathea da war. Ava verstand es schlichtweg nicht. Sie war eben still, mehr nicht. „Wenn Sie das sagen."

„Genau das meine ich, Ava. Es gelingt mir nicht, an dich heranzukommen. Du hast etwas Schlimmes erlebt und versteckst dich hinter deinem Studium, aber es würde dir so viel bessergehen, wenn…"

„Wenn was? Hören Sie, ich bin nur hier, weil ich studieren möchte und meine Eltern es zur Bedingung gemacht haben, dass ich hier wohne. Aber mich kann niemand dazu zwingen, mit Ihnen zu reden, über was auch immer. Es geht mir doch gut, solange man mich einfach mein Leben… wenn man mich einfach machen lässt." Sie hatte es nicht mehr zurückhalten können. Ihr Puls raste, und sie saß kerzengerade da. Lange hatte sie die Worte heruntergeschluckt, aber so, wie man sich bei einer Übelkeit irgendwann doch übergeben musste, hatte sie die Worte schließlich ausspucken müssen. Ava meinte, bei Mr. Moreno ein leichtes Lächeln erkennen zu können, doch bevor sie sich dessen sicher war, war es auch schon wieder verschwunden. Er sah sie nun eindringlich an.

„Du hast vollkommen recht, es kann dich niemand zwingen, aber deine Eltern zahlen viel Geld dafür, dass du hier wohnen kannst und dir geholfen wird. Sie sorgen sich. In Abstimmung mit ihnen bin ich zu dem Schluss gekommen, dass wir unsere Gespräche so nicht fortführen, denn weder du noch ich haben etwas davon." Ava konnte es kaum glauben, keine lästigen Gespräche mehr mit Mr. Moreno? Das klang zu schön, um wahr zu sein. „Ich sehe, du freust dich innerlich schon, aber es wird natürlich einen Ersatz geben. Ich möchte, dass du dich ab der kommenden Woche mit Miss Joanne triffst." Sie hätte sich natürlich beschweren können, dass über ihren Kopf hinweg entschieden worden war, aber so blieb ihr ein Gespräch in großer Runde erspart, in dem die elterliche Sorge ihr die Kehle zuschnürte und die Luft zum Atmen nahm. „Ich habe dir die Adresse hier aufgeschrieben, es ist nicht weit von deiner Uni entfernt. Dienstagnachmittag um vier ist dein erster Termin bei ihr. Wenn du keine Fragen mehr hast, will ich dich auch für jetzt erlösen. Wir sehen uns dann in einer Woche wieder. Und Ava?" Sie war schon aufgestanden und auf halbem Wege zur Tür. „Versuche, einmal den Gedanken zuzulassen, dass dir niemand etwas Böses will, im Gegenteil. Meine Tür steht dir auch weiterhin immer offen."

Ava schaute die Straße auf und ab. Hier sollte sie sich mit Miss Joanne treffen? In der Straße standen mehrere einzelne Häuser, die nur eines gemeinsam hatten: den Straßennamen und die Tatsache, dass sie einander nicht berührten, sondern von kargen Erdflächen getrennt waren. Sie stand vor dem Gebäude, das der Adresse auf dem Zettel von Mr. Moreno entsprechen musste. Es schien noch weniger als alle anderen Häuser in diese Gegend zu passen. Es wirkte wie ein kleines, schmales Bauernhäuschen, das man aus einer idyllischen Landschaft gerissen und hierher verpflanzt hatte. Ein paar Schritte näher dran erkannte Ava, dass sie wohl richtig war. Auf einem Schild neben der schmalen, hölzernen Tür stand: Kreativwerkstatt, Catherine Joanne. Darunter verwies ein Pfeil darauf, dass sich der Eingang zur Werkstatt links befand, bei einer Art grünem Scheunentor, dessen rechte Hälfte offenstand. Sie war hier also richtig, dennoch verstand sie nicht, was sie hier sollte. Auf dem Schild hatte keine Berufsbezeichnung gestanden, und was sollte sie in einer Kreativwerkstatt? Eine ganze Reihe weiterer Fragen tauchten in Avas Kopf auf, aber es blieb ihr nichts anderes übrig, als durch das Scheunentor zu gehen und nach Miss Joanne zu suchen. Auf der Straße war es zudem ziemlich windig geworden.

Sie staunte nicht schlecht, als sie den Innenhof betrat. Der Boden bestand aus Kopfsteinpflaster, dessen Zwischenräume aus Moos. Dort, wo ein schmaler Weg freigeschaufelt war, konnte man das Muster erkennen. Am Rand des Hofes waren schmale Beete angelegt, in denen im Sommer bestimmt tolle, bunte Blumen wuchsen. Zurzeit war aber alles von einer Schneeschicht bedeckt, und man konnte die Schönheit nur erahnen. Der Weg führte über den Hof in eine kleine Scheune, in der sich wohl die Werkstatt befand. Ava folgte ihm und steckte den Kopf durch das nächste grüne Scheunentor: „Hallo? Ist hier jemand?" Sie ging ein paar Schritte weiter hinein in den großen Raum. „Miss Joanne?" Aus einem Nebenraum hörte sie Schritte, und schon bald stand sie einer Dame gegenüber.

„Hallo, du musst Ava sein! Es freut mich ja so sehr, dass du hergekommen bist. Komm doch mit mir, dann trinken wir einen Tee zusammen und unterhalten uns." Zurück in dem Nebenraum, setzten sie sich an einen runden Kaffeetisch, der mit einer bunten Patchwork-Tischdecke bedeckt war. Darauf stand eine altmodische Teekanne, die wiederum auf einem Stövchen stand. Die beiden Teetassen hatten dasselbe Blumenmuster wie die Kanne und sahen außergewöhnlich aus. Miss Joanne schien bemerkt zu haben, dass Ava das Teeservice genauer betrachtet hatte.

„Gefällt dir das Geschirr? Ich habe es aus Ostfriesland mitgebracht, einer Region in Deutschland. Ich habe dort einige Zeit gelebt. Der Schwarztee dort ist außergewöhnlich lecker. Magst du schwarzen Tee?" Ava nickte zögerlich. Dies war nicht gerade ihre Lieblingssorte, aber es würde wohl schon gehen. „Danke, Miss Joanne." „Ach, sag doch einfach Catherine oder Cathy zu mir, sonst fühle ich mich so alt. Ist das in Ordnung für dich, wenn ich dich auch weiterhin Ava nenne?"

Ava nickte erneut. Catherine redete wie ein Wasserfall, und das war ihr nur recht. Je mehr sie redete, desto weniger Zeit bliebe für Ava zum Reden. Während Ava den ersten Schluck Tee zu sich nahm, begann Catherine erneut, von Deutschland und den Besonderheiten des Tees zu erzählen. Die Deutschen nahmen es sehr genau mit der Zubereitung, anscheinend Grund genug, um davon ausführlich zu erzählen. Das war gut. Ava hörte nur mit halbem Ohr zu und schaute sich um. Der Raum war eine Mischung aus Werkstatt, Büro und Wohnzimmer. Trotz der Tatsache, dass es auch ein Wimmelbild hätte sein können, schien alles einer eigenen Ordnung zu folgen. Ein jedes Ding hatte darin seinen Platz.

„Kreativität braucht ihren Freiraum." Ava zuckte zusammen. „Verzeihung?" „Kreativität braucht ihren Freiraum." Catherine machte eine weite Bewegung mit ihrem Arm, die den ganzen Raum miteinschloss. „Es mag chaotisch wirken, aber so kann ich am besten arbeiten. Kreativität lebt vom Leben und dem Durcheinander."

Sie war eine Frau Mitte 50, so schätzte Ava, aber die Art, wie sie sprach und sich bewegte, sprühte nur so vor Energie. Mit den wippenden, grauen Locken, die beim Sprechen auf und ab hüpften, wirkte sie eher wie eine sehr lebendige und aufgeweckte Fünfjährige. Das Leuchten in ihren Augen war ein weiterer Beweis für ihre Begeisterung. Die geballte Lebensfreude in Person. „Jetzt aber genug von mir, du willst dir ja nicht meine ganze Lebensgeschichte anhören, nicht wahr? Mr. Moreno hat sich bei mir gemeldet und gefragt, ob ich noch einen Platz für dich in meiner Werkstatt hätte, und du hast Glück. Wir können auch gleich nachher anfangen. Alles, was du brauchst, habe ich hier, wenn du also keine weiteren Fragen mehr hast, geht's los."

Wie, was? Ava verstand nun gar nichts mehr. Hatten sie nicht schon angefangen? Und welche Sachen sollte sie brauchen? „Entschuldigung, aber ich verstehe nicht ganz, was Sie... was du meinst. Womit denn anfangen?"

„Oh, hat Mr. Moreno dir denn gar nichts erzählt? Er wollte dich wohl überraschen. Also, wie du sicherlich schon draußen gesehen hast, habe ich hier eine Kreativwerkstatt, und du wirst bei mir an einer Malgruppe teilnehmen, wobei Gruppe vielleicht etwas hoch gegriffen ist, ihr seid insgesamt sechs Leute." Ava bekam langsam etwas Panik, und sie merkte, wie ihre Hände schwitzig wurden. „Keine Sorge, du musst nicht malen können, was auch immer man darunter verstehen mag. Meiner Meinung nach kann jeder malen, aber ich schweife schon wieder ab. Es wird jedenfalls so sein, dass ihr euch als Gruppe mit euren Staffeleien in einem Kreis aufstellt, sodass diese nach außen zeigen. Keiner sieht also, was der andere malt. In der Mitte eures Kreises steht ein Tisch mit insgesamt 16 Farben, die ihr euch teilt. Ihr malt eine Stunde lang und redet währenddessen nicht miteinander. Wir fangen gemeinsam an und hören gemeinsam auf. Nach der Malzeit gibt es eine kleine Mahlzeit - entschuldige dieses kleine Wortspiel. Jedenfalls gibt es dann Tee und Kuchen, und jeder kann, wenn er oder sie mag, sagen, wie es einem geht. Allerdings darf nicht über die Bilder geredet werden, und zum Ende jeder Stunde nehme ich die Bilder ab und lege sie beiseite."

Das war so überhaupt nicht das, was Ava sich vorgestellt hatte. Sie hatte mit einer weiteren Form der Gesprächstherapie gerechnet und einer Neuauflage ihres Stückes ‚Wie man es schafft, eine Stunde lang beharrlich zu schweigen trotz hartnäckiger Fragen des Therapeuten'. Das hier war zu ihrer Verwunderung meilenweit entfernt von ihrer Erwartung und zugleich zu schön, um wahr zu sein. „Ich bin also hier, um mit einer Gruppe fremder Menschen stillschweigend ein Bild zu malen, über das nicht geredet werden darf, und ich muss im Anschluss auch nicht reden, wenn ich nicht möchte? Und was soll ich malen?"

„Das hast du richtig verstanden, Ava. Ich halte nichts davon, jemanden zum Reden zu zwingen, denn das hat keinen Erfolg. Jeder redet dann, wenn er oder sie soweit ist. Außerdem gibt es ja auch nicht immer was zu reden. Unglaublich, dass ausgerechnet ich Plaudertasche das sage, nicht wahr? Jedenfalls liegt in der Stille die Kraft und Kreativität. Zu deiner anderen Frage: Du darfst malen, was du möchtest. Es muss nicht einmal etwas Spezielles sein. Es kann einfarbig oder bunt sein, ganz klein oder riesiggroß. Lass einfach los, denk nicht drüber nach. Nach einiger Zeit wirst du merken, dass es wie Meditieren ist. Schau dir die Malgruppe einfach an, und wenn es dir so gar nicht gefällt, dann musst du nicht mehr herkommen, ist das ein Angebot?"

Natürlich war es das. Sie musste nicht reden und konnte einfach einen bunten Klecks malen, und schon war sie für den Rest der Woche frei. Mehr hatte sie doch nie gewollt. „Ich denke, das ist ein faires Angebot." Auf Catherines Gesicht breitete sich ein noch größeres Lächeln aus als zuvor, auch wenn dies kaum möglich schien. Die Herzenswärme, die sie dabei ausstrahlte, war nicht zu verleugnen.

Es war kurz vor Weihnachten, und Ava saß in der Bibliothek in ihrem Wohnzimmer über einem sehr alten Buch mit hethitischen Texten. In den letzten Wochen hatte sie eine Menge Vokabeln gelernt, damit sie die Texte wenigstens soweit verstand, dass sie nicht jedes zweite Wort nachschlagen musste. Das hatte auch funktioniert. Weil die Gespräche mit Mr. Moreno nicht mehr stattfanden, fühlte sie sich freier und verbrachte noch mehr Zeit mit Lernen als vorher. Immerhin musste sie sich nicht mehr überlegen, was sie ihm erzählen könnte, damit er zufrieden war. Die Termine bei Catherine waren ein Klacks dagegen. Die einzige Herausforderung bestand darin, sich ein Motiv zu überlegen. So völlig ohne Anhaltspunkt war es doch schwieriger als gedacht. Ursprünglich hatte sie nur einen Strich oder einen Punkt malen wollen, aber sie wollte nicht unhöflich sein. Also hatte sie beim ersten Mal Keilschriftzeichen gemalt, die sie besonders mochte. Das Mal danach hatte sie sich an einem Stapel Bücher versucht, jedoch wirkte es wie eine Kindergartenzeichnung. Bereits beim folgenden Termin fiel ihr nichts mehr ein, und sie malte lustlos irgendeine Art Landschaft. Da niemals über die Bilder geredet wurde und Catherine sie direkt nach der Stunde in einen Lagerraum brachte, war es auch egal.

„Schätzchen, ist alles in Ordnung mit dir? Willst du nicht bald nach Hause gehen?" Ava schreckte auf. „Miss Graham, haben Sie mich erschreckt. Wie spät ist es denn?" „Es ist fast fünf Uhr, und wir schließen auch bald. Du weißt, dass du hier meinetwegen noch sitzen bleiben kannst, aber es ist doch Heiligabend.

Gönn dir eine Auszeit vom Lernen, du wohnst ja schon praktisch hier." „Sie haben sicherlich recht, dass ich gehen sollte, aber…" „Was ist denn los, Schätzchen? Bedrückt dich etwas? Wenn du reden möchtest, dann warte noch ein wenig. Wenn ich abgeschlossen habe, gönne ich mir in meinem kleinen Büro immer noch eine Tasse Tee, bevor ich nach Hause gehe. Wir können zusammen Tee trinken und reden." Den letzten Teil hatte sie noch leiser geflüstert, so als ob es etwas Verbotenes wäre. „Vielen Dank, das ist sehr lieb von Ihnen, aber ich denke, ich sollte mich dann doch auf den Weg machen. Ich werde sicherlich schon erwartet." „In Ordnung, dann wünsche ich dir frohe Weihnachten. Aber denk daran, mein Angebot steht auch an allen anderen Tagen im Jahr." So unauffällig, wie sie gekommen war, verschwand sie wieder zwischen den Regalreihen. Ava konnte sich nicht daran erinnern, dass Miss Graham jemals so viel mit jemandem gesprochen hatte.

Auf dem Weg in die Wohngruppe wurde Ava flau im Magen. Beim Betrachten der Schneeflocken wanderten ihre Gedanken. Sie war müde, und die Augen fielen ihr zu. Der Tag vor Weihnachten, als sie sechs Jahre alt war, tauchte vor ihren Augen auf. Der Duft von frisch gebackenen Weihnachtsplätzchen lag in der Luft, draußen war es bitterkalt, während im Wohnzimmer ein wärmendes Feuer im Kamin brannte. Aus dem Radio kamen wunderschöne Weihnachtslieder. Die ganze Familie hatte am Nachmittag gemeinsam den Baum in verschiedenen Farben geschmückt, und die Kugeln blitzten im Feuerschein. Sie erinnerte sich, wie sie mit Kenneth versucht hatte, wach zu bleiben. Sie wollten Santa Claus zusehen, wie er Kekse und Milch vernaschte, nachdem er die Geschenke unter den Baum gelegt hatte. Selbstverständlich hätten sie sich gleich danach auf die Geschenke gestürzt. Kenneth hatte versprochen, sie zu wecken, falls sie einschliefe… STOP! Nein. Ava riss sich aus der Gedankenkette und schlug die Augen auf. Sie hatte zum Glück nur ein paar Minuten geträumt, und es waren noch etwa drei Stationen, bis sie aussteigen musste. Sie nahm ihr Sprachbuch in die Hand und ging ein paar akkadische Vokabeln durch, das half ihr immer, ihre Gedanken im Zaum zu halten.

Als sie eine halbe Stunde später am Haus ankam, blieb sie kurz draußen stehen und betrachtete die Weihnachtbeleuchtung. In der Dunkelheit und mit leichtem Schneefall sah sie wahrlich festlich aus. Durch das große Fenster sah sie auch den geschmückten Weihnachtsbaum. Sie atmete noch einmal tief durch und ging hinein, es würden ein paar anstrengende Tage werden.

Der Sommer stand vor der Tür, und das Studiensemester war vorbei. Ava machte sich auf den Weg in Catherines Werkstatt. Sie hatte sich nicht geirrt: Viele wunderschöne Blumen ragten hoch aus der Erddecke, und der Innenhof erstrahlte mit einer überwältigenden Blütenpracht in allen erdenklichen Farben. Catherine hatte auch etliche Blumentöpfe auf der Terrasse aufgestellt, und Ava war neugierig, was das alles für Blumen waren. In der Werkstatt hatten die ersten Ankömmlinge bereits die Staffeleien und Farben vorbereitet. Nachdem Ava sich umgezogen hatte, stellte sie sich vor ihre leere Leinwand. Catherine begrüßte alle nochmal herzlich und leitete so die Malzeit ein. Ava mochte den Blütenduft, der bis in die Werkstatt hineinwehte. Die Ferien hatten gestern offiziell begonnen, aber Ava hätte am liebsten einfach weiter studiert. In den letzten Wochen war es ihr öfter passiert, dass sie nachts geträumt hatte und schweißgebadet aufgewacht war. Auch tagsüber saß sie manchmal träumend da, und ihre Gedanken suchten sich ihren eigenen Weg. Ihr fiel es immer schwerer, sie im Zaum zu halten. Schwierige Vokabeln zu lesen und Texte zu studieren, waren da eine willkommene Hilfe. In den Ferien würde sich dies wohl weitaus schwieriger gestalten. Während sie weiter darüber nachdachte, ging sie immer wieder zwischen

Leinwand und Farbtisch hin und her. Wie in Trance malte sie etwas auf die Leinwand.

Als die Stunde um war, kam Ava mit ihren Gedanken zurück in die Werkstatt. Doch bevor sie sich ihr Bild anschauen konnte, hatte Catherine es bereits abgenommen und war damit auf dem Weg in den Lagerraum. Also half Ava den anderen beim Aufräumen der Werkstatt und setzte sich mit ihnen dann gemeinsam zu Tee und Kuchen hin. Manche erzählten, wie sie die Malgruppe genossen und was sie währenddessen dachten und fühlten, aber Ava äußerte sich nie. Sie fühlte sich meist ausgelaugt, obwohl das Malen ja nicht schwierig oder körperlich anstrengend war. Es war ein seltsames Gefühl, das sie zugleich mit einer Form von Zufriedenheit erfüllte. Wenn die Gruppengespräche mit Mr. Moreno einmal die Woche bloß genauso locker abliefen…

„Ava, kann ich dich einen kurzen Augenblick sprechen?" Catherine setzte sich neben Ava auf den Stuhl, während die restlichen Gruppenmitglieder bereits den Tisch abräumten. „Ich wollte dich etwas fragen: Du hast doch jetzt Ferien und hast viel freie Zeit. Ich habe den Eindruck, dass du ganz gerne hier bist und du dich auch so langsam auf die Technik einlassen kannst. Deshalb wollte ich dich fragen, ob du nicht auch noch am Freitag in die Gruppe kommen möchtest. Es sind dann zwar neue Leute, aber das ändert nichts an der Malerei an sich. Nur die Uhrzeit ist etwas nach hinten verschoben, wir treffen uns erst um sieben Uhr abends. Hättest du Lust?"

Da musste sie nicht lange überlegen. Ablenkung war ihr gerade recht, und außerdem hatte sie dann eine Ausrede für den kommenden Freitag. Eigentlich hatte sie eine Einladung für eine Pool-Party bekommen, ein Kommilitone hatte sie gefragt, und sie hatte mit einem Vielleicht geantwortet. Ihr war so schnell keine Ausrede eingefallen, aber jetzt hatte sie eine, ohne lügen zu müssen. Lange wegbleiben durfte sie auch nicht, also musste sie auch nicht noch spätabends dort auftauchen. „Klar habe ich

Lust, vielen Dank, Catherine. Ich bin dann am Freitag wieder da." Catherine strahlte über beide Ohren, und Ava hatte das Gefühl, dass sie etwas wusste, das Ava nicht wusste. Aber was hätte das schon sein können? Sie schüttelte das Gefühl ab und ging sich umziehen.

Ava wachte schweißgebadet auf, immer noch die Bilder einer dunklen Straße im Kopf. Ihr Herz schlug wie wild, als wenn sie eben diese Straße entlanggerannt war. Immer wieder derselbe Traum, seit Wochen schon. Sie setzte sich im Bett auf und versuchte, sich wieder zu beruhigen. Allmählich zerrte das an ihr. Der Schlafmangel und die Trauminhalte waren einfach zu viel für sie. Ein Blick auf die Uhr zeigte, dass es 6.30 Uhr war. Immerhin eine passable Zeit zum Aufstehen. Sie duschte sich, aß eine Banane und schrieb hastig einen Zettel für Mrs. Peters, dann rannte sie mit ihrer Tasche zur Bushaltestelle. Ein Tag in der Bibliothek würde sicherlich nicht schaden. Auch wenn sie keine konkrete Aufgabe hatte, es würde sich schon etwas Interessantes finden lassen. Außerdem beruhigte sie die Atmosphäre.
In ihrem Wohnzimmer packte sie ihren Block aus und ihre Wasserflasche. Auf dem Weg durch die Buchreihen hatte sie sich drei Bücher mitgenommen, die sie durchblättern wollte. Aber auch nach fast einer Stunde konnte sie sich nicht für die Inhalte begeistern. Sie seufzte laut. „Schätzchen, was bedrückt dich so?" Wieder hatte Miss Graham sie fast zu Tode erschreckt, und bereits das zweite Mal an diesem Tag raste ihr Herz. „Wie kommen Sie darauf, dass mich etwas bedrückt?" „Komm mal mit, dann können wir uns unterhalten, ohne die anderen Gäste zu stören." Ava wusste zwar nicht, welche anderen Menschen sie meinte, aber da sie selbst die Regeln der Bibliothek äußerst schätzte – vor allem das Verbot, andere durch Gespräche zu stören – nickte sie, packte ihre Tasche und folgte Miss Graham.

Hier war sie noch nie gewesen: Hinter den Kulissen der heiligen Hallen sozusagen. Durch einen Flur ‚Nur für Personal!' erreichten sie einen kleinen Raum, der Miss Grahams Büro war. „Nun setz dich erstmal hin, und während ich dir einen Tee mache, erzählst du mir, was dich bedrückt." Ava war überfordert, aber mindestens ebenso übermüdet und nervlich am Ende. Sie wollte nicht reden, sie wollte schlafen. Ohne Träume. „Du brauchst keine Angst zu haben. Ich werde niemandem etwas erzählen, ich komme auch nicht groß herum. Du siehst blass aus, das habe ich schon länger bemerkt. Bist du krank? Hast du Sorgen?" „Ich… ich schlafe momentan nicht so gut, das ist alles." Miss Graham stellte den Tee vor Ava hin und setzte sich zu ihr. „Soso", sagte sie und öffnete eine Keksdose. Stille. „Ist etwas vorgefallen, dass du schlecht schlafen kannst?" Sie nahm sich einen Keks und tunkte ihn mehrmals in den Tee. Sie schaute Ava nicht an. „Nein, es ist nichts vorgefallen. Nicht in letzter Zeit. Ich weiß nicht, warum es jetzt so ist." „Siehst du, ich habe in meinem Leben die Erfahrung gemacht, dass alles aus einem Grund geschieht. Ebenso habe ich gelernt, dass sich alles einen Weg sucht. Wenn dich etwas belastet, sucht es sich vielleicht seinen Weg nach oben." Langsam nahm sie einen großen Schluck Tee. Ava wusste nicht, was sie davon halten sollte. „Vielleicht möchte ich das aber nicht. Manches sollte lieber vergessen werden." „Ava, du bist doch eine kluge, hübsche, junge Frau. (Hatte sie das nicht schon einmal gehört?) Du solltest nicht bereits jetzt deine Seele mit Dingen belasten, die du den Rest deines Lebens mit dir herumträgst. Ich sehe dir an, dass dich etwas sehr stark belastet, und ich glaube auch, dass du klug genug bist zu wissen, was zu tun ist. Außerdem denke ich auch, dass du sehr genau weißt, was der Auslöser all dieser Dinge ist und warum du schlecht schläfst." „Ich möchte nicht unhöflich sein, aber woher wollen Sie das alles wissen?"

„Schätzchen, ich bin zwar alt und komme nicht mehr viel herum, aber ich bin sehr gut darin, Menschen zu beobachten und einzuschätzen. Ich weiß zum Beispiel auch, dass du nicht gerne redest, aber das war nicht immer so. Du hast dich damit jedoch mit der Zeit angefreundet. Ich will dir nicht zu nahetreten, und vielleicht liege ich auch mit all dem falsch. Als alte Frau nehme ich mir das Recht heraus, dir diesen Rat zu geben: Lauf nicht davon, stelle dich den Dingen." Ava fühlte sich nackt, innerlich. Woher konnte sie all das wissen? In ihrem Kopf war plötzlich Chaos. Was sollte sie tun? Sie konnte jetzt nicht einknicken, niemals. Das würde alles zerstören. Sie brauchte dringend frische Luft. „Vielen Dank für das Gespräch und den Tee, Miss Graham, aber ich muss jetzt wirklich los. Tut mir leid."

Sie stürzte aus dem Raum und rannte durch die Bibliothek hinaus ins Freie. Die Sonne blendete sie, aber die frische Luft ließ die Panikattacke etwas abflauen. Was sollte sie tun? Wo sollte sie hin? Sie ging zur nächsten Bank und setzte sich. Alles hatte angefangen, als sie zur Malgruppe ging. Auch wenn Ava den Zusammenhang nicht ganz verstand, so war er nicht von der Hand zu weisen. Irgendetwas hatte diese Malerei in ihr ausgelöst, was sie nun kaum noch kontrollieren konnte. Sie musste es beenden, das war die logische Schlussfolgerung für Ava. Es war Donnerstag, Catherine war sicherlich auch heute in der Werkstatt. Auf dem Weg dorthin überlegte sie, wie sie Catherine erklären konnte, dass sie nicht weiter zur Malgruppe kommen wollte. Dort angekommen, ging sie geradewegs in die Werkstatt, wo Joanne soeben einer Dreiergruppe beim Töpfern half. Sie schien keineswegs überrascht zu sein, Ava zu sehen.

„Hallo, komm doch mit, wir setzen uns in mein Büro." Sie schloss die Tür. „Was kann ich für dich tun? Du siehst ziemlich mitgenommen aus, wenn ich das sagen darf." „Es tut mir leid, aber ich bin gekommen, weil ich nicht weiter an der Malgruppe teilnehmen möchte. Der Grund ist… also, ich möchte nicht mehr, weil…" „Es ist in Ordnung, Ava. Wenn du nicht mehr teilnehmen möchtest, dann ist das so, du musst dich nicht rechtfertigen. Ich habe mir das auch schon gedacht, es war nur eine Frage der Zeit. Aber ich bin nicht diejenige, die bestimmt, wann es Zeit ist." „Zeit wofür?" Ava verstand mal wieder gar nichts. „Zeit, dir deine Bilder anzusehen. Jeder, der die Malgruppe verlässt, sieht sich seine Bilder an. Das ist auch das Einzige, was sozusagen Pflicht ist: sich am Ende mit mir alle Bilder anzusehen. Du kannst dafür gerne nochmal wiederkommen, aber ich glaube, du möchtest es lieber gleich hinter dich bringen, richtig?" „Wenn das möglich ist, dann bitte."

Ava war einfach zu fertig, um zu widersprechen oder sonstigen Widerstand zu äußern. Dann würde sie sich eben die Bilder ansehen, es waren eh nur bunte Flecke. Aber anschließend war sie frei. „Dann warte bitte einen Moment. Ich verabschiede meine Töpfergruppe und bringe deine Bilder in die Werkstatt. Währenddessen kannst du dir gerne Tee aus der Kanne nehmen und dich an den letzten Kuchenstücken bedienen."

Ava war schlecht. Ihr drehte sich regelrecht der Magen um. Bereits kurze Zeit später rief Catherine sie in die Werkstatt. Ava öffnete die Tür, und es verschlug ihr augenblicklich die Sprache. Überall auf dem Boden lagen ihre Bilder verteilt. Es mussten circa 50 Stück sein. Als sie sich die Bilder ansah, wurde ihr schwindelig. Rote und orangene Striche bildeten Flammen, Augen starrten sie an, eine schwarze Gestalt war mal klein, mal groß auf jedem Bild zu sehen. Hatte wirklich sie diese Bilder gemalt? Ava glaubte, ohnmächtig zu werden.

„Ava, setz dich." Sie spürte, wie ihr jemand einen Stuhl unterschob und sie sanft darauf drückte. Die Stimme sprach ruhig und sanft weiter: „Ava, du bist in Sicherheit. Es ist an der Zeit loszulassen. Was ist damals passiert?" Und obwohl Ava nicht wollte, begann sie, langsam zu sprechen, und die Szene, die sie so lange verdrängt hatte, baute sich vor ihren Augen auf, als ob es erst gestern gewesen war.

„Es war im Sommer vor ein paar Jahren. Ich war 14 Jahre alt und wollte unbedingt auf die Party des beliebtesten Mädchens der Schule gehen. Es war ein Wunder, dass ich überhaupt eingeladen worden war. Meine Eltern wollten mich nicht gehen lassen. Es hatte zwei Wochen vorher schon Ärger gegeben, weil auf einer Party von ihr Alkohol konsumiert wurde und jemand die Polizei gerufen hatte. Also haben mir meine Eltern verboten zu gehen. Wir hatten einen großen Streit deswegen, und ich bekam Hausarrest. Gegen neun Uhr abends schlich ich mich hinaus. Mein Zimmer lag nach hinten heraus im ersten Stock, aber vor meinem Fenster stand ein Baum, den ich erreichen und hinunterklettern konnte. Also ging ich dennoch auf die Party. Ich kam gegen zwei Uhr wieder zurück und wollte wieder von hinten an unser Haus heran und den Baum hoch in mein Zimmer. Bereits ein paar Straßen zuvor hatte ich blinkende Wagen und ein Feuer erkannt, beides aber nicht zuordnen können. Beim Näherkommen hörte ich die Schreie und das Weinen meiner Mutter und sah, wie mein Vater versuchte, sie festzuhalten, damit sie nicht auf das brennende Haus zulief. Es stand meterhoch in Flammen. Ich ging durch den Nachbarsgarten hindurch auf sie zu. Ein Feuerwehrmann hatte mich durch den Rauch hindurch erkannt und mich direkt in Sicherheit bringen wollen. Ich rannte zu meinen Eltern, und sie schlossen mich in ihre Arme und riefen: ‚Oh mein Gott, Ava, du hast es rausgeschafft, es geht dir gut, oh mein Gott!' Ich konnte nichts sagen, ich war zu geschockt und verstand nicht, was passiert war. Sie fragten mich nach meinem Bruder Kenneth. Er hatte das Feuer in der Küche entdeckt und meine Eltern geweckt. Als er mich wecken wollte, hatte er festgestellt, dass ich die Tür abgeschlossen hatte. Er muss gedacht haben, dass ich schlafe und wollte mich unbedingt retten. Meine Eltern waren direkt hinausgegangen und hatten die Feuerwehr gerufen. Sie dachten, dass Kenneth sofort mit mir rauskäme, sie wussten nichts von der verschlossenen Tür. Das Feuer hatte sich so schnell ausgebreitet, dass bereits das Treppenhaus in vollen Flammen stand, bevor die Feuerwehr eintraf." Ava schluchzte laut und rang nach Luft. „Kenneth hatte versucht, mich zu retten. Wäre ich nicht aus dem Haus geschlichen, wäre das nicht passiert. Meine Eltern denken bis heute, dass er es geschafft hat, mich zu retten. Für sie ist er der Held, der seine kleine Schwester gerettet hat. Wie könnte ich ihnen sagen, dass ich gar nicht zu Hause war? Ich konnte es nicht, und je mehr Zeit verging, desto schwieriger wurde es, ihnen in die Augen zu sehen. Und sie sind auch noch so unglaublich liebevoll zu mir, ich habe das alles doch gar nicht verdient. Ich habe es nicht verdient. Ich, Ava McFuller, habe meinen Bruder Kenneth umgebracht, und nichts auf der Welt kann etwas an dieser Tatsache ändern." Ava fühlte sich nun unglaublich erleichtert. Endlich hatte sie alles erzählt. Sie kippte in Catherines Arme, wo sie der überwältigenden Ohnmacht schließlich nachgab und sich ins Nichts fallen ließ.

Jennifer Lohei

Ascolta il tuo cuore – Höre auf dein Herz

„Das Essen soll zuerst das Auge erfreuen
und dann den Magen"
Johann Wolfgang von Goethe

Das Klingeln meines Handys reißt mich aus dem Schlaf. Mal wieder eine kurze Nacht für mich. Ich beende das immer lauter werdende Geräusch. Eigentlich fällt mir das Aufstehen nicht schwer, aber in den letzten Wochen wurden die Nächte immer kürzer. Ich schätze der Grund dafür ist, dass ich mich für die Stelle der Chefköchin bewerbe und mein Können beweisen möchte. So lange warte ich auf diesen Moment. Eigentlich kommt außer mir keiner in Frage, da ich die Souschefin unseres 3-Sterne-Restaurants bin. Angefangen hat alles vor acht Jahren. Zu meinem 20. Geburtstag wollte ich endlich die Ausbildung zur Köchin beginnen und habe mit sehr viel Glück die Stelle zum apprenti de la cuisine, also zum Kochlehrling, erhalten. Mit viel Schweiß und vielen Überstunden habe ich mich hochgearbeitet und besitze nun die Chance zur Küchenchefin. Ein Traum, der endlich in Erfüllung gehen könnte. Nun, ich bin die Erste, die die Küche betritt, und die Letzte, die sie verlässt.

Mit einem Schwung komme ich aus den Federn, steige in meine plüschigen Pantoffeln, die neben meinem Bett liegen, und schiebe meine Gardinen bei Seite. Es ist noch dunkel, und ich kann nicht auf den Viktualienmarkt, der nur ein paar hundert Meter entfernt ist, blicken. Ich liebe diesen Markt, und ich bin auch stolz darauf, in München eine Wohnung bekommen zu haben. Sie ist vielleicht nicht die größte, aber für mich alleine reicht es vollkommen. Sie besteht aus meinem Schlafzimmer, mit meinem wundervollen Boxspringbett und meiner Küche mit dem angrenzendem Mini-Wohnzimmer. Für ein Sofa, TV und mein Bücherregal passt es zumindest. Und eigentlich finde ich es auch eher schnuckelig. Ich tapse zur Küche und brühe mir meinen morgendlichen Espresso auf. Der Duft nach frisch gerösteten Kaffeebohnen lässt mich an meine Heimat Italien denken. Wie schön es dort doch ist. Warm und sonnig, und irgendwie macht es mich traurig, dass meine Eltern dort ihr Leben ohne mich verbringen. Mein Vater, dieser Sturkopf, wollte mich nicht als seinen Kochlehrling annehmen. Nein, seine einzige Tochter sollte doch Kinder kriegen und ihm viele Enkelkinder geben. Aber das bin nun mal nicht Ich. Klar, irgendwann in ferner Zeit, wenn ich meine Ziele erreicht habe, kann ich dann mal heiraten und Kinder bekommen, aber doch nicht damals und auch nicht jetzt. Seitdem sind wir im Streit verblieben, und meine Mutter ist leider nicht dazu fähig, sich für mich einzusetzen. Kaum vorstellbar, dass meine Mutter ein Wort gegen das Familienoberhaupt erheben würde. Nein, das gehörte sich nicht, und so habe ich den Endschluss gefasst, Italien zu verlassen und in München mein Glück zu versuchen. Andererseits macht es mich sehr stolz, dass ich es bis jetzt ganz alleine geschafft habe und da bin, wo ich immer sein wollte.

Um einen freien Kopf zu bekommen, putze ich meine Zähne und ziehe mir meine Sportsachen an. Eine kleine Runde joggen gehen wird sicherlich helfen. Ich schnappe mir mein Handy, Kopfhörer und meine Schlüssel und gehe das Treppenhaus runter. Unter mir sind noch drei andere Wohnungen, aber mit meinen Nachbarn habe ich nicht so viel Kontakt. Ich bin froh, wenn ich nach Feierabend meine Ruhe habe. So langsam kommt die Sonne raus, und es wird etwas heller. Aus meinen Kopfhörern steigt die ruhige, aber bedeutungsvolle Musik: „Dentro te, ascolta il tuo cuore, e nel silenzio troverai le parole. Chiudi gli occhi e poi tu lasciati andare. Höre auf dein Herz, und aus der Stille findest du die Wörter. Schließe die Augen, und lass dich gehen." Und so starte ich meinen Lauf. Dieses Lied von Laura Pausini hat mir schon oft gezeigt, dass es richtig ist, dass ich meinen eigenen Weg gehe und für meine Träume kämpfe.

„Hey, scusa. Hey." Auf einmal spüre ich ein sanftes Tippen an meiner Schulter. „Vaffandonas!", wer hat mich da denn so erschrocken? Ich ziehe meine Kopfhörer aus meinen Ohren und drehe mich verblüfft um. „Scusa, ich wollte dich nicht erschrecken. Ein sehr schönes Lied, was du da singst." Mit einem kleinen Schmunzeln erzählt mir dies ein Mann von großer Statur und schwarzen Locken, die ihm in sein Gesicht fallen. Oh nein, wie peinlich. Hatte ich etwa laut mitgesungen? „Ehm, das war eigentlich keine Absicht, aber ja, das finde ich auch." Mit einem hochroten Kopf, wie eine überreife Tomate, versuche ich, locker zu werden und mir nichts anmerken zu lassen. Das klappte wohl nicht ganz. „Das muss dir nicht unangenehm sein. Naja, muss dann auch weiter. Ciao!"

Ich verstehe immer noch nicht, was gerade passiert ist. Wer war dieser Mann? Ich kenne den einen oder anderen Italiener hier im Viertel, aber er ist mir noch nie aufgefallen. Bevor mir noch weitere Unannehmlichkeiten solcher Art widerfahren, gehe ich lieber nochmal über den Viktualienmarkt. „Ahh Chiara! Ciao!", höre ich meinen alten Freund Antonio. „Ciao Antonio, come stai? Wie geht es dir heute?" „Sehr gut, danke meine Liebe. Hier schau mal, was ich für dich habe. Gestern frisch lackiert und beschriftet." „Per mia cara amica, Chiara. Für meine liebe Freundin, Chiara", lese ich laut von einer Tonkachel vor. „Vielen, vielen Dank. Wie läuft das Geschäft heute?" „Ach, ich kann nicht meckern. Habe heute schon viele Tonarbeiten verkauft. Vor allem die kleinen Kacheln kommen sehr gut an. Und bei dir? Brauchst du noch etwas für deine Küche?" „Noch ist es nicht meine Küche. Nein, ich wollte ein paar Steinpilze kaufen, bald wird die Saison zu Ende gehen." „Na gut, aber ich glaube an dich, Chiara. Du schaffst das schon." Ich sehe, wie er seine

Hand neben seinem Bein zu einer Faust ballt und den Zeigefinger und kleinen Finger abspreizt. „Ach Antonio, du und dein Aberglaube. Aber danke! E mille grazie."

Antonio kenne ich, seitdem ich in München lebe. Er hat mich damals dazu gebracht, mich bei dem Restaurant zu bewerben, und seitdem haben wir eine sehr gute Freundschaft entwickelt. Häufig denke ich, dass er auch ein wenig wie ein Vater für mich ist. Und manchmal kommt es mir so vor, als ob er in mir auch eine Tochter sieht. Er kennt meine ganze Geschichte und versteht bis heute nicht, warum mein Vater mich nicht als sein Lehrling haben wollte. Gedankenverloren kaufe ich 200 Gramm Steinpilze, die ich mir in meiner Mittagspause zubereiten werde.

Zeit, um nach Hause zu gehen und mich für die Arbeit fertig zu machen. Die Steinpilze verstaue ich in meinem Kühlschrank. Ich bändige meine schwarzen, schulterlangen Haare mit einem Zopfgummi, um sie später besser unter meiner Kochmütze verstecken zu können. Meine weitere Arbeitskleidung besteht aus einer weißen Hose und einer weißen Jacke mit zweireihigen roten Knöpfen. Fehlen dürfen natürlich nicht meine schwarzen Schuhe, die mich den ganzen Tag tragen müssen und mal wieder durchgelaufen sind. Das Restaurant befindet sich etwa 20 Minuten entfernt von mir. Allerdings fahre ich mit der Bahn dorthin, da ich mit dem Auto bei dem Verkehr wohl das Doppelte benötigen würde. Fünf Minuten laufe ich zur Bahn und versuche, mir einen Platz zu ergattern. Heute ist es noch nicht so voll, womöglich weil es Sonntag ist und viele noch in ihrem Bett liegen.

Die Türen sind noch verschlossen und die Lichter aus. Ich öffne das Lokal, und für einen kurzen Moment genieße ich die Stille, die in einer halben Stunde durch lautes Gerede, Lachen und Anweisungen verdrängt werden wird. Nachdem ich das Licht eingeschaltet habe, laufe ich zum Mitarbeiterzimmer. Dort hat jeder einen Spind, in dem man seine Privatsachen einschließen kann. Mein Handy schalte ich auf lautlos und verstaue es samt Tasche in dem Schrank. Manch anderer denkt vielleicht, dass man an einem Sonntag wahrscheinlich keine Lust hat zu arbeiten. Ich dagegen bevorzuge es. Paare, Familien und Freunde in eleganter Abendkleidung lassen den Saal zum Leben erwecken und genießen ihre Speisen. Sie tauschen sich über Erlebnisse und Neuigkeiten aus. Ich beobachte gerne unsere Gäste aus dem kreisförmigen Fenster in der schweren Schwingtür, die die Küche und das Lokal voneinander trennt. Natürlich habe ich dafür nicht ewig Zeit, aber ab und zu gönne ich mir diesen Anblick, der wie ein Film an mir vorbeirauscht.

Ein lautes „Hallo Chiara!" reißt mich aus meinen Tagträumen. Frank, mein Arbeitskollege, ist gekommen. Mit ihm macht das Arbeiten Freude. Generell verstehe ich mich mit allen ganz gut. Anfangs habe ich mich etwas unwohl gefühlt, da ich die einzige Frau in der Küche bin, aber über die Jahre haben die anderen mich als Arbeitskollegin und Souschefin akzeptiert. Meine Aufgabe ist, den Posten des Sauciers zu übernehmen und den gesamten Arbeitsbereich im Überblick zu haben. Ich sorge für einen reibungslosen Ablauf, und mit Claude, dem Chefkoch, wechsle ich mich bei der Leitung der Teambesprechungen ab. Wir planen gemeinsam die Dienstpläne und arbeiten Hand in Hand. Wir ergänzen uns zu jeder Zeit. Gerichte kreieren wir neu, spielen mit unterschiedlichen Zutaten und lassen sie miteinander harmonieren. Dabei ist es aber auch in einer Küche üblich, dass man nicht immer den freundlichsten Ton wählt. Dafür ist keine Zeit. Es kommt auf Präzision, Leidenschaft und Teamfähigkeit an. Jeder muss sich auf den anderen verlassen.

Der heutige Arbeitstag läuft eher gemütlich und ruhig ab. Ich kann mir sogar eine Mittagspause gönnen, die ich häufig auslasse. Die Steinpilze verwende ich für Bruschetta. Ein einfaches Gericht, das keine lange Arbeitszeit benötigt. Zu lange kann ich mich nicht aus der Küche entfernen, denn in mir herrscht ein unwohles Gefühl, wenn ich die zahlreichen Posten nicht im Blick habe.

Der Abend nähert sich, und das Lokal füllt sich. Unser Chef de Rang, der zuständig für den Empfang der Gäste ist und Empfehlungen ausspricht, bittet mich zu einem Paar. Ich nehme die lobende Kritik an. Automatisch schweift mein Blick über die Tische. Was macht der Herr mit seinem Filet? Er begutachtet es und schneidet hauchdünne Scheiben ab. Es sieht so geschult aus, als hätte er es nicht zum ersten Mal gemacht. Vielleicht ein Restaurant-Tester? Mein Blick bleibt an seinem Gesicht hängen, und ich habe das Gefühl, dass ich ihn schon mal gesehen habe. Waren das etwa die schwarzen Locken, die mir heute schon begegnet sind? Meine Beobachtungskünste werden aber augenblicklich gestoppt. Frank gibt mir ein Zeichen, dass ich gebraucht werde, und ich eile wieder an meinen gewohnten Platz zurück. „Chiara, was machst du da? Stopp!" Ich schaue auf die beiden Teller, die ich gerade anrichten wollte und sehe das Missgeschick. „Porca Miseria!", fluche ich. Die beiden Teller muss ich vertauscht haben, und nun sind die Saucen auf der jeweils anderen Bestellung. „Tisch 4 muss neu gemacht werden. Los, los, Leute!" Man meint, dass ich eine ruhige Person bin, aber sobald ich gestresst bin oder mir ein Unglück geschieht, muss ich dies herauslassen und zwar auf Italienisch und nicht nett. Aber was bleibt mir auch anderes übrig? Durch meine Adern fließt dieses Blut, und in der Küche kommt es häufig zum Brodeln.

Die letzten Stunden vergehen wie im Flug, und meine Gedanken sind verfangen mit den schwarzen Augen, die mich heute Morgen getroffen haben und seitdem völlig aus dem Konzept bringen. Erleichtert schließe ich spät am Abend die Tür meiner Wohnung hinter mir. Heute schaffe ich es nicht mal mehr, ein Buch gemütlich zu lesen, sondern lege mich direkt in mein Bett. Umhüllt von meiner leichten, aber doch wärmenden Daunendecke, gelange ich, wie auf einer Wolke, ins Traumland. Weiche

Haare kitzeln mich an meinem Kinn und an meiner Nasenspitze. Diese schwarzen Locken kommen mir direkt in den Sinn und die dunklen Augen, an denen man gar nicht erkennt, wo die Pupillen sind. Und die Lippen, wie weich die wohl sind? Meine Lippen formen sich zu einem Kussmund. Ein wenig feucht und irgendwie rau die Zunge. So habe ich mir das nicht vorgestellt. Ich bin doch keine Waschmaschine, die einen Schleudergang benötigt. Mundgeruch hat er auch noch. Nach totem Fisch. Igitt. Jetzt werde ich auch noch in die Nase gebissen. Ich glaube, mein Lockenkopf hat etwas von einer Katze. Katze? Ich reiße meine Augen auf und sehe in die grünen Augen meines Katers Muffa. Er leckt sich genüsslich seine Tatzen und schmiert mir dies an mein Gesicht, um mir deutlich zu machen, dass es nun Zeit ist zum Aufstehen. Der Herr möchte gerne sein Futter verspeisen. Ich streichle sein langes, dunkelgraues Fell, nehme ihn von mir runter und erfülle seinen Wunsch. Was für ein schönes Leben: den ganzen Tag schlafen, fressen und abends gekrault werden. Die Wohnung mag er nicht verlassen und abgesehen davon, würde ich ihn auch nicht gerne rausgehen lassen. Hier ist zu viel Verkehr, und somit ist er ein fauler Stubentiger, bei dem ich sehr froh bin, dass er zu Hause auf mich wartet, wenn ich heimkomme.

Heute heißt es, früher zu meinem zweiten Zuhause zu kommen. Eine Dienstbesprechung steht an, und Claude leitet diese. Wir müssen unsere neuen Menüs besprechen und eine kleine Weinprobe vollziehen. „Hi Claude! Wie geht's? Ist für heute noch etwas Besonderes vorgesehen?" „Morgen Chiara! Ganz gut, danke. Lass uns schon mal hinsetzen. Ich habe etwas anzukündigen." Normalerweise spricht er nie um den heißen Brei herum. Wahrscheinlich hat er wieder ein neues Rezept entwickelt und will uns dieses präsentieren. Das Team hat sich vervollständigt, nur ein Stuhl ist übriggeblieben. „Haben wir jemanden vergessen? Wir sind doch alle da!" Ich will den Stuhl beiseite schieben, als mich mein Chef unterbricht: „Chiara, nicht

so hastig. Wir erwarten einen Gast." Es entsteht ein leises Ge-
murmel und Getuschel, und auch ich frage mich, was er vorhat.
„Nun, meine Lieben. Wie angekündigt, erwarten wir heute
einen Gast. Der hoffentlich schon bald mehr ist, als nur ein
Gast. Ihr wisst ja alle, dass ich bald den Posten als Küchenchef
abtrete und weitergebe. Da ich nur das Beste für unser hart
erarbeitetes Lokal möchte, wird Chiara die Möglichkeit dazu
bekommen." „Danke Clau..." „Moment Chiara. In der kommenden Woche werden du und Stephano eure höchste Leis-
tung erbringen." Wer zum Kuckuck ist dieser Stephano? „Ihr
werdet mir am Ende der Woche ein 5-Gänge-Menü vorbereiten,
und der Bessere wird meine Stelle übernehmen."
„Aber Chef, das kannst du doch nicht machen. Chiara ist die
Einzige hier, die die Arbeit in- und auswendig kennt", setzt
Frank sich für mich ein. „Ist schon gut. Wenn Claude das so
möchte, dann wird das auch gemacht." Ich versuche, mein
Zittern in der Stimme zu verbergen und meine Knie unter Kon-
trolle zu bekommen, die sich wie Wackelpudding anfühlen. „Es
ist alles gesagt. Chiara, ich möchte, dass du Stephano unsere
Küche zeigst und ihn einarbeitest. Dazu gehört auch, ihm das
Lager zu zeigen und wo er was findet."
Die Tür öffnet sich, und alle Köpfe wenden sich dorthin. Der
Mann, der mich beim Joggen gestört hat und den ich im Traum
geküsst habe, betritt den Saal. Ich muss aufpassen, dass mein
Mund geschlossen bleibt. Leise bekomme ich mit, wie er und
Claude sich begrüßen. Ein leichtes Stoßen am Arm lässt mich
wieder zu mir kommen. „Duu?", platzt es aus mir heraus.
„Ach, die singende Joggerin. Hi, ich bin Stephano." „Chiara."
Ein kurzes Händeschütteln lässt es förmlicher herüberkommen.
„Ihr kennt euch? Ist ja super." Bevor ich auch nur ein Wort sa-
gen kann, macht Claude direkt weiter: „So und nun ab an die
Arbeit!"
Als hätte jemand einen Schalter in mir umgelegt, stehe ich auf
und gehe zur Küche. Mit einem Menschen haben meine Bewe-

gungen kaum etwas zu tun. Einatmen und Ausatmen. Einatmen und Ausatmen. Tief Luft holen. Es ist alles nur ein Traum. Ich zwicke mich in den Arm, um die Annahme zu überprüfen, werde aber leider enttäuscht. Es wird schon werden. Ich habe nicht so hart gearbeitet, um mir das jetzt kaputt machen zu lassen. Zähne zusammenbeißen und durchziehen. „Also Stephano, ich zeige dir nun unsere Küche." Nacheinander zeige ich ihm jeden Posten und anschließend das Lager. „Siehst ja nicht schlecht aus." Ist das jetzt sein Ernst? „Che cazzo dici? Was erzählst du für einen Scheiß? Pass mal auf. Das hier ist meine Küche und wird es auch bleiben. Und dein Machogehabe kannst du dir sonst wohin stecken. Wir werden Freitag dem Chef zeigen, wer der Bessere ist und dann wirst du sehen, ob du mich immer noch so attraktiv findest." „Atmen nicht vergessen." Mit einem zwinkernden Auge lässt er mich stehen. Professionalität. Einfach weitermachen wie zuvor. Gar nicht beeindrucken lassen. Das ist mein Plan. Ich beachte ihn einfach nicht mehr; nur, wenn es nötig ist. Wichtig ist, dass unsere Gäste nicht darunter leiden. „Tschuldigung, dass ich dich eben so von der Seite angemacht habe. Aber den Spruch hättest du dir echt sparen können. Ich hoffe, wir werden die Woche miteinander auskommen." „Und mir tut es jetzt schon leid, dass ich dir den Platz wegnehme." Was für ein arroganter Schnösel. Typisch Italiener. Immer große Töne spucken. Mal schauen, was er wirklich drauf hat.

Leider muss ich sagen, dass er jedes Gericht einwandfrei vervollständigt hat. „Wo hast du gelernt, und wer hat dich gelehrt?" „Ich war auf Sylt und wurde von Johannes King unterrichtet. Wieso? Erstaunt?", fragt mich Stephano. Johannes King kenne ich. „Die Leidenschaft, die im Kopf ein Gericht entstehen lässt, eine Vorstellung von Geschmack, Nuancen, Harmonie und sogar Kontrapunktion kreiert, muss sich auf die Arbeit mit den Händen übertragen. Kochen ist ein kleiner Kosmos, in dem Kopf und Hand übereinstimmen müssen, die Hände aber in ihrer elementarsten Wirkungsweise nicht nur Berührung mit Kälte und Hitze bekommen, sondern beim Schälen, Schneiden, Rühren und Kneten den Kontakt mit der Materie herstellen. Die Hände des Kochs sind der Mittelpunkt, durch ihre Bewegung sammeln sie all jene Komponenten, die in einem einzigen kulinarischen Werk aufgehen. Kochen ist ein Handwerk, das mit Bedacht und Verstand zu Höchstleistungen geführt werden kann." Dieses Zitat von ihm werde ich nie vergessen. „Johannes King war einmal Gast bei uns und kennt Claude von früher noch." „Aha, okay." Ist da jemand angefressen? Naja, wenn er nicht reden will. Meinetwegen.

Die Stille verfolgt mich noch einen weiteren Tag. Heute sollen wir Claude unsere Ideen preisgeben und vorstellen. Ich bin gespannt, was Stephano sich überlegt hat. Mich juckt es in den Fingern. „Chiara! Stephano! Einmal in mein Büro bitte. Ich möchte eure Vorschläge nun haben. Erstes Gericht?" „Trüffel-Polentasuppe." „Und bei dir Stephano?" „Räucherlachs und Meerrettichtarte." Keine schlechte Idee. „Zweiter Gang?" „Lauwarmer Pulposalat." Ich nehme ein Nicken vom Chef wahr. „Muschelsalat mit rotem Ingwer und Sojaglace." „Als dritten Gang werde ich Jakobsmuscheln auf einem Ragout von Erdäpfeln servieren." „Und ich ein Filet vom weißen Heilbutt mit Trüffelschaum." „Für den vierten und fünften Gang habe ich mir einmal die Trilogie einer Gänseleber mit Pfefferkirschen vorgestellt und ein Holunder-Quark-Schaum mit Kirschragout, Zitronenpfefferbiskuit und Kirschsorbet." „Und du Stephano?" „Einmal ein Carpaccio vom Kaninchenrücken und ein Rieslingmousse mit gelierten Vanilletrauben."

Seine Auswahl beeindruckt mich, und anscheinend gefällt unsere Zusammenstellung auch dem Chef. Wir machen uns weiter an die Arbeit, und ab und zu riskiere ich einen Blick zu dem Lockenkopf. Er macht seine Arbeit ganz gut. Vielleicht eine bessere als die, die ich mache? In mir ist ein pures Durcheinander. Vor ein paar Tagen dachte ich noch, dass ich die

Stelle bekommen werde, und jetzt ist schon alles im Schwanken. Das Ganze für die Katz? Und nur weil jemand so dahergelaufen kommt. Ich sehne mich nach meinem Bett. Weg von allem und einen freien Kopf bekommen. Einfach eine Gewissheit haben, mehr wünsche ich mir nicht. Mein Vater würde wohl sagen, dass ich nichts erreicht habe. Souschefin sein kann jeder. Morgen werde ich Antonio besuchen. Er hat immer einen Rat für mich.

„Kann das sein, dass du ihn magst?", schaut mich Antonio fragend an und schmunzelt dabei. „Ach quatsch. Er ist doch mein Rivale. Entweder er bekommt den Posten oder eben ich. Was mache ich denn?" „Da kannst du nichts machen. Nur mit diemem Herzen kochen. Du bist talentiert. Glaube mir." Die Worte sind wie Balsam für meine Seele. Ich drücke ihn fest und verabschiede mich.

Der letzte Tag vor der Entscheidung verfliegt. Das Restaurant ist dauerhaft gefüllt, und es ist eine Menge zu tun. Ich habe gar keine Zeit nachzudenken, wie es morgen wohl werden wird. Auch Stephano kommt ins Schwitzen, und auch wenn wir Gegner sind, können wir gemeinsam arbeiten. Die anfänglichen Schwierigkeiten sind wie weggeblasen. „Maledizione!", höre ich von ihm. Mit unterdrücktem Lachen frage ich ihn, was los ist, kann mir meine Frage aber schon selbst beantworten, als der Geruch aus dem Ofen in meine Nase steigt. „Du hast den Knopf zu weit gedreht", erkläre ich ihm und zeige die richtige Einstellung. „Danke. Ist mir schon lang nicht mehr passiert." „Bist du nervös wegen morgen?" „Blödsinn, ich mache dich fertig", antwortet Stephano schelmisch. Ich muss grinsen.

Die Küche ist gereinigt, und wir können gehen. Mit meinen Fingerspitzen fühle ich die eisige Platte, auf der wir jeden Tag Gerichte zubereiten. Mir gehen Bilder durch den Kopf, wie ich hier angefangen habe. Ich war voller Zuversicht und Mut. Neu in einer unbekannten Stadt. Neu an einem wildfremden Arbeitsplatz. Und inzwischen bin ich länger in der Küche als in meinem Zuhause. Die Lichter aus und die Tür zu. Zeit, um sich auf den Heimweg zu machen. Ein Miauen dringt durch den Eingangsbereich. Mit Muffa im Arm, lege ich mich zum Schlafen. Das Schnurren bringt mich zur Ruhe und lässt mich in einen tiefen Schlaf gleiten.

Ich bin schon früh wach. Sogar von meinem Kater ist noch nichts zu hören. Dennoch werfe ich mir schon meine Arbeitsbekleidung über. Das Restaurant ist heute ohnehin eher geöffnet, da wir das Duell vor den normalen Öffnungszeiten stattfinden lassen. Selbst Claude und Stephano sind schon da. „Nun, wenn ihr beide schon anwesend seid, können wir direkt beginnen. Ihr habt beide drei Stunden Zeit, um alle Gerichte vorzubereiten. Wenn ihr ein Gericht fertig gestellt habt, drückt ihr die Klingel, und unsere Kellner sorgen für den Service. Ich wünsche euch beiden viel Glück." Stephano und ich nicken uns zu und machen unsere Arbeit. In den drei Stunden arbeite ich so hart, dass mir nebenbei nur vereinzelt die Kling-Geräusche von Stephano auffallen. Das Dessert steht bevor. Besonders das Anrichten ist knifflig. Es soll perfekt aussehen. Da ertönt das letzte Klingeln von Stephano. Aber auch ich bin fertig. Wir schauen uns einen Augenblick an, und irgendetwas spüre ich zwischen uns.

„Chiara und Stephano, ihr könnt kommen!" Eigentlich möchte ich diese Entscheidung gar nicht hören. „Eine Top-Leistung von euch beiden. So habe ich mir das vorgestellt. Ich möchte euch auch nicht länger auf die Folter spannen. In zwei Monaten werde ich das Restaurant verlassen, und solange unterstütze ich euch beide noch." „Wie uns beide noch?", fragt Stephano. Schon wieder dieses Grinsen. Ich bin auch sichtlich verdutzt und verstehe nicht, worauf Claude hinaus möchte. „Chiara, sei mir nicht böse, aber ich wollte noch jemanden, der dich unterstützt. Ich weiß, du hast in letzter Zeit sehr hart gearbeitet, und den Posten des Küchenchefs zu übernehmen, ist auch nicht gerade auf die leichte Schulter zu nehmen. Da ich mich aber auch nicht von dir trennen kann, da du gut bist in dem, was du tust, habe ich Stephano geholt, der dir unter dir Arme greift." „Wusstest du etwa davon?", frage ich diesen. „Ja, natürlich", antwortet er lässig und grinst dabei. „Du hast dich echt bewiesen und… großes Kompliment, dass du mich ausgehalten hast. Aber ich musste dich schon ein bisschen ärgern. Na, wie sieht's aus? Hand drauf?" „Also wir beide im Team? Si?" Ob das gut geht…

„Hier muss noch gesalzen werden", rufe ich in die Küche. „Ist gut, ich schmecke es gleich nochmal ab." Stephano gibt mir einen Kuss. Tja, die ewige Arbeit miteinander hat uns doch mehr verbunden als gedacht. Von Claude bekommen wir regelmäßig Besuch. Ich schätze, er kann noch nicht richtig loslassen. Aber das ist auch verständlich nach so vielen Jahren. „Chiara, du wirst an Tisch 7 erwartet." Ich schaue Stephano fragend an, aber er macht mir klar, dass er keine Ahnung hat, wer dort sitzt. Die Person sitzt mit dem Rücken zu mir gewandt am Tisch. Gräuliche Haare, ein Mann. „Sie wollen die Küchenchefin sprechen? Wie kann ich Ihnen helfen?" Ich traue meinen Augen nicht, die sich sofort mit Tränen füllen. „Padre?"

Dennis Wachtendorf

Mein Freund, Alexander

Vorwort

Freundschaft zu definieren, stellte sich für mich nie als besonders schwierig heraus. Ich empfand den Grad von zwischenmenschlichen Beziehungen und dem Verbundensein mit einigen Personen in meinem Leben schon immer als sehr wichtig. Wie kann man für sich selbst festmachen, ab wann eine Beziehung zu einem Menschen sich als Freundschaft erweist? Wofür sollte man in einer Freundschaft einstehen? Wie beweist man jemandem seine Freundschaft? Oder wann gelangt man an einen Punkt, wo Freundschaft mit und zu einem Menschen womöglich verloren und zu Ende geht? Ich wusste zwar nicht immer, wie genau man solche Fragen beantworten sollte oder auch, was gerade der Norm entsprechen sollte, welche viele Menschen immer vor Augen haben und festlegen. Mir war jedoch immer bewusst, wer zu mir gehört. Oft entwickelte ich Gedanken bei ganz unterschiedlichen Konstellationen und Ebenen von Freundschaften zu Menschen, die mir sowohl nah als auch fern standen, ob und inwieweit diese Wegbegleiter meines Lebens darstellen. Blicke ich in die Vergangenheit zurück, so ziehen Freunde mit mir zum Teil seit dem frühen Kindesalter an einem Strang und sind Teil meines Lebens. Schaue ich in die Zukunft, habe ich viele Personen vor dem inneren Auge, welche nachhaltig mein Leben durch ihre Fürsorge, Aufmerksamkeit oder bloß ihre Anwesenheit bereichern werden und an meinen zukünftigen Vorhaben eine Teilhabe genießen. Doch Freundschaft und Bindung zu Personen, welche einem wichtig sind, aufrechtzuerhalten und nachhaltig zu pflegen, kann für gewiss viele Menschen auch eine Anstrengung bedeuten. Ich selbst erlebte dies erheblich. Dadurch, dass viele Freunde aufgrund verschiedener beruflicher Perspektiven und Wünsche immer von einem Ort zum anderen weiterziehen, stellte es sich bisher schon immer als schwierig heraus. Man verliert sich aus den Augen, die Interessen gehen weit auseinander. Irgendwann geht der Anschluss verloren, und der Kontakt verblasst. Ich erinnere mich nicht immer auf Anhieb an jeden einzelnen Freund aus meiner Kindheit, aus der Schule oder gar jede Bekanntschaft, die ich mal schloss. Doch an Alexander werde ich mich womöglich für den Rest meines Lebens erinnern... und an das, was wir zwei miteinander erlebten.

Kindheitserinnerung

Als ich Alexander das erste Mal traf, wirkte er auf mich suspekt. Bisher fiel es mir in meinem Leben nicht sonderlich schwer, Menschen, die ich treffe und kennen lerne, irgendwo einordnen zu können. Doch bei ihm war ich nicht sicher, wie ich ihn einschätzen sollte. Er wirkte cool, eben wie jemand, den nichts verunsichern konnte. Wir waren Kinder, als wir uns kennen lernten. Ich 14, er 15. Seine erste Beziehung hatte er, wenn ich mich richtig zurückerinnere, sogar schon hinter sich. Ich war gerade erst so langsam auf den Gedanken gekommen, dass man sich ja auch mal für Mädchen interessieren könnte. Die Hochphase der Pubertät halt. Wir steckten quasi mittendrin. Aber Alexander war jemand, der es immer gelassen sah. Eigentlich alles. Vielleicht habe ich mir das, seitdem ich ihn kenne, so ein bisschen abgeschaut. Womöglich wollte ich auch so sein. Generell erkannte ich schon in der Zeit als Teenager, dass es oft hilfreich sein kann, sich an Eigenschaften von Freunden zu orientieren. Sie nicht zu kopieren, aber sich gewisse Merkmale und Züge anzueignen, um möglicherweise von ihnen etwas lernen zu können. Ich denke, dass das Aufschauen und die Herangehensweise an eine Freundschaft sich auch dadurch auszeichnen kann, wie man aneinander wachsen kann.

Vielleicht wuchs ich auch schon zu Kindheitstagen an Alexander. Die erste Begegnung mit ihm ließ jedoch auf sich warten. Dadurch, dass Kinder oft viel Zeit im Internet verbringen, heute gefühlt noch viel mehr als früher, waren wir oft online miteinander in Kontakt und haben gezockt. Tage und Nächte teilweise durch, wenn es die Schulferien ermöglicht haben. Zeitweise blendeten wir die Schulpflicht sogar aus und gingen gar nicht hin. Er wohnte in einem Nachbarort. Bis zu unserer ersten Begegnung sahen wir uns demnach faktisch nie; auch, weil er eine andere Schule besuchte. Heutzutage ist man mobil, fährt mit dem Auto mal schnell in benachbarte Orte, Städte oder gleich quer durchs ganze Land. Kinder, oder eher gesagt Teenager, sind da eben etwas eingeschränkter. Früher haben wir vor der Tür gespielt oder etwas innerhalb eines bestimmten Radius' in der Nachbarschaft unternommen. Sowieso ist man früher immer energisch genug gewesen, vor die Tür zu gehen und einfach mal mit dem Fahrrad irgendwohin zu fahren. Doch der Alltag von Kindern scheint sich in etwas mehr als einem Jahrzehnt wesentlich verändert zu haben, ist irgendwie kälter geworden.

Wenn ich zurückblicke, habe ich zwar auch tagelang vor dem Computer meine Zeit verbracht, doch die Interaktion erfolgte einfach anders. Wie ich gegenwärtig immer wieder feststelle, verbringen viele Kinder einen Großteil ihrer Zeit vor dem Smartphone. „Zum Glück gab's die Teile zu meiner Zeit noch nicht", sage ich meiner Tante immer wieder, wenn wir über meinen 13jährigen Cousin sprechen. Der ist nämlich schon seit einiger Zeit diesem Wahn verfallen. Und das, wie ebenso wir früher, mitten in der Pubertät. Ich muss sagen, meine Kindheit verlief wirklich deutlich anders. Und darüber bin ich in weiten Teilen auch äußerst froh. Ich, oder eher gesagt wir, vertrieben uns, wie gesagt, die Zeit zwar auch oft vor dem Computer. Allerdings sind meine Freunde und ich noch vor gut einem

Jahrzehnt auf einer kommunikativen Ebene anders miteinander umgegangen. Nicht nur energischer, sondern auch spontaner.

Eines Tages stand Marco, einer meiner besten Freunde aus Kindertagen, samt Fahrrad und mit den Worten „Komm raus, wir fahren zu Axel" vor der Tür. Marco war noch ein weites Stück älter als ich. Er zog auch schon gerne mal am Wochenende abends los und ging feiern. Da er zwei Klassen über mir und mein Nachbar war, hatte ich, auch durch ihn, schon früh den Draht zu älteren Freunden. Ich war zunächst überrascht, wer Axel sei. „Alexander oder Axel?", fragte ich erstaunt. Die Frage stellte auch der Richter einem Zeugen vor nicht allzu langer Zeit verwirrt. Irgendwie gibt es wohl oft ein wenig Verwirrung um Spitznamen und denen, die tatsächlich auf einer Geburtsurkunde kenntlich gemacht sind. „Zu dem Axel natürlich", antwortete Marco. Ich überlegte nicht lang, schnappte mir mein Fahrrad, und wir machten uns auf den Weg.

Unterwegs unterhielten wir uns viel über die Schule. Da er zwei Jahrgangsstufen über mir war, fand ich es immer cool, ältere Freunde zu haben. Doch bis dahin war er noch der einzige. Bis auf Marco kannte ich niemanden in dem Freundeskreis. Es war ohnehin das erste Mal, dass ich mit gerade einmal 14 Jahren in einen anderen Ort fuhr, um Leute zu treffen. Dort angekommen, fanden wir uns auf dem örtlichen Dorfplatz ein. Wiesens, so der Name des Ortsteils, ist ein kleines Dorf mit gefühlt nicht einmal 500 Einwohnern am Rande meiner Heimatstadt. Es gibt einen kleinen Supermarkt, eine Kirche sowie eine Bushaltestelle. Und eben den fast schon legendären Dorfplatz. „Er kommt sicher gleich, pünktlich ist er nie", sagte Marco. Auch später kam ich noch regelmäßig her, um Axel zu besuchen. Nur war er da noch weniger gesprächig als damals. Aber das machte mir nichts, denn wenn Freunde einen hin und wieder brauchen, dann ist man schließlich immer da.

Begegnungen

Als wir auf Axel warteten, erzählte mir Marco, dass noch einige andere Leute kommen würden. Wer genau das damals alles war, bekomme ich heute nicht mehr zusammen. Es waren einige, doch Axel stieß als letzter zu uns. Obwohl er quasi hinter dem Dorfplatz wohnte, verspätete er sich immer. „Das ist normal, ich plane die Zeit schon immer mit ein", sagte er.

Den Moment, in dem er auf unsere Gruppe zukam, werde ich wohl nie vergessen. Als jemand rief: „Na endlich, da ist er ja, wir können los", drehte ich mich um und sah ihn. Er war groß, relativ schlank und sportlich. Das Markanteste an ihm waren jedoch seine blonden und lockigen Haare, die für ihn heilig waren. Immer meckerten unsere Eltern, dass wir doch endlich richtige Jungs werden und uns die Haare vernünftig machen sollten. Bei mir war das damals nicht anders. „Ihr seht aus wie Bombenleger", sagte meine Mutter immer. Wie genau pubertierende Jungs in ihren Teenagerjahren mit Bomben in Verbindung standen, frage ich mich allerdings heute manchmal noch.

Wir fuhren, wie so oft, in einem Rudel mit unseren Rädern in Richtung Sportplatz, auf dem wir manchmal sogar das ganze Wochenende verbrachten. Einige Zeit später fingen wir an, uns auch abends zu treffen; bis zu dem Zeitpunkt, an dem Axel und ich uns, zumindest vorerst, voneinander verabschiedeten, da er für seine Ausbildung die Heimat verließ Eigentlich ist das heutzutage ja nichts Außergewöhnliches mehr, aber ich dachte nie, dass er auch einmal diesen Schritt gehen würde. Aber irgendwie war mir klar, dass das nicht für immer sein sollte.

Axel und ich trafen uns, mehr oder weniger sogar durch Zufall, nach einigen Jahren auf der Berufsschule wieder. Ich war gerade im Abschlussjahr vom Abitur, er durchlief eine Fortbildung im Rahmen seines Berufes als Heilerziehungspfleger. Ich konnte mir nur schwer vorstellen, dass er in einem sozialen Beruf tätig sein wollte, da er, auch nachdem wir aus der Teenagerzeit herausgewachsen waren, immer noch kein gesprächiger Typ von Mensch war. Als wir uns wiedersahen, war es so, als hätten wir uns erst gestern gesehen. Über die Zeit der freundschaftlichen Abstinenz wurde gar nicht erst debattiert, und das ist genau das, was ich an guten Freunden so schätze. Ob man sich eine Woche, ein Jahr oder sogar noch länger nicht gesehen hat, ist letztlich egal. Da er gerade aus seiner ersten langjährigen Beziehung kam, verbrachten wir wieder viel Zeit sowohl unter der Woche als auch am Wochenende miteinander. Irgendwie war es wieder ein bisschen wie früher. Bis zu jenem Abend.

Ein Abend wie kein anderer
Viele Tage verlaufen im Leben gleich. Vor allem in der Weihnachtszeit. Doch diese Zeit, zum Ende des Jahres 2015, verlief nicht wie üblich mit entspanntem Glühweintrinken auf dem Weihnachtsmarkt und einer besinnlichen Zeit, wie man sie sonst aus dem Bilderbuch kennt. Zunächst jedoch wohl. Am 5. Dezember 2015, einem Samstagabend, trafen wir uns in einem großen Kreis von Leuten, um auf den Weihnachtsmarkt zu gehen. Mit Freunden von früher, also jenen, die sich zu damaliger Zeit auf dem Dorfplatz einfanden, als auch mit neuen Bekanntschaften. Normalerweise bin ich kein großer Freund dieser typisch besinnlichen Weihnachtszeit. Generell kommt bei mir auch Jahr für Jahr keine großartige Weihnachtsstimmung oder Vorfreude auf. Vor allem jetzt nicht mehr.
Am frühen Abend versammelten wir uns auf dem Markt. Zunächst war nur geplant, entspannt ein bisschen Glühwein zu trinken und die Weihnachtszeit zu planen. Gerade um die Feiertage ist viel los in der Heimat. Freunde, die zwecks Studium oder einer Ausbildung fortgingen, sind anlässlich des Weihnachtsfestes und den Feiertagen immer da, und zwar nur dann. Es ist immer schwierig, jeden zu treffen und sich darüber zu unterhalten, was man gerade so macht, wie es beruflich läuft und wie es einem geht. Ich gebe immer mein Bestes dabei, möglichst jeden treffen zu können. Mir liegt etwas daran, auf dem

neusten Stand zu bleiben und den Kontakt zu allen Freunden aufrechtzuerhalten. Mein Hauptaugenmerk liegt beim Weihnachtsfest mittlerweile eigentlich nur noch hier. Ich bin nicht nur kein Freund dieser vorweihnachtlichen Zeit, sondern auch keiner, der dieses Gedränge und die dichten Menschenmassen auf den Weihnachtsmärkten gut leiden kann. Genauer gesagt eher das Gegenteil, also jemand, der gern für sich ist. Nicht oft allein, aber trotzdem fixiert auf das eigene Leben.

Wir hatten viel Spaß an diesem Abend, doch er nahm eine erste entscheidende Wende durch einen plötzlich Anruf auf meinem Telefon. Es war Valeria, eine meiner besten Freundinnen, die vorschlug, bei sich eine spontane Einweihungsparty zu geben. Zugegeben, mitten in der Stadt zu wohnen, hat gewisse Vor-, aber auch Nachteile. Ständig gehen Leute ein und aus in deiner Wohnung, nie hat man seine Ruhe, oft ist es laut. Für mich wäre das nichts, aber für sie kam nichts anderes in Frage, als sich mitten in der Stadt niederzulassen. Generell gibt es annähernd keine andere Bezeichnung als dynamisch, um zu beschreiben, wie sie tagtäglich ihr Leben gestaltete. „Du bist einfach immer auf Achse", sagte ich letztens noch zu ihr, als sie erzählte, dass sie in den Semesterferien zwischen ihrem Wohnort und ihrer Heimat Usbekistan pendelt. Bei ihrem Temperament traue ich mich vielleicht auch nicht, ihren Lebensstil zu kritisieren. Manchmal, wenn sie mit ihren Eltern zwischen Tür und Angel auf Russisch telefoniert und es lauter wird, klingt es so, als ob man sich gleich an den Kragen gehen will. „Das ist völlig normal", sagt sie jedes Mal, wenn ich sie vollkommen verschreckt anstarre. Immer für Überraschungen ist sie gut, so wie an jenem Abend.

Wir zögerten alle nicht lang, von der Kälte auf dem Weihnachtsmarkt hinein ins Warme zu ihr in die Wohnung zu gehen. Die Stimmung wurde noch besser, als auch mehrere Freunde von ihr zur Party stießen. Bis nach Mitternacht feierten wir ausgelassen. Irgendwann wollten einige, darunter auch

Axel und ich, in die Stadt weiterziehen, allerdings an unterschiedliche Orte. Bis heute werde ich wohl immer daran denken, was ich zu ihm sagte. Oft warf ich mir vor, hätte ich ihn nicht überreden wollen, mit uns zu kommen, wäre alles nicht passiert. Doch man kann nie wissen, was hätte passieren können, wenn man dieses oder jenes unternimmt, wie mir später immer wieder versucht wurde, bewusst zu machen. Unsere Wege trennten sich. Hätte ich zu diesem Zeitpunkt gewusst, wie schwer es heute ist, sich mit ihm austauschen zu können, dann hätte ich ihm sicher noch etwas mit auf den Weg gegeben. Wenn ich heute versuche, mit ihm in Kontakt zu treten, dann ist es fast immer einseitig, ich bekomme kein Kontra mehr. Axel war jemand, der sich nie etwas gefallen ließ. Heute muss er es. Und es ist unwahrscheinlich schwierig für mich, es mit anzusehen.

Ich zog mit einigen Freunden in eine örtliche Kneipe, nur einige hundert Meter weiter. Kneipen sind eigentlich gar nicht so meins, doch in der Weihnachtszeit finde ich es gemütlich. Vor allem in solchen, wo noch geraucht werden darf. Das macht die Atmosphäre immer noch etwas entspannter. Es war schon lange nach Mitternacht, bis ich irgendwann den Entschluss fasste, mich auf den Weg nach Hause zu machen. In der kalten Jahreszeit ist es für mich immer besonders schwierig, sich aus der warmen und dicht gequalmten Kneipe hinaus in die Kälte zu begeben, um mit dem Fahrrad nach Hause zu fahren. Doch mir war nicht danach, noch weiter zu ziehen. Der Rest fasste den Entschluss, in einen Club zu gehen. Es war der einzige, der sich noch in unserer Stadt gehalten hat. Dementsprechend war dort gerade zu Zeiten von Weihnachtsfeiern die Hölle los, und im Gedränge irgendwann alle sowieso zu verlieren, das kam für mich nicht in Frage.

Auf dem Weg nach Hause bei gefühlten minus 15 oder gar 20 Grad dachte ich noch darüber nach, ob ich wohl die richtige Wahl getroffen hatte, nicht mehr mitzugehen. Heute denke ich sehr oft daran, was passierte wäre, hätte ich mich etwa doch für das Gedränge in der Disco entschieden, in die Axel ging. Sie liegt im Dachgeschoss eines großen Einkaufscenters, mitten in der Stadt, sodass es dort eigentlich mit der Zeit alles und jeden hinzieht. Keine sonderlich spezielle Szene, die sich dort herumtreibt, sondern bunt gemischtes Publikum. Definitiv nicht mehr meins, daher entscheide ich mich auch heute noch relativ oft zu passen, wenn es darum geht, am Wochenende auszugehen. Aber das hat noch einen entscheidenden anderen Grund.

Fast zu Hause angekommen, bemerkte ich, wie plötzlich ein schnelles Blitzen die Straße herunterschien. Natürlich fuhr ich wie immer ohne Licht am Fahrrad, sodass ich im ersten Moment nicht erfassen konnte, was genau da versuchen würde, mich wohl gleich zum Erblinden zu bringen. Doch es kam anders. An mir rasten plötzlich mit überhöhter Geschwindigkeit ein Rettungswagen sowie ein Streifenwagen der Polizei vorbei. Wie so oft in dieser Zeit, dachte ich mir, denn zu Weihnachtsfeiern gibt es eben bekanntlich auch viele körperliche Auseinandersetzungen, Schlägereien und sonstiges. Keine angenehme Zeit, um zu arbeiten, wie mir mal eine Freundin, die beim Rettungsdienst ist, erzählte. Nur wenige Momente später, als ich noch nicht einmal die Straße überquert hatte, raste erneut ein Fahrzeug vorbei. Es war der Notarztwagen. Meine Mutter sagte einmal: „Wenn die im Anschluss direkt hinterher kommen, ist es immer besonders schlimm, das kannst du dir merken." Ich merkte es mir.

Endlich angekommen, wollte ich nichts sehnlicher, als nur noch schlafen. Mittlerweile war es kurz vor sechs Uhr in der Früh, was zur Folge hatte, dass ich wohl wieder den halben Sonntag verschlafen würde. Meine Mutter regt sich noch heute ständig darüber auf, dass man an freien Tagen auch ruhig mal produktiver sein oder seine Zeit sinnvoll nutzen könnte, statt im Bett zu verweilen. Aber wie so oft, ignorierte ich es immer gekonnt, wenn sie versuchte, mir ins Gewissen zu reden.

Fast schon eingeschlafen, bemerkte ich, wie mein Handy plötzlich aufleuchtete. Mehrere Nachrichten erschienen auf dem Display, doch ich hatte keinen Nerv mehr, sie zu öffnen. Bestimmt wären das wieder die üblichen Chaoten, die nach der Party wieder irgendwo abgeholt werden müssen, dachte ich, doch dieses Mal konnte ich ihnen sowieso nicht helfen, da ich selbst eh die ganze Nacht getrunken hatte. Daher legte ich mich hin und versuchte, endlich einzuschlafen. Im Halbschlaf schon, hörte ich plötzlich das Handy klingeln, mehrmals, gar ununterbrochen. Es hörte gar nicht mehr auf. Ich entschloss mich, es auszuschalten, entsperrte dafür das Display, worauf sich alle Nachrichten auf einmal öffneten. „Komm schnell her!" „Es ist was Schlimmes passiert." „Wir wissen nicht, was zu tun ist." „Axel ist tot."

Schock

Ich las alle Sätze immer und immer wieder. Beim letzten fingen meine Hände, meine Lippen, gar mein ganzer Körper an zu zittern. Zwei oder drei Minuten lang befand ich mich in einer Schockstarre. Der Rettungswagen, Notarztwagen. Etwas Schlimmes war geschehen. All dies wegen...? Nein, das konnte nicht sein. Wir hatten uns vor ein paar Stunden noch gesehen, das war unmöglich. Ich glaube, so schnell bin ich zu so einer Uhrzeit an einem Sonntagmorgen noch nie hochgekommen. Erneut las ich die Nachrichten, bis ich das Handy nicht mehr richtig in der Hand halten konnte. Generell sind diese Smartphones ja so gebaut, dass sie nicht gerade gut in der Hand liegen, aber nach so einer Nachricht die Hände still halten zu können, ist, glaube ich, sowieso utopisch. Und so folgte eins nach dem anderen. Ich stand im Flur, versuchte immer noch, während ich unter Schock stand, mein Handy richtig zu halten, um die Sätze erneut anzustarren, bis irgendwann nur noch ein Schrei bis nach unten hin zu hören war. Meine Mutter rannte in Windeseile die Treppe herauf. Mittlerweile war es 7.30 Uhr.

„Was ist hier los?", fragte sie mich aufgeschreckt und verängstigt zugleich. Ich hielt ihr, immer noch sprachlos und kaum zu irgendeiner Handlung in der Lage, nur das Handy vor die Augen mit dem Satz: „Axel ist tot." „Das kann doch nicht sein!", widersprach sie. Ich regte mich plötzlich, zögerte keinen Moment und fasste blitzartig einen Entschluss: „Fahr mich bitte umgehend dorthin."

Auf dem Weg sprachen wir kein einziges Wort. „Wir sind auf der Polizeiwache", war das Letzte, was ich als Nachricht erhalten hatte. Die Wache liegt, wie es der Zufall so will, unmittelbar neben dem Einkaufscenter, worin sich auch die örtliche Discothek befindet. Der Ort, den Axel mitsamt den anderen nach Valerias Party angesteuert hatte. Ich dachte die ganze Zeit darüber nach, was passiert war. Gab es einen Unfall? War er in eine Schlägerei geraten? Wurde er womöglich... wurde er umgebracht?

Den Moment, in dem am Center entlang die Polizeiwache schon in Sichtweite war, werde ich in meinem Leben nicht vergessen. Ich blickte nach rechts zum großen Eingang, durch den man in die Einkaufspassage gelangen konnte. Alles war voller Streifenwagen, Notarztwagen. Solche, die vor nicht einmal zwei Stunden an mir vorbeigerast waren. Und die Spurensicherung. Ich kannte die Männer in diesen weißen Anzügen, die jeden Staubrest, jeden Fleck an einem potentiellen Tatort untersuchten. Einem Tatort. Spätestens ihrem Anblick wurde mir klar, dies war kein Traum, sondern Realität. Ohne nachzudenken, riss ich die Beifahrertür auf und sprang aus dem fahrenden Auto, während meine Mutter wie vom Blitz getroffen eine Vollbremsung machte. „Geh dort nicht hin! Bleib dort weg!" Die Worte höre ich noch, als wäre es gestern gewesen, aber ob ich wohl darauf hörte? Kaum. Schließlich rannte ich, die Augen fest fokussiert auf den Ort des Geschehens, geradewegs auf den vermeintlichen Tatort zu. Diese Momente, in denen einen alles los lässt, man nicht nachdenkt, was man tut, man völlig überkommen von Leichtsinn und Schwerelosigkeit ist und einen nichts, aber absolut nichts aufhalten kann. Genau dieser war es. „Es war, als fühlte ich mich für etwa zehn Sekunden wie in einem Film", sage ich noch heute, wenn mich jemand nach dem Ablauf an diesem Morgen fragt. Kurz vor dem Ziel, der Absperrbänder der Polizei, welche den Umkreis des Geschehens eingrenzten, dachte ich nicht einmal daran, langsamer zu werden. Ich rannte weiter, als ginge es um mein Leben. Dabei ging es um Axels. Als ich die Absperrung durchbrach, zog ich gleichzeitig die Blicke von Reportern, Angestellten, Schaulustigen auf mich. Mit entfuhr ein Schrei, der bis dahin das Einzige war, was ich von mir gegeben hatte, seit wir das Haus verlassen hatten. Zwei Beamte stürmten binnen Sekunden auf mich zu, als ich mich der Spurensicherung auf wenige Meter näherte, hielten mich fest, stießen mich zurück in Richtung Absperrung und dem Rest der teilnehmenden Zuschauer. „Hier darf niemand hin!" „Dies ist ein Tatort!" „Der Täter ist noch auf freiem Fuß!" „Der Täter?", fragte ich entsetzt und völlig aufgelöst den Beamten. „Ja, er ist flüchtig." „Und was tun sie dann noch hier?", entgegnete ich ihm herablassend und vorwurfsvoll.

Schicksal

Unser gesamter Kreis stand in permanentem Kontakt. Die Polizei schrieb für den gesamten Landkreis eine Großfahndung aus, befragte Augenzeugen, darunter auch Freunde von uns. Die Presse versorgte die Bürger vor allem im Netz fast stündlich mit neuen Erkenntnissen. Ich schlief keine einzige Sekunde mehr an diesem Sonntag. Nachdem ich den völlig aufgelösten Rest unserer Truppe auf der Polizeiwache abholte, kam die entscheidende Information, auf die ich bereits über eine Stunde wartete. „Axel wurde von einem vorbeilaufendem Mann zu Boden geschlagen und stand nicht mehr auf", sagte mir eine Freundin, der die Fassungslosigkeit und Hilflosigkeit nicht aus dem Gesicht wegzudenken war. Sie konnten nichts tun, es ging anscheinend blitzschnell. Angeblich, so waren sich ausnahmslos alle Augenzeugen einig, stieß der unbekannte Täter zuvor jemanden aus unserem Kreis vor dem Einkaufscenter nieder. Axel soll keinen Moment gezögert haben, um einzugreifen, sodass er einen weiteren Schlag, oberhalb des Kopfes erhielt, worauf er zu Boden stürzte. Und keine Reaktion mehr zeigte. Alle Versuche, ihn wiederzubeleben, scheiterten, hieß es aus dem Krankenhaus.

Gegen Mittag fuhren wir von der Polizeiwache nach Hause. Ich wollte nur noch allein sein an diesem Sonntag. Dem sogenannten Tag des Herrn und des göttlichen Eingreifens. Mittlerweile verstehe ich, weshalb ich Religion einfach nichts abgewinnen kann. Sollte das etwa göttliches Eingreifen sein? Nimmt Gott jemanden mit Absicht zu sich, der nur einem Freund helfen wollte? Es ist nicht fair, und Gott sieht doch bekanntlich alles, warum tat er hier nichts, entgegne ich bis heute, wenn meine Großeltern mir die Kirche und Gott aufzwingen wollen.

Die Müdigkeit und Erschöpfung sah man mir in nahezu jeder Sekunde an, ich konnte mich fast nicht mehr auf den Beinen halten. Schließlich versuchte ich, mich am späten Nachmittag hinzulegen, um für einen Moment Ruhe zu finden. Doch daraus wurde nichts, denn nur wenige Minuten, nachdem ich die Augen schloss, klingelte erneut das Telefon.

„Sie haben ihn geschnappt!", sagte eine Freundin der Familie, welche ich darum gebeten hatte, mich auf dem Laufenden zu halten, euphorisch durchs Telefon. Angeblich war der Taxifahrer ausfindig gemacht worden, mit welchem der vermeintliche Täter sich umgehend nach der Tat aus dem Staub gemacht hatte. Es konnte demnach rekonstruiert werden, wohin er im Anschluss an die Tat geflüchtet war. Im Kreis unserer Freunde kam durch die Nachricht ein leichter Hauch von Erleichterung auf. Wir vermuteten, dass nun zumindest eine Aufklärung der

Tat und eine ausführliche Schilderung der Sachlage durch die Ermittler ans Licht käme.

Ich nahm mir am nächsten Tag frei. Ständig grübelte ich über den Ablauf des vergangenen Morgens. Als ich mit meiner Mutter bei meiner Oma zu Besuch war, hatte sie natürlich bereits durch die Presse erfahren, was sich am gestrigen Sonntag in der Frühe für dramatische Szenen vor ihrem Lieblingseinkaufscenter abgespielt hatten. Mit ihrem Enkel mittendrin. „Das hättest auch du sein können, dass ihr nicht aufpassen könnt", konnte ich mir erstmal anhören. Klar machten sich sowohl Oma als auch Mutter Sorgen, denn tatsächlich war es wohl ein Zufall gewesen, dass genau zu jenem Zeitpunkt dort Axel stand, der diesen Schlag abbekam. Ich dachte über so etwas gar nicht erst nach. Ich machte mir keine Sorgen darüber, wer wo hätte sein können, wenn dieses oder jenes dann passiert wäre. Ich machte mir Sorgen um Axel. Obwohl ich schon längst nichts mehr für ihn hätte tun können.

„Pass man auf, der bekommt bestimmt Bewährung, weil eine Schuldunfähigkeit festgestellt wird", meinten beide daraufhin noch. Wir würden ja in einem Rechtsstaat leben, der eigentlich keiner mehr wäre. Für so etwas hatte ich jetzt absolut nichts übrig. Weder der verdammte Rechtsstaat, noch ein bevorstehendes Urteil waren für mich in diesen Stunden von Bedeutung. Doch sollten sie es eigentlich sein, wie sich später herausstellte, denn am Abend erwartete uns eine weitere böse Überraschung. Die lokale Zeitung veröffentlichte einen ausführlichen Bericht über die plötzliche Freilassung des vermeintlichen Täters. Der Tatvorwurf des Totschlags sei nicht haltbar, so die Staatsanwaltschaft. Daher wurde er aus der Untersuchungshaft entlassen. Die Erklärung dafür war ein weiterer Tiefschlag. Axel war an einem Aneurysma gestorben, einer seltenen Gefäßerkrankung im Gehirn.

Das Ergebnis der Obduktion rief erneut Fassungslosigkeit bei allen hervor. Nicht nur, dass Axel an solch einer Gefäßerkrankung gelitten hatte; nicht nur, dass er ausgerechnet zu jenem Zeitpunkt an jenem Ort stand, als dieser dahergelaufene Typ, den zuvor noch nie jemand von uns gesehen hatte, plötzlich anfing, um sich zu schlagen, nein. Er traf Axel ausgerechnet dort, wo es nicht sein durfte. Genau dort, wo keiner wusste, was passiert, wenn es passiert.

Abschied

Eine Woche kann eine sehr lange Zeit sein, wenn man auf etwas wartet. Sei es ein Paket, das man sehnlich erwartet, eine Note, auf die man gespannt ist, oder ein Urlaub, der lang herbei gesehnt ist. Worauf ich eine Woche warten musste, das wünscht sich jedoch, glaube ich, kein Mensch so sehnlich herbei. Mittlerweile kann ich Beerdigungen, auf denen ich in meinem Leben bisher war, an einer vollen Hand abzählen. Für gewöhnlich verlaufen sie, finde ich, irgendwie immer gleich. Keiner redet ein Wort. Alle gucken sich an, doch niemand hat etwas zu sagen. Jeder denkt dasselbe, alle im Raum fühlen gleich, aber keiner mag aussprechen, was ihn bedrückt. Axels Beerdigung verlief jedoch nicht wie jede andere, denn sie war für mich, wie wohl für viele andere auch, keine gewöhnliche.

Sie fand in der Kirche im ländlich gelegenen Wiesens, Axels Heimatort, statt. Gefühlt keine 300 Meter entfernt von seinem Elternhaus und dem Dorfplatz. Jenem Dorfplatz, auf dem ich ihn vor mittlerweile über zwölf Jahren das erste Mal in meinem Leben getroffen habe. In einem Moment, in welchem wir Kinder waren, die zur Schule gingen, die Blödsinn anstellten, die frei von Schuld waren und ein unbeschwertes Leben führten. Er wirkte mir suspekt im ersten Moment, doch der Moment, in dem wir uns voneinander verabschieden und Lebe Wohl sagen würden, wirkte grotesk. Ich verstehe viele Dinge, die in der Welt passieren. Mir ist grundsätzlich wichtig zu erfahren, weshalb eine Handlung, egal worum sie sich dreht, passiert. Sie zu verstehen, sie nachvollziehen zu können. Hier allerdings war es mir nicht möglich, und vermutlich, so auch der Wortlaut meiner Mutter, mit der ich oft über diesen furchtbaren Morgen und die Folgen danach sprach, wird es nie möglich sein, ihn jemals zu verstehen.

Man merkte schnell, dass die örtlich gelegene Kirche im sonst so ruhigen, ländlichen Wiesens nicht gemacht war für solch ein Ereignis. Die Besucher, weit über 100 an der Zahl, standen mittlerweile schon draußen im Eingangsbereich, als der Pastor schon längst mit seiner Rede begonnen hatte. Drückende Stimmung, aber längst keine Stille mehr. Wiederholt warf ich Freunden, welche teilweise mehrere Reihen vor oder hinter mir saßen, Blicke zu. Und jedes Mal konnte man dasselbe in den ratlosen Blicken erkennen. „Warum?", entnahm man der Leere der Blicke, die einem im Minutentakt begegneten. Ich mag's nicht, wenn man etwas stillschweigend hinnehmen muss. Wenn man über ein Problem, das so offensichtlich ist, so deutlich erkennbar und spürbar ist, nicht sprechen kann. Ohne mich. Aber hier war es nicht zu umgehen. Man musste es hinnehmen, das hier einfach geschwiegen wurde. Das macht es für mich umso schwerer, von einem Ereignis, von einem Moment oder gar einem Menschen loslassen zu können und sich einzugestehen, dass es hier ein Ende gibt. Ein Ende, das zwar hinzunehmen war, was aber nicht den Abschluss bildete. Denn immerhin war hier noch nicht abgerechnet worden mit dem, was meinem Freund widerfahren war.

Gerechtigkeit

Mittlerweile ist es fast zwei Jahre her. Oft wird es immer nur „es" genannt, wenn wir unter Freunden oder in der Familie darüber sprechen. Mich regt es zunehmend immer mehr auf, dass man das Kind nicht beim Namen nennen kann. Doch ich denke, es liegt daran, dass jeder Mensch Geschehnisse solcher Art anders aufnimmt und für sich verarbeitet. Vor allem die Folgen danach. Seit ich regelmäßig auf dem Friedhof bin, um nach dem Rechten zu schauen, fällt mir immer wieder das Datum auf dem Grabstein ins Auge: 05.05.1990 – 06.12.2015. „Wie die Zeit vergeht", sagt meine Mutter oft, aber irgendwie macht es mich nur wütender, wenn ich es höre. Alles, was seither passiert ist, passierte ohne Axel. Zwar sagt man immer, dass Verstorbene von oben herab auf einen blicken und aufpassen, aber das ist nicht dasselbe. Für mich jedenfalls nicht. Und umso schwieriger war es zu ertragen, wie der Gerichtsprozess ohne sein Beisein stattfand. Wie zwar über denjenigen, der Auslöser für diese schreckliche Tat war, entschieden wurde, aber auch über Axel, der hier die eigentliche Hauptrolle spielte, aber nicht anwesend sein konnte.

Als der Termin der Gerichtsverhandlung stand, kam ein etwas beruhigenderes Gefühl auf, zumindest was das Thema „Gerechtigkeit" betraf. Ich frage mich oft, was ist eigentlich Gerechtigkeit? Was ist gerecht oder eine gerechte Strafe für solch eine Tat? Bis heute ist es schwer, auf diese Fragen eine Antwort zu finden, vor allem weil ein Urteil, welches ein Gericht ausspricht, wenig mit der individuellen Vorstellung von dem, was man für sich persönlich für gerecht hält, zu tun hat. Viele Gespräche über die Tat und auch die Folgen sind geradezu untermalt von emotionalen Ausbrüchen. Und Emotionen haben mit Sicherheit nichts in der Nähe eines Richterstuhls verloren.

Für den Gerichtsprozess waren insgesamt sieben Verhandlungstage vorgesehen. Als die Hauptverhandlung am Landgericht eröffnet wurde, versammelten sich einige aus unserem Freundeskreis vor dem Hauptgebäude. Wieder das gleiche Szenario: Leere, ratlose Blicke und Unsicherheit, was wohl passieren würde, wenn der Täter nicht angemessen verurteilt werden würde. Aber nach fast zwei Jahren wurde zumindest miteinander gesprochen, was ich begrüßte. Wir warteten im geschlossenen Kreis am Eingang, wo wir die Eltern, welche als Nebenkläger auftraten, empfingen und während der Verhandlung als Zuschauer begleiteten. Inzwischen war auch jedem die Identität des bis dahin vermeintlichen Täters bekannt, doch niemand wusste Näheres über ihn. Ich glaube, mir war auch gar nicht danach zu wissen, wer er überhaupt war oder was ihn dazu bewegt hat, so etwas zu tun. Ich war nur aus einem Grund hier: der Gerechtigkeit.

Zu Beginn wurde die Anklage der vorsätzlichen Körperverletzung mit Todesfolge verlesen. Mit einem Gericht, wie man es sonst so aus dem Fernsehen kennt, hatte das hier im Wesentlichen nichts zu tun. Es herrschte vollkommene Stille, eine Person sprach, alle schauten nach vorn, viele trauerten. Ein bisschen wie Beerdigung; nur, dass es hier um etwas anderes ging. Zwar um Axel, aber dieses Mal spielte er doch tatsächlich nicht mehr die Hauptrolle, sondern er. Mit dem Finger zeigte im Zuschauerraum eine Freundin, die unmittelbar neben mir saß, auf ihn und sagte: „Er, er war es". Sie würde in den kommenden Tagen auch noch aussagen und war nervös bei dem Gedanken, auch da vorne zu sitzen. Seitdem war er nur noch als „er" zu betiteln. Was mir gerade so passte, denn viel mehr wollte ich über ihn auch nicht wissen.

Die Verhandlungstage verliefen wie im Flug, bis schließlich dann am letzten das Urteil erwartet wurde. Da Axel nicht unmittelbar an dem Schlag, sondern der nachfolgenden Blutgefäßerkrankung gestorben war, welche zwar der Schlag ausgelöst hatte, was aber rechtlich nicht miteinander in Verbindung gebracht werden konnte, ahnte man bereits, dass hier ein aus unserer Sicht zu mildes Urteil erwartet werden würde. Das Recht auf Gerechtigkeit hat eben tatsächlich nicht viel mit der subjektiven Vorstellung von dem, was gerecht sein sollte, zu tun. Und das musste jeder der Beteiligten, darunter auch ich, akzeptieren.

Ich erschien an diesem letzten Tag nicht mehr am Gericht. Bis heute weiß ich selbst nicht genau weshalb, doch ich denke, dass ich es einfach nicht mit ansehen wollte, wie uns, der Öffentlichkeit, durch die Presse und nicht zuletzt auch den Eltern ein Urteil mitgeteilt wurde, das nicht hinnehmbar war. Welches keine Zufriedenheit hergab und keinen Einklang mit der individuellen Vorstellung von dem, was gerecht ist, fand. Ich bekam um Mittag herum, nachdem die Verhandlung geschlossen wurde, eine Nachricht aufs Handy, während ich in der Uni saß. „Drei Jahre Bewährung, es war so klar", las ich, und schaltete es direkt wieder auf Standby. Nicht, weil es mich nicht mehr interessierte, sondern weil es für mich zu Ende war. Weil man, wenn man an einen Punkt gelangt, an dem es nichts mehr zu ändern gibt, Dinge hinnehmen muss, wie sie sind und lernen und damit umgehen muss, sie zu akzeptieren. So empfinde ich es jedenfalls bis in die Gegenwart, denn so schlimm die Realität auch sein mag, für die einen natürlich schlimmer noch als für die anderen, geht es schließlich immer weiter. Und realistisch zu sein, und vor allem auch zu bleiben, ist mir, vor allem auch seitdem dies alles passierte, immer wichtiger geworden.

Eine Freundschaft zu haben, ist nichts Selbstverständliches. Sie beruht auf Gegenseitigkeit, auf Unterstützung, auf der Basis von einem Empfinden, welches beide Seiten klar zu verstehen bekommen. Und vielleicht verstehe ich heute mehr denn je, wie wichtig es ist, Freundschaften zu achten, zu respektieren, sich Mühe zu geben, um sie am Leben zu erhalten. Auch wenn Axel heute nicht mehr da ist. Mit diesem Ereignis, dieser schmerzhaften Erfahrung und auch dieser Geschichte endet vielleicht vieles, aber sicherlich keine Freundschaft.

Ruhe in Frieden.
Dein Freund, Dennis

Paulina Kyora

Mein Mond ist dein Mond

1. Kapitel

Welch romantische Fundstücke. Eine Erinnerung an vergangene Zeiten, die wohlbehütet aufbewahrt wurde. Alle Briefe sind
aufgestapelt und mit einem Wollfaden zu einem Bündel gebun-
den. Das Papier ist gelblich, schon fast sandig braun, abgenutzt
durch die Zeit und doch erkennt man, dass sie mit Vorsicht
gelesen und verwahrt wurden. Die Schrift darauf wurde mit
Tinte geschrieben, es verleiht den Briefen einen Charme, der
mich in eine andere Zeit versetzt. Eine kleine Zeitreise. Die
Kiste aus Blech, in der ich die Briefe gefunden habe, ist innen
mit einem dunkelblauen Samtstoff ausgekleidet, dieser schützt
die Andenken in einem ehrenhaft wirkenden Flair. Sie ist außen
geprägt mit Ornamenten, welche sich auf dem silbernen Blech
bereits schwarz verfärben, wohl durch die lange Zeit und die
Abnutzung. Ich wundere mich, dass die Kiste nicht verschlossen ist. Der Inhalt scheint der Aufmachung nach doch
sehr wichtig und schützenswert zu sein.
Der erste Brief, ein Brief von vielen, vergilbt, mit vielen Brief-
marken darauf, es wirkt, als habe er einen langen, lieblosen
Weg hinter sich. Mit zitternden Händen, das Herz in meinem
Brustkorb pochend, schließe ich die Kiste und setze mich vor
ihr auf die knarrenden, staubigen Dielen des Dachbodens. Mein
Blick verharrt auf dem Brief, es ist so, als hielte ein Kind sein
schönstes Geburtstagsgeschenk in den Händen. Ein kostbares
Gut, ein lang gehegtes Geheimnis.

Der Ort, den ich nicht nennen darf, 16. April 1944

Meine über alles Geliebte,

ich hoffe, meine Zeilen erreichen dich schnell, und die Tage in der Heimat vergehen ohne Mühe. Die Tage hier vergehen zäh und rauben mir die Kräfte. Es ist wie eine nie endende Hommage aus Schlamm, der sich durch die Kleidung frisst, lautem Getöse und blutigen Kameraden.

Jeden Tag denke ich an dein wunderbares Gesicht, meine Geliebte, ein Gedanke, der mir meine Kraft zurückgibt und mich durch jeden Angriff trägt. Auch wenn ich hier in der Ferne viel Grauen erlebe, ist doch nicht alles hoffnungslos. Ich habe so etwas wie einen Freund gefunden, Jan. Er ist ein besonderer Mensch, seine Augen zeugen von unserem Leben hier, kalt und leer, aber dennoch mit einer fast schon ironischen Freude im Ausdruck. Er ist immer zu einem Scherz aufgelegt, meist zu Kosten unserer Leben, oder äußert sich auf eine andere Art und Weise makaber gegen den Krieg. Aber grade dieser Humor macht es uns allen erträglich, den Horror auszuhalten. Ansonsten sprechen wir nicht viel über das Geschehene auf dem Schlachtfeld. Wir verdrängen es, so gut es geht, um nicht den Verstand zu verlieren. Ich muss gestehen, dass es mich im Schlaf verfolgt, und ich denke, den anderen geht es ebenso. Mit jedem Tag verliere ich an Gefühl und stumpfe ab.

Mein Schatz, nur durch den Gedanken an dich erinnere ich mich daran, was es bedeutet, ein Mensch zu sein. Ich weiß, ich bin noch nicht lange hier, aber dennoch, es reicht für ein Leben, und ich weiß nicht, wie ich es bis zum Ende des Krieges aushalten soll, ohne mich selbst zu verlieren.

Nun genug von den Grausamkeiten. Sag, wie geht es allen in der Heimat? Gibt es noch immer die leckere Schokolade an der Ecke? Kaum zu fassen, was man alles vermisst. Ich wünschte, ich könnte diese köstliche Schokolade noch einmal probieren. Beschreibe mir doch bitte in deinem nächsten Brief, wie dein Alltag aussieht, ich möchte

*gerne alles lesen, was mich von dem Geschehen hier ablenkt. Lass kein
Detail aus und sage mir auch bitte, wie es um meine liebe Mutter
steht. Gib ihr einen Kuss und sag, dass es mir gut geht und ich jeden
Tag drei Mahlzeiten bekomme.*
*Meine über alles geliebte Elisabeth, ich muss nun leider aufhören zu
schreiben, der nächste Marsch steht an, es geht in Richtung Front.*

*In Liebe, unendlicher Liebe dein
Johann*

Mein Herz schlägt Purzelbäume, ein Feuerwerk geht in meinem
Körper los. Ich kann kaum beschreiben, was diese Worte in
meinem Körper auslösen. Gefesselt öffne ich den nächsten
Brief.

Sonthofen, 26. Mai 1944

Mein Liebster,

*nun bist du schon über sechs Wochen fort von hier. Es fühlt sich
merkwürdig an, unser Haus alleine zu beleben. Es wirkt so groß und
leer ohne dich. Ich laufe durch den Flur und die Treppe hoch, überall
hängen Bilder, von dir, von mir, von uns. Doch irgendwie stimmen
sie mich nur trauriger, anstatt mich an unsere schönen Momente zu
erinnern.*
*Es ist schwer auszuhalten, nicht wissen zu können, wie es dir geht,
wo du bist und welche Gefahr dir droht. Nur hoffen zu können, dass
mich bald eine Nachricht von dir erreicht, die mir hilft durchzuhalten.
Ich möchte es dir nicht schwermachen, ich wusste, dass dies in Zeiten
wie diesen passieren kann. Aber wie es ist, wenn du fortgehst und in
den Krieg ziehst, ist mir erst jetzt richtig bewusst, wo du nicht mehr
da bist. Ich versuche wirklich, mich abzulenken und auch einige angenehme Dinge, in Zeiten wie diesen, zu unternehmen und unsere
Freunde zu besuchen. Doch es fühlt sich falsch an, sie ohne dich an*

meiner Seite zu treffen. Entweder jeder tut so, als würde es dich nicht geben, damit ich nicht an diese Situation erinnert werde, oder jeder fragt nach dir. Und was kann ich da sagen?!

Immerhin hat mich dein erster Brief erreicht. Du weißt gar nicht, wie gut mir das getan hat. Mein Herz bebt immer noch bei dem Gedanken, wie ich deinen Brief im Briefkasten gefunden habe. Ein kleiner Lichtblick zwischen lauter grübelnden Gedanken. Oh, ich vermisse dich so sehr, dass es weh tut. Kannst du es dir vorstellen? Ich trinke sogar Tee, deinen Lieblingstee, nur, weil er mir hilft, mich dir näher zu fühlen. Jeden Tag versuche ich, so normal wie möglich zu leben. Ich gehe zur Arbeit wie gewohnt. Ich kaufe ein, und ja, deine Schokolade gibt es noch, habe keine Sorge, sie wird noch da sein, wenn du wieder nach Hause zurückkehrst.

Zurzeit übe ich mich im Malen, meine Schwester meint, es könne mir helfen, um diese schlimme Zeit, wie sie es sagt, mit etwas Farbe zu füllen. Sie beteuert, dass ihr meine Bilder gefallen, doch ich denke, dies sagt sie nur, um mich nicht zu kränken. Du kennst ja meine Begabung für die Kunst.

Deiner Mutter geht es soweit gut. Sie macht sich Sorgen um ihren ältesten Sohn. Aber ich glaube, es tut ihr ganz gut, dass ich einmal in der Woche bei ihr vorbeischaue und sie mir lauter Geschichten von dir erzählen kann. Sag mein Liebster, was hast du damals bloß mit deiner armen Volksschullehrerin angestellt? Wir amüsieren uns köstlich bei deinen Kindheitsgeschichten. Es ist jedes Mal ein Nachmittag der Befreiung. Ein kurzer Moment, in dem alles normal scheint. Freude steigt in mir auf, wie die Samen der Pusteblumen im Wind. Aber dann, sobald ich die Haustür aufschließe und über die Schwelle unseres gemeinsamen Hauses trete, verschlingt mich eine düstere nebelverschleierte Wolke.

Aber immer wieder denke ich auch an unsere schönen Momente, an unseren Ausflug ans Meer im letzten Winter, an unsere erste Ernte im Garten unseres gemeinsamen Hauses oder an den Moment, in dem du vor mir knietest, mich gebeten hast, deine Frau zu werden und mir

die Luft wegblieb. Eine romantischere Liebeserklärung hättest du mir
nie machen können.
Das, mein Liebster, sind einige der Momente, die mich durchhalten
lassen und die mir Kraft geben, jeden Morgen in Ungewissheit um
dich trotzdem aufzustehen und weiterzumachen.

In ewigen Gedanken und grenzenloser Liebe,
deine Elisabeth

Ich stecke den Brief zurück in den Umschlag, verharre in meinen Gedanken. Warum hat meine Großmutter mir nie davon erzählt? Ein kleiner Gedanke, die Briefe meiner Großeltern, unerwartete Einblicke und schon wirft es mich wieder aus der Bahn. Nun, nach mehr als vier Monaten seit dem Tod meiner Großmutter, habe ich mich überwunden, den Dachboden im Haus meiner Oma durchzuschauen und entsprechend zu entrümpeln. Es fällt mir schwer, jede kleine Erinnerung und jeder Gedanke an sie treiben mir die Tränen in die Augen. Aber diese Kiste mit den Briefen löst noch viel mehr in mir aus. Auf der einen Seite fühle ich mich meiner Großmutter so nah, wenn ich die Kiste berühre, ein Gefühl, als würde ich ihre Hände spüren, die über den Brief streichen, wie es meine tun. Auf der anderen Seite scheue ich mich, die Briefe zu lesen und vielleicht Geheimnisse zu entdecken, die Geheimnisse bleiben sollten.

Wir waren uns sehr nahe, meine Großmutter war meine einzige Familie, und ich bin bei ihr groß geworden, nachdem meine Eltern bei einem Unfall ums Leben kamen, als ich fünf Jahre alt war. Und nun bin ich alleine. Doch durch die Briefe fühlt es sich an, als wäre meine Großmutter noch hier, in diesem Haus und an meiner Seite, es fühlt sich an, als würde sie mir noch etwas mitteilen wollen. Diese Briefe verraten mir einen Teil ihrer Geschichte, den sie mir niemals erzählt hat. Doch warum hat sie es mir verschwiegen? Sie hat nie von der Zeit gesprochen, wie sie meinen Großvater kennen gelernt hat oder vom Anfang ihrer Liebschaft.

Leicht enttäuscht darüber lege ich die beiden Briefe zurück in die Kiste. Von der Luft hier oben und den grübelnden Gedanken habe ich Kopfschmerzen. Die knarrende Holztreppe vom Dachboden hinab verdeutlicht mir, wie allein ich in diesem Haus bin. Es ist beinahe unheimlich. Ich schließe die Haustür sorgsam ab, mit diesem faszinierend großen, eisernen Schlüssel, der mich nach wie vor an einen Kirchenschlüssel erinnert. Ebenso ein Teil einer vergangenen Geschichte.

2. Kapitel

Ich hatte mich am Abend mit meinem Verlobten zum Telefonieren verabredet. Er ist auch Soldat, wie es mein Großvater war, nur hat er sich bewusst dafür entschieden, sprich, er ist Berufssoldat und hat für sechs Monate einen Auslandseinsatz in Mali angetreten. Seit zwei Jahren sind wir ein Paar. Ich wusste, er ist Soldat, und alle meine Freunde rieten mir ab. Doch wo die Liebe hinfällt... Man sucht sich die große Liebe ja nicht danach aus, wie kompliziert es eventuell werden könnte, oder ob man mehr oder weniger leiden müsste. Wir sind uns so vertraut, als würden wir uns schon eine Ewigkeit kennen. So kam es auch, dass wir nach knapp einem Jahr bereits gemeinsam ein Haus kauften. Und dann war es soweit. Im Rohbau unseres Hauses, es gab noch keine Türen oder Fenster, trug er mich über die Schwelle und geleitete mich in unser späteres Wohnzimmer. Es verschlug mir die Sprache, und in meinen hellsten Träumen hatte ich soetwas nicht gedacht. Eine Picknickdecke lag auf dem steinernen Boden des Wohnzimmers, welches man nur erahnen konnte, wenn man die Pläne kannte. Bedeckt war sie mit lauter bunten Blumenblüten, er hatte sich gemerkt, dass ich keine roten Rosen mochte. Zwei Sektgläser standen parat, und er kniete nieder, bevor ich die Eindrücke in meinem Kopf zu einem Sinn verknüpfen konnte.

Ich bin wahnsinnig glücklich mit ihm, und jedes Mal, wenn ich an diesen Moment zurückdenke, kribbelt es in meinem Bauch, als würde Ahoi-Brause prickelnd in mir aufsteigen. Ich kann und will mir ein Leben ohne ihn nicht vorstellen. Aber so glücklich ich auch bin, so schwer fällt es mir zu akzeptieren, dass er im Krieg ist und nicht bei mir. Wir versuchen, so oft es eben geht, zu telefonieren oder schreiben E-Mails. Es ist so praktisch, dass es heutzutage schnellere und einfachere Wege des Mitteilens und des Lebenszeichen-Sendens gibt als damals. Ich kann nur erahnen, wie schwer es meiner Großmutter gefallen sein musste, auf Nachrichten zu warten, wenn ich die Sorgen heute schon kaum ertrage. Er ist seit zwei Monaten weg, und ich plane die Hochzeit mehr oder weniger alleine. Natürlich habe ich tatkräftige Unterstützung von meinen Freunden, und auch seine Familie ist begeistert dabei, manchmal sogar zu begeistert, und ich befürchte, dass meine zukünftige Schwägerin ein Prinzessinnendebakel daraus fabriziert. Vincent, mein Verlobter, amüsiert sich nur zu gern darüber. Aber statt traurig zu sein, dass er mir nicht den Rücken stärken kann, erfreue ich mich lieber daran, dass ich ihn in seiner belastenden Lage ein wenig ablenken und bespaßen kann. Nur so ist es möglich, mit der Situation und der Trennung zurechtzukommen. Es ist ein inneres Beflügeln, wenn ich ihn am anderen Ende der Leitung lachen höre. Und mit jedem Mal wird mir bewusster, wie sehr ich ihn liebe. Vier Monate muss ich noch ohne ihn überstehen, und dann wird einen Monat nach seiner Rückkehr geheiratet. Es wird also höchste Zeit, ein Hochzeitskleid auszusuchen. Ob ich vielleicht auf dem Dachboden meiner Oma fündig werde? Irgendwo wird sie ihres doch bestimmt aufbewahrt haben.

Tatsächlich, eine Stunde suche ich nun schon in sämtlichen Umzugskisten, aber es hat sich gelohnt. Ich halte wirklich das Hochzeitskleid meiner Großmutter in den Händen. Ich gebe zu, es ist altbacken und nicht ganz das, was ich mir für meine

Hochzeit vorstelle, aber es lässt sich sicherlich etwas daraus zaubern. Meine beste Freundin ist nämlich Schneiderin, sogar ziemlich erfolgreich, sie hat es geschafft, bei einem bekannten Modelabel einen Job zu bekommen. Da ihr Terminkalender dadurch aber auch sehr eng gestrickt ist, soll ich mit dem Kleid sofort vorbeikommen. Also bleibt heute leider keine Zeit für einen Brief aus der geheimnisvollen Kiste. So verlasse ich den Dachboden ohne kleine Lesestunde, dafür mit Kleid über dem Rücken.

Bei meiner Freundin angekommen, serviert sie mir ein Glas Sekt, wie sich das gehört. Beim Anblick des Kleides schlägt sie die Hände über dem Kopf zusammen. Aber ich weiß, wenn es jemand schafft, ein Kleid für mich zu kreieren, dann ist es Tina. Eigentlich war es mein Traum, dass meine Oma mir mein Hochzeitskleid schneidert. Ich hatte mit ihr zusammen schon Skizzen gefertigt. Sie war die Erste, die von dem Heiratsantrag erfuhr. Ich weiß noch genau, wie gerührt sie war. Sie sagte kein Wort, und es sammelten sich Freudentränen in ihren alten, ehrlichen und so liebevollen Augen. Ich umarmte sie und fühlte all die Liebe, die eine Familie einem nur geben kann. Ich höre sie noch in meinem Kopf sagen: „Kindchen, das freut mich sehr. Dein Vincent ist ein anständiger Mann. Ich wünsche euch alles Glück der Welt." Tränen steigen mir in die Augen, und Tina nimmt mich in den Arm, als wüsste sie, wo meine Gedanken gerade waren. Sie meint, wir bekommen das schon hin, das Hochzeitskleid meiner Großmutter mit unseren Skizzen zu verknüpfen und dadurch zwar ein ganz neues, aber durch den alten Stoff doch erinnerungswürdiges Kleid zu erschaffen. Problem bei der ganzen Sache: Die Maße aus den Skizzen passen nicht mehr zu meinen aktuellen. Aber auch das ist für Tina kein Problem, und nach ein paar Minuten Vermessungsarbeiten bin auch ich überzeugt, dass alles klappen kann.

3. Kapitel

Ich bin Lektorin in einem Verlag, und in zwei Tagen fliege ich nach London, um einen Schriftsteller zu treffen. Es bleibt also weder viel Zeit für Hochzeitsvorbereitungen noch für den Dachboden. Aber die Auslandsreise ist sehr vielversprechend. Mein Chef ist ein Workaholic, seine Frau hat sich scheiden lassen, und nun hat er nur noch seinen Verlag. Er ist ein sehr kompetenter, aber forscher Mensch mit hohen Ansprüchen. Es hängt sehr viel ab von dieser Reise. Wenn ich es schaffe, diesen Schriftsteller für unseren Verlag zu gewinnen, wäre das ein großer Schritt auf meiner Karriereleiter. Der Posten des Cheflektors ist momentan nämlich unbesetzt, nachdem Piet ohne Vorwarnung alles hingeschmissen hat. Mein Chef wurde regelrecht zur Bestie in den letzten Wochen. Wenn ich es also schaffen sollte, dass die Reise ein Erfolg wird, stehen meine Chancen gut, dass ich den Posten angeboten bekomme, immerhin bin ich schon fünf Jahre in dem Verlag tätig und mache eine ziemlich gute Arbeit.

Es ist ein merkwürdiges Gefühl, in einem Flugzeug zu sitzen, meinem ganz normalen Alltag nachzugehen, frei und ungebunden zu sein, in dem was ich tue, und auf der anderen Seite der Welt befindet sich Vincent womöglich in Lebensgefahr. Berufsrisiko, wie so viele sagen. Doch je länger man darüber nachdenkt, desto abstruser wird es. Wie können Männer und Frauen, die sich entscheiden, als Soldaten dem Land zu dienen - mit ihrem Leben - in Kriegsgebiete fahren, während wir hier weitermachen, als würde nichts Böses geschehen? Ach verdammt, ich muss versuchen, mich zu konzentrieren, wenn ich den Termin mit dem Schriftsteller gut über die Bühne bringen will. Ich kann mir keine Abschweifungen erlauben. Und Vincent sagt auch immer, ich soll mir keine Sorgen machen, es ist sein Job, daran ändern kann ich eh nichts, es kostet lediglich Lebensqualität. Tja, leichter gesagt als getan. Nun denn, dann trinke ich mal

meinen Tomatensaft, damit mich die zusammenziehenden Geschmacksknospen wieder in das Hier und Jetzt zurückbringen.
Bin ich froh, dass der Verlag mir die Taxikosten erstattet. Ich bin so große Städte nicht mehr gewohnt und dem ganzen Trubel und Stress auch nicht recht gewachsen. U-Bahn hier, Bus da, Hotels an jeder Ecke, Pubs soweit das Auge reicht und Unmengen Menschen auf den Straßen. Also, ich habe bereits auf dem Weg vom Flughafen ins Hotel den Überblick verloren und mich entschieden, für den Abend ein Taxi zu ordern, damit ich bloß nicht zu spät zum Termin komme. Gesagt, getan. Der Abend verläuft super, und ich habe den Schriftsteller von unserem Verlag überzeugen können. Mein Chef sollte den Champagner besser kaltstellen.

Am Abend zurück im Hotel, erzähle ich Vincent von meinem Erfolg, muss das Telefonat allerdings vorschnell beenden, mir ist fürchterlich übel. Ich schiebe es auf den Tomatensaft im Flugzeug, den Wein beim Termin und lediglich ein halbverzehrtes Laugenbrötchen. Vincent macht sich Sorgen, aber mit der Erklärung war auch er einsichtig, dass es nichts Schlimmes sein wird. Am nächsten Morgen geht es mir allerdings immer noch nicht besser. Ich bin noch zwei Tage in London, damit ich alles Geschäftliche mit dem Schriftsteller abschließen kann. Ich entschließe mich also dazu, die nächstmögliche Apotheke aufzusuchen. Die Apothekerin schaut mich skeptisch an, als ich ihr von meiner Ernährung der letzten Tage berichte und packt mir irgendwas Beruhigendes für den Magen ein.

Der Schriftsteller hat kein Problem, die Besprechungen auf den nächsten Tag zu verschieben. Ich verbringe also einen ganzen Tag nur im Hotel, in einer Stadt wie London, jeder vernünftige Tourist würde mit den Augen rollen. Als ich die Tüte aus der Apotheke auspacke, wundere ich mich über deren Inhalt. Die Apothekerin hat mir nicht nur ein Beruhigungsmittel für den Magen eingepackt, sondern auch einen Schwangerschaftstest. Also mal ehrlich, was denkt die sich? Hauptsache sie hat den nicht mit in Rechnung gestellt. Ich und schwanger, tzzz, das wäre vielleicht eine Überlegung in fünf bis zehn Jahren wert. Ja, ich heirate bald, und wir besitzen ein Haus, aber Kinder, Kinder stehen noch nicht zur Debatte. Vincent sieht das genauso. Es muss ja nicht alles so schnell gehen wie bisher in unserer Beziehung. Allerdings… je länger ich mich diesem Thema widme, auch wenn ich versuche, mich davon abzulenken, desto unsicherer werde ich. Wann hatte ich eigentlich meine letzte Regel? Durch den ganzen Stress in den letzten Wochen und Monaten habe ich nicht bemerkt, dass sie ausgeblieben ist, und selbst wenn ich es bemerkt hätte, hätte ich es mit eben diesem Stress erklärt.

Mit mir hadernd, sitze ich jetzt vor diesem Test und warte, bis das Ergebnis zu sehen ist. Kopfschüttelnd versuche ich, meinem Körper und meinen Nerven zu verdeutlichen, dass das Ganze doch Quatsch ist und die Apothekerin völlig umsonst die Pferde scheu macht. Verdammt! Ich lese dreimal nach, bevor ich es mir eingestehen muss. Ich bin schwanger. Laut Test. Das kann doch nicht sein, nein, das darf nicht sein. Ich stehe kurz vor meinem Karriereaufstieg, mein Verlobter befindet sich im Auslandseinsatz, meine Hochzeit steht bevor, und das Kleid wird nach jetzigen Maßen gefertigt. Nein, das passt nun wirklich nicht in meinen Plan. Ich bin nicht bereit, Mutter zu werden. Erschöpft vom Weinen und Nachdenken muss ich wohl eingeschlafen sein. Mitten in der Nacht wache ich auf und sehne mich so sehr nach meiner Großmutter. Sie ist die Einzige, die ich in diesem Moment gerne bei mir gehabt oder wenigstens angerufen hätte. Sie war wie eine Mutter für mich. Jederzeit stark, selbstbewusst, liebevoll und immer für mich da. Das, was meine Großmutter mir gegeben hat und für mich war, bin ich nicht in der Lage zu geben oder zu sein.

Den nächsten Tag überstehe ich zum Glück halbwegs ohne Begegnungen mit der Toilettenschüssel, alles Organisatorische mit dem Schriftsteller wird in trockene Tücher gebracht und schließlich sitze ich mit Spucktüte im Flugzeug. Direkt nach der Landung mache ich mich auf den Weg zum Frauenarzt, um Gewissheit zu erlangen und alle weiteren Optionen abzuklären. Ärztlich bestätigt. Wie kann ein Arzt denn nur soetwas sagen wie: „Herzlichen Glückwunsch, Sie sind schwanger!" Es ist ja nunmal nicht für jede Frau ein Grund zum Feiern. Das hat er dann wohl auch bemerkt, als ich nach der Option der Abtreibung fragte. Ich bin in der zehnten Schwangerschaftswoche und habe lediglich bis zur zwölften Zeit, mich für oder gegen eine Abtreibung zu entscheiden. Na großartig, es ist ja auch nicht so, als würde ich nicht eh schon unter Druck stehen, was dieses Thema angeht.

Wie elektrisiert, laufe ich zum Verlag. Immerhin geht mein Leben ja weiter, unabhängig davon, was gerade passiert ist. Mein Chef hat den Champagner wirklich kaltgestellt. Alle Kollegen jubeln, als ich das Büro betrete, der erfolgreiche Abschluss der Reise scheint sich herumgesprochen zu haben. Der Chef bittet mich direkt in den Konferenzraum und gratuliert mir zu meinem Erfolg. Für kurze Zeit fühle ich mich zurückversetzt in das Behandlungszimmer des Frauenarztes heute Morgen und die Glückwünsche von ihm. Die Hand meines Chefs auf meiner Schulter holt mich zurück in den Konferenzraum und das Hier und Jetzt. Ich bedanke mich und freue mich, wirklich, über die Anerkennung von ihm. Er teilt mir mit, dass er in der nächsten Woche im Teammeeting ankündigen wird, dass ich die Nachfolgerin von Piet werde, soweit ich den Posten der Cheflektorin antreten möchte. Ich freue mich, ein Traum wird wahr, und meine Arbeit hat sich ausgezahlt. Natürlich möchte ich die Beförderung, natürlich möchte ich Cheflektorin sein, natürlich, warum sollte sich das ändern? Mein Chef ist zufrieden mit mir und gesteht mir bis zum Teammeeting sogar meinen gewünschten Urlaub zu.

4. Kapitel

Seit drei Tagen befinde ich mich wie gelähmt auf dem Dachboden im Haus meiner Großmutter. Essen lasse ich mir hin und wieder liefern. Kontakt hatte ich in den letzten fünf Tagen lediglich mit meinem Frauenarzt, meinem Chef und dem Lieferboten. Wahrscheinlich sehe ich sogar entsprechend grauenvoll aus, mit verquollenen, roten Augen. Die Anrufe von Vincent und Tina drücke ich bewusst weg. Ich möchte mit niemandem darüber reden. Ich weiß, dass Vincent genauso davon betroffen ist wie ich. Aber wie soll ich es ihm sagen, wenn ich nicht einmal selber weiß, ob ich überhaupt möchte, dass es weiterhin ein Thema ist?

Zurück zum Dachboden, er hilft mir dabei, mit den Nerven am Boden zu bleiben, als würde er mich beschützen vor den Problemen, denen ich mich irgendwann stellen muss. Hier oben zu sein, ist, wie an einem anderen Ort, in einer anderen Welt, zu einer anderen Zeit zu sein, irgendwie magisch. Und es ist der Ort, an dem ich meiner Großmutter so nahe sein kann, mithilfe der Briefe. Es wäre nicht angemessen, wenn ich die Kiste mit den Briefen mit nach Hause nehmen würde, um sie dort zu lesen. Das hätte einen ebenso unechten Effekt wie ein LED-Teelicht im Vergleich zu einer echten Kerze. Es fehlt die Hälfte und gibt einem nicht das befriedigende Gefühl von Vollkommenheit.

Der Ort, den ich nicht nennen darf, 30. Juni 1944

Meine über alles Geliebte,

immer wieder lese ich deinen Brief, und mir wird warm ums Herz. Es tut so gut, von dir und deinem Leben zu lesen. Zu wissen, dass es dir gut geht, ist mein einziger Wunsch und der Grund, warum ich immer noch kämpfen kann. Ich bin dir so dankbar, dass du in mein Leben getreten bist und meine Gedanken erhellst.

Meine liebe Elisabeth, ich mag dir gar nicht erzählen, wie die Tage hier sind. Du bist so wohlbehütet und unschuldig. Den Schmerz und das Leid, welches ich hier erlebe, die gehören einer wunderbaren Frau wie dir nicht auferlegt. Es reicht, wenn sie meine hoffnungsvollen Gedanken müde machen und mir meine Kräfte rauben. Du, mein Schatz, behalte bitte die Hoffnung für uns beide.

Vielleicht lässt sich die Hoffnung ja in deinen künstlerischen Arbeiten ausdrücken. Ich würde sie so gerne sehen, bitte versprich mir, auch wenn du selbst sehr kritisch bist mit deinen Werken, dass du ein paar davon aufbewahrst, damit ich sie mir einmal ansehen kann, wenn ich zurück in die Heimat komme, zu dir, in unser Zuhause. Der Gedanke an diesen Moment macht es mir auf der einen Seite leichter, mit all dem hier zurechtzukommen, es hilft, ein wundervolles Ziel vor Augen zu haben. Auf der anderen Seite stimmt er mich traurig, da dieser Moment noch so fern ist. Jeden Abend liege ich auf meinem Feldbett und schaue mir die Fotografie von dir an. Sie ist dadurch schon sehr in Mitleidenschaft gezogen worden. Würdest du mir den Wunsch erfüllen und zum Fotografen gehen? Ich ersehne mir ein aktuelles Bild von dir, bevor ich dich auf dem meinem nicht mehr ersehen kann. Es ist nur eine Fotografie, und in meinem Herzen hast du immer deinen Platz, aber meine Augen vermissen dich, genau wie jeder andere Teil meines Körpers. Ich weiß, es ist teuer und noch dazu magst du es nicht gern, fotografiert zu werden. Aber bitte, mein Engel, tue mir den Gefallen.

In Liebe, unendlicher Liebe dein
Johann

Wenn ich diese Briefe lese, fühlt es sich an, als wäre ich dabei gewesen. Ich wusste gar nicht, dass mein Großvater ein so romantischer Liebhaber war. Die Briefe geben mir die Chance, wenigstens für eine kurze Zeit von meinem Leben abzuschweifen.

Mein Liebster,

ich fürchte mich, diesen Brief loszuschicken. Nicht, weil ich mich ziere, dir meine Fotografie zu zeigen, sondern weil ich Angst vor dem habe, was du sehen wirst. Herr Falkenberg ist letzte Woche zurückgekehrt, und die Fotografie ist derweil entwickelt. Mein Liebster, ich weiß es bereits seit ein paar Wochen, aber ich wusste nicht, wie ich damit umgehen, wie ich es dir sagen und ob es überhaupt soweit kommen sollte. Ich schäme mich beinahe für den letzten Gedanken. Aber in dieser Zeit, wir sind nur verlobt und nicht verheiratet, ist es unsittlich, unehelich ein Kind zu erwarten. Mein Liebster, du liest richtig. Ich erwarte ein Kind von dir, und auf der Fotografie ist dies auch nicht mehr zu verheimlichen. Aber so sehr ich mich auf dieses kleine Wesen freue, was womöglich das zauberhafteste Lächeln des Vaters geerbt hat, desto ängstlicher werde ich auch. Mein Geliebter, ich erwarte ein uneheliches Kind, und solltest du, Gott bewahre, nicht wieder heimkehren, werde ich für immer verachtet werden. Momentan verhilft es meinem Ansehen, dass wir verlobt sind, da wird das ein oder andere Auge zugedrückt, immerhin steht eine sittliche Ehe bevor. Dr. Klarksen hat sich der Untersuchungen diskret angenommen, du kennst ihn, für ihn spielen Sitte und Moral keine Rolle, für ihn geht es lediglich um das Leben der Menschen und die Medizin. Für ihn ist es eine Abwechslung zwischen den ganzen sterbenden und leidenden Patienten, auch einmal ein zukünftiges Leben zu betreuen. Aber ich fürchte mich vor der Zukunft. Nun ist sie noch ungewisser als vor der Schwangerschaft. Ich habe noch mehr Angst in meinem Herzen, um dich, um uns und um das Baby.

Ich werde es lieben, egal was kommen mag, denn es ist ein Geschenk Gottes und ein Teil von dir und mir. Es gibt Momente, da durchströmt mich das Glück, dass ich es gar nicht fassen kann, dass in schweren Zeiten wie diesen ein so kleines, unschuldiges Wesen in diese Welt kommen mag und unsere Liebe komplettiert. Das Glück, es fühlt sich sorglos an, wie der erste Sommerregen, durch den man freudestrahlend tanzt. Und dann gibt es wiederum Momente, die einen Schatten auf mein Leben werfen. Sie machen es zu einem verregneten Wintertag, kalt, nass und grau, und niemand wagt sich hinaus in die Welt und die Düsternis. Mein Liebster, ich wünschte so sehr, du könntest jetzt bei mir sein. Was soll ich denn nur machen? Oh bitte, verlass mich nicht. Das würde ich nicht auch noch verkraften…

*In ewigen Gedanken und grenzenloser Liebe,
deine Elisabeth*

Ich bin wie gefesselt von den Worten. Mir laufen die Tränen über das Gesicht. Wie kann es sein, dass ich diese Briefe auf dem Dachboden finde und diese meinem Leben hier und heute so verdammt ähnlich sind? Meine Großmutter war also auch in der Lage, in der ich mich jetzt befinde. Vielleicht ist das der Grund, warum ich mich hier auf dem Dachboden und mit der imaginären Nähe meiner Oma trotz aller Probleme geborgen fühle. Meine Oma hatte genau solche Angst, was ihre Zukunft anging, wie ich sie habe. Doch was hat sie dazu bewegt, das Risiko einer unehelichen Schwangerschaft durchzuziehen? Woher hat sie die Kraft und den Mut genommen, sich für das Kind zu entscheiden, obwohl nicht sicher war, dass mein Großvater aus dem Krieg heimkehrt?

Der Ort, den ich nicht nennen darf, 16. September 1944

Meine über alles Geliebte,

was für ein Brief, was für eine Nachricht, was für eine Fotografie. Mein Schatz, niemals würde ich es in Erwägung ziehen, dich oder mittlerweile euch zu verlassen. Du machst mich zum glücklichsten Mann dieser Zeit. Du siehst so wundervoll aus, meine Liebe, unser

Baby steht dir ausgesprochen gut. Ich bin so stolz, sagen zu dürfen, dass du meine Verlobte und Mutter meines Kindes bist. Es ist so schön, eine neue Fotografie von dir zu haben, ich muss mich schon bemühen, meinen Blick nicht unentwegt darauf harren zu lassen. Mein Engel, wie kannst du denn nur glauben, dass ich dich verlassen würde. Du schenkst mir das wertvollste Geschenk, was unsere Liebe hervorbringen kann. Und du glaubst gar nicht, wie viel neue Hoffnung du mir durch diese Nachricht gibst. Wir sollten nicht daran denken, was passiert, wenn ich nicht unversehrt heimkehren sollte. Du bist doch immer diejenige von uns beiden, die die Hoffnung nicht aufgibt. Und selbst wenn der schlimmste Fall eintritt, was ich grundsätzlich nicht in Erwägung ziehen werde, gibt es auch noch meine Mutter, bedenke dies stets. Weiß sie bereits, dass sie Großmutter wird? Wobei, gemäß deiner Fotografie wird auch meine verehrte Mutter davon Kenntnis genommen haben. Ich bin mir sicher, dass sie meine Ansichten gleichermaßen vertritt, also sei dir gewiss, dass du in jedem erdenklichen Fall eine Familie hast, die hinter dir und vor allem zu dir steht. Du bist meine Verlobte, damit bist du zur Tochter meiner Mutter geworden und glaube mir, für ihre Familie setzt sie alle Hebel in Bewegung. Mache dir also keine Sorgen um deine, eure und unsere Zukunft. Wenn du dich sicherer fühlen würdest, könntest du doch auch zu meiner Mutter in ihr Haus ziehen, sie würde sich bestimmt über deine Anwesenheit freuen. Es wäre ja nur solange, bis ich wieder da bin, überlege es dir einfach.

Arbeitest du weiterhin im Hospital? Was sagt Dr. Klarksen? Ich möchte nichts mehr, als dass es euch gut geht. Denke immer daran und zweifle nie an meiner Liebe zu dir. Sie ist so groß wie das unendliche Universum. Und erinnerst du dich noch, was wir gesagt haben? Wenn wir uns fern sind, schaue zum Mond, es ist derselbe, den ich auch sehe, er ist eine Verbindung zwischen uns. Bitte, mein Schatz, halte mich stets auf dem Laufenden, wie es euch geht und was sich verändert und entwickelt. Ich möchte so gut es eben geht an eurem Leben teilhaben. Ihr seid mein Hoffnungsschimmer, ich weiß gar nicht, wie ich das verdient habe. Du hast mir neue Kraft gegeben, ich

fühle mich so stark, als würde ich alles schaffen können, also werde ich
doch auch diesen Krieg überleben. Und dann meine Liebste, komme
ich nach Hause, zu dir, zu meinem Grund fürs Überleben.

In Liebe, unendlicher Liebe dein
Johann

Sonthofen, 27. Oktober 1944

Mein Liebster,

ich kann kaum glauben, was ich lese. Mit einer solchen Reaktion habe
ich nun nicht gerechnet. Du hast mir noch einmal mehr bewiesen,
dass du der Mann meiner Träume bist, der Vater meiner Kinder,
mein zukünftiger Ehemann. Ich verspreche dir, ich gebe mein Bestes,
die Hoffnung auf eine gemeinsame Zukunft nicht zu verlieren. Du,
mein Schatz, hast sie mir zurückgegeben, mein Anker bei stürmischer
See. All meine Zweifel und Sorgen sind an deiner Freude auf das
Baby verflogen.
Dr. Klarksen ist sehr zufrieden mit uns. Alles verläuft einwandfrei bei
der Schwangerschaft. Abgesehen davon, dass du fehlst, um dabei zu
sein. Ich kann es kaum erwarten, dich in meine Arme zu schließen.
Der Bauch wird immer dicker, aber ansonsten habe ich keine großen
Nebenbeschwerden. Deshalb kann ich auch weiterhin im Hospital
arbeiten. Es wird jede helfende Hand gebraucht, und solange ich auf
schweres Heben und Umlagern verzichte, steht dem nichts im Wege.
Keine Sorge, ich passe auf uns auf. Solange du dies bitte auch schaffst,
werde ich die Hoffnung für uns nie aufgeben. Du musst schließlich
noch dein Versprechen einlösen und mich zur Frau nehmen.
Du hast recht, deine Mutter ist stets für mich da und steht mit Rat
und Tat zur Seite. Aber ich werde nicht bei ihr einziehen, unser Haus
ist das letzte bisschen Gemeinsamkeit, was mir von uns geblieben ist.
Hier gibt es Ecken und Gegenstände, die mich stets an dich erinnern
und mir ein Gefühl vermitteln, dass alles wieder gut werden wird. So

etwa dein Flügel. Ich kann zwar kein Klavier spielen, aber manchmal setze ich mich einfach auf den Hocker, klappe die Klaviaturabdeckung hoch und lege meine Finger auf die Tasten. Es gibt mir das Gefühl, als würde ich deine Finger auf den Tasten spüren. Es weckt in mir die Erinnerung, wie du mir gezeigt hast, wie man spielt, indem du meine Finger mit deinen mit bewegt hast. Erinnerst du dich an diese kläglichen Versuche, mir das Klavierspielen beizubringen?

Ansonsten ist die Kriegsstimmung auch hier in erheblichem Maße nicht mehr wegzudenken. Nicht nur bei den Frauen, die ohne ihre Männer sein müssen, sondern auch bei allen anderen in der Stadt. Der Krieg zieht seine Spuren, bei uns im Hospital kommen immer mehr verwundete Männer an, auch welche aus fernen Gegenden. Ich kann mir nur ausmalen, wie es bei dir auf dem Schlachtfeld aussieht. Aber die Männer, die ich pflege, werden kaum zur Front zurückkehren können. Mein Liebster, ich hoffe nur, dass ich dich nicht eines Tages in einem solch desolaten Zustand auf einer Krankenliege im Hospital wiedersehen werde. Ich kann nicht verstehen, wie Menschen anderen Menschen so etwas Grausames zufügen können. Die Ausmaße des Krieges sind also auch bei uns angekommen, du brauchst mich mit deinen Erzählungen nicht schützen, mein Geliebter, wir sind alle in irgendeiner Form davon betroffen, und ich möchte nicht, dass du alles nur mit dir ausmachst, daran kannst du zerbrechen, also bitte, vertraue dich mir an. Ich kann stark sein, für dich, für mich, für uns.

Ich soll dir liebe Grüße von deiner Mutter ausrichten. Sie ist eine so starke Frau, es ist bemerkenswert, wie sie all das meistert. Sie hat ihren Mann im Krieg verloren, ihr ältester Sohn ist jetzt im Krieg, und sie hilft nun ehrenamtlich bei uns im Hospital aus, da wir so viele Patienten haben, dass wir kaum mit der Versorgung hinterherkommen. Sie ist ein echtes Vorbild. Aber sie muss wohl schon damals so stark gewesen sein, euch Geschwister alleine großzuziehen. Und du und dein Bruder, ihr habt es ihr damals mit all euren Streichen und Humbug nicht leichtgemacht. Aber sie liebt euch dennoch abgöttisch. Sie hat euch alles verziehen, und mittlerweile, mein Liebster, du kannst beruhigt sein, kann sie sogar über einige Streiche lachen. Das tut der Stimmung im Hospital sehr gut. Und auch mir gibt sie Kraft, so, als würde sie ihre Kraft auf mich übertragen, irgendwie ansteckend. In den Pausen oder nach der Arbeit schafft sie es, dass man nicht an dem ganzen Wahnsinn und all dem Desaster zerbricht. Sie ist der ruhende, ausgleichende Pol, der für jeden, sowohl Patient als auch Krankenschwester, ein offenes Ohr und schützende Arme hat. Mein Liebster, du kannst wirklich stolz auf deine Mutter sein. Mein Mond ist dein Mond.

*In ewigen Gedanken und grenzenloser Liebe,
deine Elisabeth*

Ich verstehe. Meine Großeltern waren der Wahnsinn, und meine Urgroßmutter hätte ich nach den Geschichten hier nur zu gerne kennen gelernt. Es ist beeindruckend, wie man so sehr für etwas einstehen kann, was noch nicht existiert, eine Familie. Und trotzdem hat sich meine Oma aufgeopfert für die Patienten und ihre Arbeit im Hospital. Ich weiß noch, wie schwer es ihr damals gefallen ist, ihre Arbeit alters- und krankheitsbedingt aufgeben zu müssen. Sie hat dafür gelebt, aber ebenso für ihre Familie. Meine Großmutter war schon immer mein Vorbild. Doch sie war so stark, mutig und vertrauensvoll, wie ich es nie sein werde. Und nun ist sie nicht mehr da, um mir zur Seite zu stehen. Traurig über den Verlust, lege ich die Briefe zurück in die Kiste. Es wird Zeit, sich auf das Teammeeting vorzubereiten.

5. Kapitel

Nach meiner Beförderung zur Cheflektorin stürze ich mich noch mehr in die Arbeit. Ich will meinen Job gut machen. Die Anrufe von Vincent und Tina drücke ich allerdings weiterhin weg. Ich bin noch nicht bereit dazu. Aber es tut weh, ich liebe ihn über alles und vermisse seine Stimme und sein Lachen.

Doch würde es ihn freuen, wenn ich ihm erzählen würde, dass wir ein Kind bekommen? Das war so nie abgesprochen, geplant oder überhaupt in Betracht gezogen worden. Ich habe Angst vor seiner Reaktion. Bei dem Gedanken muss ich anfangen zu grinsen. Meine Großmutter äußerte in ihrem Brief genau die gleichen Sorgen. Sie konnte ihr Kind bedingungslos lieben, trotz Ängsten und Sorgen. Will mir das Schicksal damit etwas sagen? Will mir meine Großmutter mit diesen Briefen ihren letzten Rat mit auf den Weg geben? Das Ganze ist zu unwirklich, als dass man es glauben könnte. Grinsend und kopfschüttelnd sitze ich an meinem Schreibtisch, wenn meine Kollegen mich sehen, zweifeln sie womöglich an meinem Geisteszustand.

Ich werde Vincent anrufen. Ich habe noch zwei Tage Zeit, einen Schwangerschaftsabbruch vornehmen zu lassen. Doch eigentlich, wenn ich genau darüber nachdenke, haben mir die Briefe meiner Großeltern gezeigt, dass dies keine Option ist, wenn man sich liebt. Ich bin jetzt soweit, ihn einzubeziehen. Ich kann zwar nicht so klar und deutlich sagen, dass ich mein Kind lieben werde – egal, was passiert. So eine Kraft wie meine Oma besitze ich noch nicht, aber ich kann mir vorstellen, dazu zu stehen und dass es irgendwie klappen könnte, womöglich später mit Hilfe der Schwangerschaftshormone.

Es ist ganz anders, als ich es mir gedacht habe. Meine Befürchtungen spielen gar keine Rolle. Vincent ist zwar, ebenso wie ich, nicht sonderlich begeistert von dem Zeitpunkt der Schwangerschaft, aber er freut sich riesig über das Kind. Das habe ich wirklich nicht erwartet. Seine freudige Stimme gibt mir Kraft. Sie hält mich in der richtigen Bahn. Er hat sogar gesagt, dass ich versuchen soll, mit meinem Chef zu reden, vielleicht kann ich meine Position behalten, am Anfang von zu Hause aus arbeiten und dann wieder voll einsteigen, dann würde er zu Hause bleiben und sich um das Kind kümmern. Ich konnte es nicht fassen, wenn ich nicht sitzen würde, wäre ich womöglich umgefallen. Ich bin den Briefen so dankbar. Ich bin glücklich wie ein Kind, was beim Loseziehen den Hauptgewinn erhascht. Jetzt gilt es nur noch, Tina die Neuigkeit mitzuteilen, ohne dass sie eine Panikattacke bekommt. Immerhin wird es mit der Kleiderumgestaltung nun nicht ganz so leicht wie gedacht.

6. Kapitel

Der Ort, den ich nicht nennen darf, 1. Dezember 1944

Meine über alles Geliebte,

stolz bin ich auf meine Mutter. Aber stolz sein kann ich auch auf dich. Du leistest eine Arbeit, die nicht jeder vollbringen kann. Gerade in Zeiten wie diesen erlebt auch eine Krankenschwester Dinge, die sie niemals hätte sehen sollen. All das Leid und die Schmerzen, auch hier türmen sich die Verwundeten, und nicht jeder schafft es, rechtzeitig in ein Hospital oder Lazarett gebracht zu werden. Ich bin dir dankbar, dass du meinen Kameraden hilfst, auch wenn so manches Mal keine Hoffnung mehr besteht. Aber bitte, mein Engel, passe stets auf euch auf.

Meine Mutter erhellt also die Stimmung im Hospital? Dann bin ich wohl mittlerweile ein bekannter Bürger unserer Stadt, wenn sie all die Lausbubengeschichten in die Welt streut. Dennoch, richte meiner geliebten Mutter einen lieben Gruß und ein ebenso großes Dankeschön aus. Ihr seid meine Frauen, ehrenhaft, liebenswürdig, voller Hoffnung und Ambitionen, stark und nicht unterzukriegen.

Ich versuche, euch - so gut es geht - nachzueifern. Aber meine Hoffnung auf ein gutes Ende schwindet von Tag zu Tag mehr. Ich beschütze mein Land und alle darin lebenden Menschen, vor allem meine Familie, mit meinem Leben. Ich trage diese Waffe, schieße, robbe auf dem Boden, verstecke mich, sehe nichts anderes als den Rauch der Bomben und höre den Lärm der Geschosse schon gar nicht mehr. Ich kann froh sein, meine Einheit ist noch fast vollzählig, und auch Jan hat seinen Humor noch nicht gänzlich verloren - oder zumindest trägt er die Fassade aufrecht.

Wenn wir nach Hause zurückkehren, meine Liebste, werde ich ihn dir vorstellen, du wirst ihn sicherlich mögen. Und ich kann dir sagen, er wird deine Kartoffelklöße genauso lieben wie ich. Ach, was ein Festmahl das doch sein wird. Da läuft mir glatt das Wasser im Mund zusammen. Deine Kartoffelklöße kommen mir vor wie ein Traum, bei dem notgedrungenen Trockenfutter hier. Aber man soll dankbar sein für das, was man hat. Und umso dankbarer bin ich für dich, meine Liebste.

Mein Mond ist dein Mond.

In Liebe, unendlicher Liebe dein
Johann

Sontofen, 5. Januar 1945

Mein Liebster,

kurz vor Heiligabend war es soweit. Du bist Vater geworden. Wir haben eine unfassbar schöne, kleine und bemerkenswerte Tochter zur Welt gebracht. Ich habe sie Anna genannt, ich hoffe, du bist damit einverstanden. Es war traurig, dich in diesem Moment nicht bei mir zu wissen, aber deine Mutter hat mich nicht alleine gelassen. Es geht uns allen gut. Ich bin noch sehr geschwächt, aber auch immer noch gänzlich beflügelt von der Geburt und dem Anblick dieses kleinen Wesens. Ich kann es gar nicht glauben. Jeden Morgen und mindestens 80 Prozent des Tages streichle ich unserer Kleinen über den Bauch, blicke in ihr zufriedenes Lächeln, welches sie tatsächlich von dir hat, und denke stets an dich und hoffe so sehr, dass du uns so schnell wie möglich in deine Arme schließen kannst.

Der Rest meiner Schwangerschaft wie auch die Geburt verliefen nach Dr. Klarksens Vorstellungen, und alles ist gut gegangen. Die letzten Wochen vor der Entbindung konnte ich im Hospital nur noch wenig aushelfen. Der Bauch war so groß, dass ich die liegenden Patienten kaum noch behandeln konnte, weil ich mich nicht mehr so weit runter beugen konnte.

Dennoch, diese Schwangerschaft war ein Wunder. Es scheint wie ein Krokus im Frühling, erst sieht man nur die Blätter, die sich aus dem Boden räkeln, dann wachsen sie, kleine Knospen entstehen, und dann sprießt eine wunderschöne, bunte Blüte hervor. Als Knospe könnte man meinen Bauchnabel betrachten. Das war ein seltsamer Anblick, als dieser sich nach außen gestülpt hat, weil der Bauch so riesig war. Ich hoffe, du wirst es eines Tages einmal miterleben können.

Mein Liebster, ich vermisse dich und kann nur hoffen und beten, dass es dir gut geht. Es fällt mir so schwer, auf ein mögliches Ende des Krieges zu hoffen. Ich kann nicht mehr als hoffen und beten, für dich, für die Soldaten, für die unschuldigen Menschen, die im Eifer des Gefechts ihr Leben lassen, für die Verwundeten. Diese Zeiten machen es mir so schwer, das Glück greifen zu können, welches wir geschaffen haben, indem unsere kleine Tochter das Licht der Welt erblickt hat. Es ist so widersprüchlich, aber nichts liegt näher beieinander als Leben und Tod. Wir können es nur zu gut bestätigen.

Mein Mond ist dein Mond.

*In ewigen Gedanken und grenzenloser Liebe,
deine Elisabeth*

Ich bin so gerührt, vielleicht sind es mittlerweile auch die Schwangerschaftshormone, aber wie verzaubert meine Groß-mutter von meiner Mutter schreibt, ist atemberaubend. Ich streiche mit meiner Hand meinen derweil größer werdenden Bauch. Nächste Woche kommt Vincent zurück. Ich kann es kaum erwarten, dann können wir uns gemeinsam auf unseren neuen familiären Lebensabschnitt vorbereiten. Ich fühle mich bei dem Gedanken so gesegnet, wie wenn man am Strand dem Sonnenuntergang zuschaut. Der Dachboden ist zum Großteil leergeräumt, die restlichen Sachen kann ich mit dem Bauch nicht mehr schleppen. So widme ich mich also den schönen Erinnerungen und lese die restlichen Briefe aus der geheimnisvollen Kiste.

Der Ort, den ich nicht nennen darf, 27. Februar 1945

Meine über alles Geliebte,

es tut mir leid, dass dieser Brief erst nach so langer Zeit entsteht. Hier war keine freie Minute, um ihn zu schreiben. Ich hoffe, deine Sorgen sind nicht ins Unermessliche gestiegen. Mir geht es gut, so gut es einem in Kriegszeiten an der Front eben gehen kann. Der Gedanke an dich, unser Kind und deine Fotografie von euch beiden hat mir die letzten Wochen geholfen einzuschlafen. Ich bin überglücklich, dass es euch gut geht und es bei der Geburt keine Komplikationen gab. Ich hätte so gerne deine Hand gehalten und meine Tochter in den Armen gehalten. Aber mein Engel, ich verspreche dir, wir holen das nach. Ich bin in Gedanken immer bei euch, der Name Anna ist wundervoll. Und glaube mir, ich bin unglaublich stolz. Ich bin Vater, du bist Mutter, wir sind Eltern. Eine Traumvorstellung.

Und auf der anderen Seite der Medaille liegt so viel Grauen in der Luft. Aus meiner Einheit sind zwei Kameraden gefallen, und einer ist schwer verletzt in ein Lazarett gebracht worden. Ich hoffe, er schafft es, es ist Jan. Er ist von einer Kugel in den Brustkorb getroffen worden, aber ich glaube, er hatte Glück im Unglück, die Kugel traf näher der Schulter als des Herzens ein. Zumindest waren die Sanitäter recht zuversichtlich, dass er es überleben wird. Wenn es dir irgendwie möglich ist, könntest du dich erkundigen, wie es um Jan steht?

Die letzten Wochen waren wie ein Stoß in die Magengrube, der einfach nicht nachlassen wollte. Meine liebe Elisabeth, ich glaube, es wacht ein Schutzengel an meiner Seite. Ich bin so dankbar, dass ich am Leben bin, du kannst es dir womöglich vorstellen. Aber es ist noch immer nicht ersichtlich, wie lange der Krieg noch andauern soll. Uns erreichen keine Meldungen, aber es steht nicht gut für uns.

Ich hoffe, es geht euch allen gut? In meinen schönsten Vorstellungen, diese, die mich durchhalten lassen, sitze ich am Flügel, spiele etwas vor, während du mit Anna auf dem Schoß im Sessel sitzt, sie glücklich anlächelst und das kleine Wesen bei den Klängen und der Liebe und Nähe ihrer Mutter einschläft. Ich wünschte, diese Vorstellung wird wahr werden. Halte sie auch in deinen Gedanken fest.

Mein Schatz, ich muss mich bereitmachen, und die Feldpost geht auch jeden Moment an Bord.

Mein Mond ist dein Mond.

In Liebe, unendlicher Liebe dein
Johann

Sonthofen, 4. April 1945

Mein Liebster,

ein erschreckender Brief, mit dem man jedoch jeden Tag rechnen muss in Zeiten wie diesen. Ich bin so froh, dass du unversehrt bist. Ich hoffe sehr, dass dies auch so bleibt.

Unserer kleinen Tochter geht es sehr gut, sie entwickelt sich prima. Es ist ein unbeschreiblich schönes Gefühl, wie sie ihre zarten, winzigen Hände um meinen Finger legt. Deiner Mutter geht es auch sehr gut, die Arbeit im Hospital tut ihr gut, vor allem, weil sie ihrem Alltag zu Hause entfliehen kann, sie arbeitet effektiv gegen die Einsamkeit an. Doch diese Einsamkeit hat eigentlich gar keine Chance mehr. Dadurch, dass ich im Hospital momentan als Arbeitskraft ausfalle, sind die helfenden Hände deiner Mutter gefragter denn je. Noch dazu hat sie eine Enkeltochter, um die sie sich ebenso rührend kümmert. Hier zu Hause, wenn man dem kleinen Wesen beim Schlafen zusieht, ist der Krieg wie ausgeblendet. Der Einzige, der zu unserem vollständigen Glück noch fehlt, bist du. Oh wie ich mir wünsche, dass du bald heimkehren kannst. Du bist schon so lange fort.

Mein Liebster, ich habe Erkundigungen über Jan einholen können. Es ist einige Zeit vergangen, es ist sogar so, dass er vor zwei Tagen in unser Hospital verlegt wurde. Er hat es einigermaßen überstanden. Er hat überlebt, aber seine Schulter, also seinen Arm kann er nicht mehr bewegen. Laster des Krieges. Es war schön, ihn kennen zu lernen, du hast nicht zu viel versprochen. Auch im Krankenbett liegend, hat er seinen Humor nicht verloren. Er versteht sich gut mit deiner Mutter, die beiden heitern das Hospital nun gemeinsam auf. Mal sehen, wie er sich verhält, wenn die Schmerzmittel reduziert werden. Jan hat mir erzählt, wie sehr du von mir geschwärmt hast, es wäre wohl kaum auszuhalten gewesen. Oh mein Geliebter, ich vermisse dich so sehr. Jan besteht übrigens darauf, Patenonkel zu werden. Er meint, dies müsste ausgiebig mit einem Bier besiegelt werden. Da ich in meinem Zustand keinen Alkohol trinken darf, solltest du bald nach Hause kommen.
Mein Mond ist dein Mond.

In ewigen Gedanken und grenzenloser Liebe,
deine Elisabeth

Ich halte den letzten Brief in meinen Händen. Es schmerzt ein wenig zu wissen, dass die Dachbodensessions damit zu Ende gehen. Aber ich bin voller Hoffnung auf ein positives Ende der Briefe und auf ein positives Ende meiner Geschichte. Denn die Hoffnung habe ich nur den Briefen und der Zeit hier oben zu verdanken.

Der Ort, den ich nicht nennen darf, 8. Mai 1945

Meine über alles Geliebte,

es ist soweit. Wir haben die Meldung bekommen, dass wir in ein paar Tagen unsere Stellung verlassen dürfen. Der Krieg scheint vorüber.
ICH KOMME HEIM.

Ich kann es noch gar nicht glauben. Oh mein Engel, mir ist ganz schwindelig. So schwindelig, als würde ich dich an beiden Händen halten und immerzu im Kreis durch die Luft wirbeln. Ich komme nach Hause, endlich, oh endlich sehe ich meine Liebe wieder, meine Familie, mein Baby, meine Stadt, spiele meinen Flügel, esse Schokolade und deine Kartoffelklöße. Ich bin so aufgeregt wie bei meiner Einschulung.

In Liebe, unendlicher Liebe dein
Johann

7. Kapitel

Als Begrüßungsfestmahl gibt es bei uns auch die traditionellen Kartoffelklöße meiner Großmutter. Vincents Familie ist da, unsere Freunde, alle freuen sich über die heile Rückkehr meines Verlobten. Gleichzeitig stoßen wir auf unsere Hochzeit an, deren Vorbereitungen größtenteils abgeschlossen sind und die Geburt unseres Kindes in ein paar Monaten. Es ist eine so schöne Zeit, und ich bin glücklich, meine Liebe des Lebens wieder in die Arme schließen zu können. Es fühlt sich so unglaublich vollständig und richtig an. Ich glaube, genauso muss sich meine Großmutter gefühlt haben, als sie den letzten Brief erhalten hat und mein Großvater dann endlich da war, um das erste Mal seiner Tochter zu begegnen. Ich weiß aus Erzählungen, dass die Hochzeit der beiden nur einige Tage nach Kriegsende geschlossen wurde. Sie konnten es wohl nicht mehr abwarten, und meine Großmutter war nie mehr dem Risiko der Verachtung ausgesetzt. Ich werde auch bald eine Familie haben, meine eigen kreierte. Wie es meine Oma gesagt hat, Leben und Tod liegen so dicht beieinander. Sie ist von uns gegangen, und ihr Enkelkind wird kommen. Es ist so schade, dass sie das nicht miterleben kann. Aber durch die Briefe hat sich meine Bindung zu ihr nochmal mehr gefestigt.

Leben und Tod liegen dicht beieinander. Vielleicht auch, wie wir darüber denken. Vielleicht sind unsere Gedanken und die daraus resultierenden Gefühle, Worte und Taten ausschlaggebend für den Gang der Geschichte. Die Geschichte meines kleinen Wesens ist vorbei, bevor sie angefangen hat. Ich habe mein Kind verloren. Es ist jetzt zwei Wochen her, dass Vincent heimgekehrt ist, und ich dachte, mein Glück ist komplett. Doch dann der Schlag. Der Herzschlag in meinem Bauch hat einfach aufgehört. Die Ärzte können mir nicht erklären, wie das geschehen konnte. Mein Baby ist tot. Ich fühle mich so unglaublich leer, verlassen, einsam und ausgelaugt. Habe ich das zu verantworten? Hat das kleine Wesen mitbekommen, dass ich es anfangs nicht wollte? Wollte es mir den Schmerz zufügen, den ich ihm zu Beginn der Schwangerschaft zugefügt habe durch mein Missachten? Wie konnte ich nur jemals daran zweifeln, dass dieses Kind gewollt ist? Der Schmerz zerreißt mich. Ich kann nicht mehr weinen, ich sitze nur noch starr und ausdruckslos auf dem Bett und suche nach Antworten. Ich fühle mich so allein und so allein gelassen.

Mein lieber Vincent,

du bist meine große Liebe. Wir wollten heiraten, eine Familie gründen, füreinander da sein, in guten wie in schlechten Zeiten. Erinnerst du dich?
Ich weiß, dass es nicht einfach ist, mit dem Verlust unseres Babys umzugehen, und es wird uns unser Leben lang begleiten. Ich werde nie aufhören können, mir vorzuwerfen, dass ich es anfangs in Erwägung gezogen habe, unserem Kind keine Chance zu geben. Ich werde nicht davon ablassen können, mir die Schuld am Tod unseres Kindes zu geben. Und ich denke, genauso siehst du es auch.
Bist du deswegen gegangen?
Es ist jetzt zwei Monate her. Warum bist du einfach abgehauen? Warum hast du mich alleine gelassen, als ich dich am meisten

gebraucht habe? Du bist einfach davongelaufen, hast dich ohne ein Wort in den nächsten Auslandseinsatz gestürzt. Bedeute ich dir denn gar nichts mehr? Du warst der, der mir alle Hoffnung gegeben hat, immer und immer wieder. Und jetzt nimmst du sie mir mit einem Schlag.

Vielleicht muss ich einfach einsehen, dass unsere Liebe nicht so stark ist wie die Liebe meiner Großeltern. Vielleicht wollte mir das Leben damit sagen, dass ich eben keine gute Mutter werden kann. All meine Zweifel und Ängste des Anfangs sind wieder da. Ich fühle mich zurückversetzt auf den Dachboden meiner Großmutter, als ich über mein Leben, unsere Zukunft und unser Baby nachdachte. Ich fühlte mich so alleine und hilflos. Damals hatte ich nur nicht den Mut, früh genug auf deine Hoffnung zu bauen. Heute muss ich feststellen, dass ich nichts mehr habe. Ich habe keinen Mut, keine Hoffnung und vor allem habe ich dich nicht mehr an meiner Seite. Der Schmerz, ich bin mir nicht sicher, ob er jemals zum Aushalten sein wird - oder ob ich daran zerbreche. Ich habe mit einem Mal alles verloren, was ich liebe. Es zieht mir den Boden unter den Füßen weg.

Ich hoffe und wünsche dir, dass du dir eines Tages dein wundervolles Lachen zurückholst und mir verzeihen kannst, was geschehen ist.

Ich werde dich immer lieben,
Sarah

Linnea Penk

Fünfzehnminutenzwanzig

Mein Körper fühlt sich kalt und leer an. Ausgehend von meinem Herzen breitet sich das eisige Gefühl in meinem Körper aus und lässt mich erstarren. Da, wo sich normalerweise meine Arme befinden sollten, hängen zwei schwere, rosafarbene Fleischwürste an meinem Körper herunter. Ich kann weder deren Position auf dem Boden erfühlen, noch einen Finger krümmen. Ich kann mich nicht bewegen. Mein Blick ist in eine unbestimmte Ferne gerichtet, ohne jedoch auch nur irgendetwas Konkretes wahrnehmen zu können. Das Blut rauscht in einer solchen Lautstärke in meinen Ohren, dass ich mir fast einbilden könnte, unter den Niagarafällen zu stehen, abgeschottet von der restlichen Bevölkerung. Nur ein Schleier aus nichts als Wasser trennt mich von den Geschehnissen um mich herum. Mein rasender Herzschlag ist für mich das einzige Geräusch, das mich erdet und mir durch die kleinen Schockwellen, die durch meinen Körper gesandt werden, verdeutlicht, dass da noch etwas ist. Leben. Mein Puls des Lebens, um genau zu sein. Neben diesem lebensfreudigen Geräusch gibt es in diesem Körper nur eine Sache, die in solchen Situationen zuverlässig reagiert. Ich würde diesem etwas einen Namen geben, wenn das nicht bedeuten würde, dass etwas mit mir nicht stimmt. Also mehr als die Tatsache, dass ich bewegungsunfähig irgendwo herumsitze und aussehe wie ein versteinertes Opfer des Basilisken in Harry Potter. Ich nenne „es" deswegen einfach nur Stimme. Du machst das hier nicht zum ersten Mal, ruft es mir in Gedanken zu. Atme einfach ein und aus! Du hast das gelernt. Dieser Kommandostimme in mir, die ich mir durch viele qualvolle Therapiestunden zugelegt habe, verdanke ich, dass mein Körper auf Autopilot umschaltet und beginnt, wieder seinen geregelten Dienst aufzunehmen. Zuerst merke ich, wie ich mich langsam von dem Getöse der Niagarafälle entferne und sich der Schleier vor meinen Augen aufzulösen beginnt. Ich merke, dass ich die Kontrolle über meinen Körper zurückerlange, was jedoch bedeutet, dass ich mir meiner Umgebung schmerzlich bewusst werde. Es ist zwar allemal besser, als in einer Schockstarre gefangen zu sein, aber eine verkrampfte und unbequeme Haltung auf einem kalten Steinboden nenne ich auch nicht den Sechser im Lotto. Zudem drückt mich etwas Unangenehmes in den unteren Rückenbereich und meine linke Taille. Während das Summen in meinen Ohren immer lauter wird, und ich dieses nicht als eine Horde böswilliger Hornissen entlarve, nimmt mein Gehirn wieder die Informationen, die meine Augen senden, auf und setzt sie in einen Sinnzusammenhang. Und damit stellt sich mir die Frage: Wie, verdammt nochmal, bin ich hier hergekommen? Warum sitze ich wie ein Häufchen Elend zusammengekauert in einer Ecke, eingeklemmt zwischen der Rückseite eines Fahrkartenautomaten und einem Treppengeländer? Denn das ist es, was mir so schmerzhaft in den Rücken drückt, wie ich durch einen kurzen Blick feststellen konnte. Doch zurück zum Wesentlichen. Um die Schmerzen kann ich mich später noch kümmern.

Angestrengt runzle ich dir Stirn, wodurch meine Brille ein klein wenig die Nase herunterrutscht, und vertreibe damit ein Stück Nebel aus meinem Kopf. Die Erinnerung an einen markerschütternden Schrei, bei dem sich an meinem Körper sämtliche Haare senkrecht aufstellen, schießt durch meine Gedanken. Den Kopf automatisch nach rechts und links wiegend, versuche ich, den Nachhall zu vertreiben, was nicht so leicht ist, denn er scheint sich wie eine Klette in einem Wollpulli festgesetzt zu haben. Durch ein Klopfen an meinem haltgebenden Fahrkartenautomaten werde ich aus meiner Trance gerissen. Jemand hämmert wie verrückt auf das Touchfeld für die Kartenauswahl. Anscheinend stellt sich das Ding mal wieder auf unantastbar, wie es meistens ist, wenn man es eilig hat. Im Stillen danke ich ihm trotz der Lautstärke dafür, denn dadurch werden meine Gedanken gewissermaßen wieder in Reih und Glied geschüttelt. Ohne Probleme kann ich mich daran erinnern, was geschah, bevor ich mich auf dem ungemütlichen Boden wiederfand. Richtig, ich war an den Frankfurter Bahnhof gekommen. Aufgeregt, vorfreudig und stolz. Genauso wie es sein sollte, wenn man frisch von der Schule kommt, eine Liste voller Reiseziele im Gepäck hat und das ganze Leben mit all seinen Möglichkeiten vor einem liegt. Diesen Möglichkeiten, oder besser gesagt mir, wurde für den einen Moment ein Strich durch die Rechnung gemacht, als eine Frau, oder präziser ausgedrückt, ein Geruch an mir vorbeiwehte. Schon das Einatmen kam mir falsch vor. Zu süß, irgendwie klebrig, begleitet von einer Wolke abgestandenen Zigarettenrauchs. Hustend versuchte ich, den brennenden Geruch in meinem Hals loszuwerden, was unmöglich war und sich anfühlte, als würde sich ein großer Schluck klaren Schnapses seinen Weg durch meinen Körper bahnen. Hinzu kam, dass meine Kehle sich schmerzhaft zusammenzog und mir somit die Luft abschnitt, sodass ich hektisch begann, um Sauerstoff zu kämpfen. Mit dem Schwindel zog ein Strudel an Bildern an meinem inneren Auge vorbei. Das hatte nichts mit dem Bahnhofsgeschehen zu tun, das war sogar meinem hyperventilierenden Körper klar. Was aber nicht bedeutete, dass er diese Kenntnis auch umsetzte. Fragmentartige Szenen zogen mich in ihren Bann. Das Gefühl, mitten in diesem Geschehen zu sein, war für mich geradezu greifbar. Und so zuckte ich unwillkürlich zusammen, als ein blutverschmiertes Messer vor meinem Gesicht auftauchte, begleitet von dem hysterischen Geschrei meiner Mutter. Hatte sie Schmerzen? War sie verletzt? Vor wem hatte sie Angst? Wahrscheinlich vor dem Menschen mit dem Messer. Sogar mit großer Bestimmtheit. Aber was war geschehen? Fragen über Fragen, die niemand zu beantworten vermochte. Ab diesem Punkt hatte ich einen Blackout. Wie jedes Mal aufs Neue. Genau die gleichen Bilder in der gleichen Reihenfolge. Mit einem Unterschied, kommt mir in den Sinn, denn ich hatte das erste Mal auf einen Geruch mit einer solchen Attacke reagiert, nicht auf einen Gegenstand oder eine Situation. Triggerreize, nennt meine Therapeutin das. Anscheinend sind sie in vielen verschiedenen Formen vorhanden und treten oft ganz unerwartet auf. Orte, Situationen oder eben Gerüche, wie ich feststellen musste.

Doch dieses Sinnieren bringt mich im Moment nicht weiter, ich muss aktiv werden und mich wieder zusammenraufen. Denn mein Blick auf die Uhr verrät mir, dass ich noch exakt 15 Minuten und 20 Sekunden Zeit habe, bis mein Zug Richtung Norden fährt. Auf keinen Fall will ich den verpassen! Und noch während ich mich hektisch aufrichtete, mich kurz am Automaten festhalten muss, um die Balance zu behalten, und meine Kleider glatt streiche, vernehme ich hinter mir einen kleinen Tumult. Ungewöhnlich sind lautere Unterhaltungen oder aufgedrehte Damengruppen auf einem Bahnhof nicht. Was mich aber stutzig macht, sind die Warnrufe, die durch ein Megafon abgegeben werden. Gespannt blicke ich mich auf der Suche nach der Ursache um, denn von Neugierde bin selbst ich nicht befreit. Was ich aber dann sehe, habe ich nicht erwartet. Mitten in der Bahnhofshalle hat sich ein großer Kreis von mindestens sechs Polizeibeamten gebildet. Sie umrunden etwas Quadratförmiges mit roten Punkten, die fast ein bisschen zu grell sind und in der eher grau gehaltenen Bahnhofshalle auffallend leuchten. Ich kneife meine Augen zu Schlitzen zusammen, um besser sehen zu können und erkenne, mein Herz stolpert, um dann erneut in doppelter Geschwindigkeit weiterzuschlagen, meinen Koffer. Heute geht aber wirklich gar nichts glatt, denke ich. Verdammt, den habe ich in der Aufregung ganz vergessen. Und das soll schon was heißen, denn mein Koffer ist mein ein und alles. Ich habe lange sparen müssen, um ihn mir zu meinem 18. Geburtstag kaufen zu können. In diesem

Koffer steckt mein ganzes Leben. Das heißt, nein! Nicht alles. Hektisch taste ich nach meiner Jackentasche und erfühle ein kleines, dünnes Büchlein. Zumindest das ist noch an Ort und Stelle. Meine Tante Tina, bei der ich seit meinem ersten Lebensjahr, nach dem Mord an meiner Mutter wohne, hat es mir geschenkt, weil sie dachte, dass ich nun alt genug bin, es zu lesen. Es handelt sich dabei um das Tagebuch meiner Mutter, von dem ich bis zu jenem Tag nicht gewusst habe, dass es existiert, aber auf das ich seitdem große Hoffnungen setze. Denn einerseits möchte ich mehr von meiner Mutter erfahren, die ich nie richtig kennen gelernt habe, andererseits habe ich das Gefühl, dadurch einigen meiner Alptraum-Szenarien einen Grund für ihre Existenz geben zu können. Ich frage mich, warum meine Tante nicht schon eher daran gedacht hat, es mir zu überlassen. Vielleicht dachte sie, dass ich die Inhalte nicht würde verarbeiten können, wenn ich noch zu jung bin. Eigentlich habe ich vor, es auf der Zugfahrt zu lesen, denn am Tag meines Geburtstages habe ich keine Ruhe gefunden, um mich damit auseinanderzusetzen. Aber wie es jetzt aussieht, muss erst noch einiges geschehen, damit dieser Wunsch Realität werden kann. Inzwischen kann man von meinem sonst so auffälligen Koffer kaum noch etwas erkennen. Passanten bleiben trotz Warnungen der Polizei stehen und gaffen. Warum nur wird ein so großer Aufstand wegen eines einsamen Koffers gemacht?

„Schon wieder eine Kofferbombe?", fragt eine tiefe Stimme hinter mir. Ich drehe mich blitzschnell um und erblicke einen Mann, schätzungsweise Ende 20, der sich entspannt gegen den Fahrkartenautomaten und in meine Richtung lehnt. „Wie bitte?", krächze ich. Unauffällig versuche ich, mich zu räuspern. Er deutet mit dem Kopf in eine ungefähre Richtung. „Na, da drüben. Die sperren hier doch alles ab."

In Gedanken schlage ich mir mit der Hand gegen die Stirn. Natürlich, wie dumm von mir! Die Polizei muss doch mit etwas

Schlimmem rechnen bei dem, was in letzter Zeit in der Weltgeschichte passiert. Es ist doch dauernd in den Medien von Attentaten an öffentlichen Plätzen, bevorzugt an Bahnhöfen und Flughäfen, berichtet worden. Und bei meinem Glück muss natürlich mein harmloser Koffer mit einer Kofferbombe verwechselt werden. Da der fremde Mann noch auf meine Reaktion wartet, nicke ich nur unbestimmt mit dem Kopf. Zu viele Gedanken drehen sich momentan im Kreis. Allen voran die Fragen, wie ich mich aus der Situation wieder hinauskatapultiere und meinen Koffer zurückbekomme. Denn dass ich das muss, steht für mich außer Frage. Dieser Koffer ist alles, wovon ich je geträumt habe. Freiheit. Unabhängigkeit. Möglichkeiten. Hört sich an wie ein Schlachtruf, denke ich und muss trotz der angespannten Situation ein Schmunzeln unterdrücken.

„Und vor was versteckst du dich?", werde ich in meinen Gedanken unterbrochen. Ich reiße den Kopf zu ihm herum. „Ich verstecke mich vor niemandem. Warum sollte ich denn auch?", antworte ich ihm nicht ganz unehrlich. Stimmt ja auch. Im Grunde genommen sucht mich ja tatsächlich keiner, vor allem nicht die Polizei. Sie würde nur einiges an Aufwand sparen, wenn ich mich zu erkennen gäbe. Aber das ist ja nicht seine Frage, und ich habe auch keine Lust, ihm meine Situation weiter zu erläutern. Ich muss nachdenken, in Ruhe, ohne einen neugierigen Zuschauer unterhalten zu müssen.

„Hey, nicht so bissig. Das sollte ein Scherz sein! Aber so, wie du reagierst, hast du tatsächlich etwas zu verbergen", erwidert er und runzelt angestrengt die Stirn, als versuche er tatsächlich, sich meine verworrene Geschichte herzuleiten. Scherzkeks! Ich habe keine Lust auf eine Unterhaltung dieser Art und drehe mich nun ganz zu ihm um, sodass wir uns frontal gegenüberstehen, um ihn hoffentlich ganz freundlich darauf hinzuweisen. Denn so recht kann ich mich nämlich gerade nicht einschätzen. Als ich so vor ihm stehe, merke ich, dass er gar nicht, wie gedacht, auf Augenhöhe mit mir ist. Meine Augen sind viel mehr auf Augenhöhe seiner Brust, wenn sie welche hätte, was mich kurzfristig ein wenig den Faden verlieren lässt. Nicht, weil sie unbedingt ansehnlich gewesen wäre, sondern eher dem Grund geschuldet ist, dass ich mit einer solchen Nähe nicht gerechnet habe. Anscheinend ist er mir, ohne dass ich es bemerkt habe, einige Schritte entgegengekommen. Warum ist er so aufdringlich? Das ist mir eindeutig zu viel Nähe und so schiebe ich meine Hände schützend vor mich und stelle meinen nötigen Wohlfühlabstand wieder her, sodass ich jetzt sein Gesicht sehen kann. Beziehungsweise das, was nicht von seinem Bart bedeckt ist. Dazu braune Haare, die zu einem kleinen Zopf zusammengebunden sind, und ebenso braune Augen, die schelmisch glitzern, als er auf mich herabguckt. Ich schüttle den Kopf, um mich von seinem Aussehen nicht vom Wesentlichen ablenken zu lassen.

„Wenn du meinst, dass da drüben eine Kofferbombe ist, warum bist du dann noch hier? Solltest du nicht längst das Gebäude verlassen haben?", frage ich, um ihm einen kleinen Hinweis darauf zu geben, dass ich ihn nicht hier haben will. „Nein, ich glaube, wenn es wirklich richtig gefährlich wird, werden wir schon noch dazu aufgefordert", erwidert er. Ist ja wieder klar, dass er den Wink nicht versteht. „Könntest du mich dann trotzdem alleine lassen. Bitte", füge ich der Freundlichkeit halber hinzu. „Ich habe jetzt nicht unbedingt Lust auf ein Gespräch." „Oh wow, das nenne ich eine schnelle Abfuhr." In gespielter Entrüstung zieht er die Augenbrauen in die Höhe. „Dabei sind wir noch nicht mal bis zu den Namen gekommen." Warum klingt er immer noch amüsiert? „Dann werde ich mal gucken, wen ich stattdessen mit meiner Anwesenheit beglücken kann", sagt er im Gehen. Nach ein paar Schritten dreht er sich noch einmal um und ruft: „Ich bin übrigens Piet. Falls du mich doch vermisst und ausrufen lassen möchtest." Nach einem kurzen Grinsen ist er genauso unauffällig verschwunden, wie er gekommen ist. Komischer Kerl, quatscht er einfach so fremde

Leute an. Aber wenn ich nicht in so einer blöden Lage wäre, hätte ich ihn, glaube ich, ganz gern haben können.

Während meiner kurzen Begegnung mit Piet ist nicht sonderlich viel um den Koffer herum geschehen. Weitere Einsatzkräfte sind hinzugekommen und beginnen, den Ort des Geschehens großflächig abzusperren, was meiner Meinung nach bei einer Explosion auch nicht viel bringen würde, aber gut. Ich bin keine Expertin. Piet war zwar eine kurze Ablenkung, doch jetzt, da ich wieder auf mich allein gestellt bin, überkommt mich ein Gefühl der Ohnmacht und Ausweglosigkeit. Ich kann nicht einfach so in die Mitte spazieren und meinen Koffer zurückverlangen. Was soll ich denn sagen? „Entschuldigen Sie, das ist mein Koffer, also könnten Sie ihn bitte nicht sprengen?" Ich kann sowas nicht! Außerdem ist das Risiko, einen weiteren Geruch wahrzunehmen, der mich aus der Bahn wirft, viel zu groß. Und ich weiß nicht, wie mein ohnehin schon überreiztes Gehirn das verarbeiten würde. Es macht mich wahnsinnig, keinen Plan zu haben. Man ist einfach den Gegebenheiten und anderen Menschen ausgeliefert, was mir kein besonders gutes Gefühl bereitet. Und zu allem Überfluss habe ich auch noch den einzigen Menschen, der sich für meine Situation interessiert, weggeschickt. Ich bin einfach zu stur, alles versuche ich selber zu machen, was bis jetzt auch eigentlich ganz gut geklappt hat. Auf mich konnte ich mich immer verlassen, es sei denn, meine Psyche spielt verrückt.

„Mist, Mist, Mist!", fluche ich leise, während ich neben dem Fahrkartenautomaten hin und her laufe. Dabei klopfe ich mir unentwegt auf meine Jackentasche. Das ist eine Angewohnheit von mir, wenn ich erregt bin, obwohl ich dabei aussehen muss wie ein kleiner, aufgeplusterter Vogel auf Speed. Dabei trifft meine Hand jedes Mal etwas, das einen hohlen Ton produziert. Ich brauche ein paar Minuten, um dieses Geräusch einordnen zu können. Das Tagebuch, natürlich!

Zögernd nehme ich es aus meiner Tasche. Hier ist der denkbar schlechteste Platz, um es zu lesen, denke ich. Weit und breit ist nicht mal der Hauch einer Lösung in Sicht, weswegen ich das kleine Büchlein entschlossener mit beiden Händen umfasse. Es ist der einzige Halt, der momentan greifbar ist. Meine Gedanken werden von einem Band der Hilflosigkeit in Schach gehalten, und ich kann kein Bruchstück in meinem Gedankenwirrwarr greifen. Wieder und wieder sehe ich mich dabei meiner Mutter gegenüber. Ein Lächeln auf ihren Lippen gibt mir ein wohlig warmes Gefühl. Ich halte Ausschau nach einem geeigneten Ort, an dem ich mich ihr widmen kann. Merkwürdigerweise empfinde ich die Ecke zwischen Fahrkartenautomat und Geländer, wo ich mich noch vor ein paar Minuten so unwohl gefühlt habe, in diesem Moment als den vertrautesten und geschütztesten Ort in diesem Bahnhof. Beim Versuch, es mir diesmal aber etwas bequemer zu machen, breite ich meine Jacke auf dem Boden aus und drücke mich in die Ecke hinein, bevor ich mir den Umschlag des Buches angucke. Es ist in einen dunkelroten Ledereinband geschlagen und zusammengebunden mit ebensolchen Bändchen. An einigen Stellen ist die dunkelrote Farbe einem blassrosa Farbton gewichen. Ich schätze, dass es durch den ständigen Gebrauch kommt, denn dort ist das Leder leicht angeraut. Tief atme ich ein und fülle meine Lunge mit Luft, um anschließend schnaubend auszuatmen, denn das, was jetzt auf mich zukommt, kann ich nicht im Geringsten einschätzen. Der Inhalt könnte mich überfordern, oder aber, so meine Hoffnung, mich in irgendeiner Weise weiterbringen. Genau das ist auch der Grund, warum ich mich zusammennehme und die erste Seite aufschlage.

Anscheinend hat sie erst mit dem Schreiben angefangen, seit ich auf der Welt bin, denn auf der ersten Seite bin ich abgebildet, oder besser gesagt, ein Miniaturformat meiner selbst. Ich kann nicht viel älter als ein paar Wochen auf diesem Bild sein, denn meine Haut ist noch etwas zerknautscht, und ich sehe noch nicht besonders niedlich aus. Trotzdem löst das Bild etwas in mir aus, was ich nicht zuordnen kann. Das Kind sieht so unschuldig und unverbraucht aus. Emilia Iversen, geboren 5. September 1998, das bin ich. Um diese Bildüberschrift sind lauter kleine Herzchen gemalt, die ich als kitschig empfinden würde, wenn ich nicht wüsste, dass sie von meiner Mutter gemalt wurden, um damit eine tiefe emotionale Verbundenheit auszudrücken. Mit einem Finger streiche ich über die Rillen, die ihr Stift im Blatt hinterlassen hat und kann dadurch fast ihre Nähe spüren. Eine Nähe, die ich noch in keiner Situation so stark empfunden habe und die mir die Kraft gibt umzublättern, um die ersten Seiten zu lesen. Die ersten Seiten, die den Beginn meines Lebens beschreiben und gleichzeitig das Ende des ihrigen ankündigen.

10. September 1998

Meine kleine Emilia ist jetzt seit fünf Tagen auf der Welt. Und was soll ich sagen? Ich bin überglücklich! Wie kann einen das Glück nur einfach so überrollen, ohne es kontrollieren zu können? Jedes Mal, wenn ich ihre kleinen Fingerchen auf meiner nackten Haut spüre, wenn sie auf meiner Brust liegt, bekomme ich an meinem ganzen Körper Gänsehaut. Es erschreckt mich schon fast, dass ich ein so kleines Wesen in so kurzer Zeit in mein Herz geschlossen habe, ohne dass es etwas dafür getan hat. Der Begriff der Mutterliebe wird in diesen Momenten für mich mit ganz neuem Inhalt gefüllt. Sie gibt mir das Gefühl, gebraucht zu werden und, wenn ich ehrlich bin, fühle ich mich ihretwegen nicht mehr so alleine. Und auch wenn mir schon jetzt manchmal die Tage zu lang werden und Emilia manchmal nicht aufhören will zu schreien, bin ich froh, dass sie keine Schäden aus der Schwangerschaft davongetragen hat, so wie die Ärztin vermutet hat. Auch war die Hausgeburt, die ich in jedem Fall haben wollte, nicht so kompliziert, wie die Hebamme meinte. Eine Geburt in einem Krankenhaus, meint sie, wäre in meinem Fall die beste Lösung. Aber dorthin bringen mich momentan keine zehn Pferde. Es war grauenhaft, nach der Attacke von Martin dort eine Zeit lang sein zu müssen, um eine Schädigung meines kleinen Mädchens ausschließen zu können. Ich erinnere mich zwar nur noch sehr dunkel an Einzelheizen, jedoch sind die Gefühle des Verlusts und der Angst weiterhin allgegenwärtig. Mir stößt es immer noch sauer auf, wenn ich daran denke, was Martin mir und vor allem unserer ungeborenen Tochter angetan hat. Lange waren die blauen Flecke seitlich meines Bauchs sichtbar und erinnerten mich an jenen Abend, von dem ich nicht verstand, wie er so hatte ausarten können. Ich kann immer noch nicht nachvollziehen, wie er so einen aggressiven Charakter, ohne dass ich es bemerkt hätte, entwickeln konnte. Warum genau in der Zeit, als Emilia unterwegs war? Hätten wir uns nicht gemeinsam freuen sollen? Oder war er zum Schluss etwa eifersüchtig? Von Martin habe ich seit zwei Monaten nichts mehr gehört - Gott sei Dank! Glücklicherweise hat er sich an die Auflagen des Gerichts gehalten, sich mir nicht mehr nähern zu dürfen. Und auch, wenn ich darüber erleichtert bin, fehlen mir Informationen zu seiner emotionalen Situation. Eine Lücke, durch die das Akzeptieren meiner jetzigen Situation erschwert wird.

Martin? Ist das der Name meines Vaters? Ich habe durch meine Tante keine einzige Information über meinen Erzeuger erhalten. Außer, dass er von Anfang an nicht in meinem Leben sein wollte. Also wäre es sinnlos von mir, den Kontakt zu ihm zu suchen, um hinterher nur enttäuscht zu werden. Warum habe ich nicht weiter nachgefragt? Diesen Fehler muss ich mir wohl selber auf die Kappe schreiben.

Da ich das Gefühl habe, etwas zu verpassen, wenn ich nicht schnell genug weiterlese, blättere ich bis zum nächsten Eintrag weiter, was erstaunlich lang dauert, da die Hälfte des Buchs mit Bildern von mir beklebt ist.

24. Dezember 1998

Ich habe es jetzt schon ewig nicht mehr geschafft, meine Gedanken hier rein zu schreiben, aber ich bin im Moment sehr gut beschäftigt.

Emilia hält mich Tag und Nacht auf Trab. Ich merke, es ist nicht umsonst so, dass ein Kind Vater **und** Mutter hat. Das kann doch niemand alleine stemmen! Glücklicherweise schaut Tina in letzter Zeit öfter bei mir rein. Mein liebes Schwesterchen ist ganz vernarrt in den kleinen Schreihals und umtüddelt sie die ganze Zeit. Ich werde mich sicher später mit einem sehr verwöhnten Teenager rumschlagen müssen. Aber ich will mich nicht beklagen, immerhin habe ich ein Kind. Es kann nicht leicht sein, sich ein Kind zu wünschen, aber von der Natur einen Strich durch die Rechnung gemacht zu bekommen. Dafür liebe ich Tina jedoch umso mehr. Sie macht mir keinen Vorwurf daraus, dass ich diejenige bin, die Kinder bekommen kann, sondern freut sich einfach für mich. Sie ist mein Anker, wenn ich nicht mehr kann, wenn ich einfach nur den ganzen Tag schlafen möchte und mein altes, sorgenfreies Leben zurückhaben will. Aber habe ich mir das nicht selber ausgesucht? Ja, natürlich. Aber trotzdem habe ich es mir anders vorgestellt - familiärer! Ich vermisse Martin. Gerade heute merke ich das. Oder ist es nur die Sehnsucht nach Zugehörigkeit und Unterstützung? Manchmal frage ich mich, ob ich das mit der Erziehung allein hinbekomme. Woher nehme ich das ganze Geld für ihre Ausbildung? Und wo bleibt mein Leben zwischen der ganzen Arbeit, den Windeln und Emilias Bedürfnissen? Bin ich eine gute Mutter?

31. Dezember 1998

Heute geht das Jahr 1998 vorbei. Ich weiß nicht, ob mich das glücklich stimmen soll. Ich muss sagen, ich bin stolz auf mich! Ich kümmere mich seit knapp 3,5 Monaten alleine um meine kleine Tochter und bin überraschend gut aufgestellt. Ich habe mich inzwischen gut organisiert und weiß, welche Signale von Emilia welche Bedürfnisse bedeuten. Zu meinem Glück, denn wie oft habe ich panisch die Hebamme angerufen, weil sich ihr Schreien irgendwie komisch angehört hat? Im Nachhinein wirklich albern von mir, aber wahrscheinlich eine typische Mama-Reaktion.

Bis jetzt habe ich immer noch nichts von Martin gehört. Das sollte mich zufrieden machen, weil das bedeutet, dass er sich an die Auflagen hält. Andererseits kann ich nicht glauben, dass er alles so stehen lässt. Normalerweise kämpft er so lange für eine Sache, bis sie nach seinem Willen durchgesetzt wurde. Sollte mich das unruhig machen?

02. Januar 1999

Es ist tatsächlich das passiert, was ich befürchtet habe! Martin ist am 1. Januar um vier Uhr morgens sturzbetrunken bei mir aufgetaucht. Er wollte Emilia sehen, hat mich angefleht, ihn zurückzunehmen. Er war fast weinerlich und hat bereut, dass er so aggressiv geworden ist. Ich bin mir hundertprozentig sicher, dass da der Alkohol aus ihm gesprochen hat, denn in so einem Zustand habe ich ihn fast noch nie gesehen. Es hat mich erschreckt, ihn so zu sehen, denn gewissermaßen war ich auch schuld daran. Habe ich vielleicht überreagiert, als ich eine Verfügung gegen ihn erwirkt habe? Tina ist unglaublich wütend geworden, als ich ihr meine Gedanken mitgeteilt habe. Sie meint, ich soll mir nicht immer für alles die Schuld geben, und auch wenn ich mich zerstören will, doch bitte an Emilia denken, weil sie mich braucht. Ich wäre emanzipiert genug, ein Kind auch ohne Mann großzuziehen. So wütend war Tina! Im absoluten Ausnahmezustand! Dass sie jedoch auf die Stärke und Unabhängigkeit einer Frau pochte, war nichts Neues. Sie sieht den Mann lediglich als Mittel zum Zweck an. Auch nicht gerade sehr wertschätzend, so von dem anderen Geschlecht zu reden, finde ich.

Jedenfalls habe ich, weil ich nicht weiter wusste, Martin einfach die Tür vor der Nase zugemacht. Er hat noch einige Zeit davor gestanden und laut nach mir und Emilia gerufen, sodass ich mir Sorgen machte, Emilia würde davon aufwachen. Ich hab diesen Vorfall nicht bei der Polizei gemeldet, obwohl die mir gesagt haben, ich soll bei jedem Verstoß sofort Bericht erstatten. Aber in dem Moment war er, glaube ich, keine Bedrohung für uns. Er wirkte doch selber noch wie ein Kind!

Wie leichtfertig von ihr, denke ich. Hatte sie es so ihrem Mörder ermöglicht, in ihre Nähe zu kommen? Denn alles scheint darauf hinauszulaufen, dass mein Erzeuger, ich weigere mich, ihn als meinen Vater zu bezeichnen, nicht unwesentlich an dem Tod meiner Mutter beteiligt war.

15. März 1999

Ich weiß, dass ich sehr unregelmäßig schreibe, aber als Vollzeitmutti muss man jede Minute Schlaf nutzen, die einem geschenkt wird.

Heute Morgen bin ich aber, obwohl Emilia mich nicht geweckt hat, mit einem komischen Gefühl aufgewacht. Vor diesem Tag hat es mir schon eine ganze Zeit lang gegraut. Denn heute endet die Verfügung gegen Martin. Ein halbes Jahr ist erst einmal das Maximum, das verhängt werden kann. Danach kann es nur noch verlängert werden. Was ich ja eigentlich hätte tun können, wenn ich seinen Verstoß an Silvester gemeldet hätte. Was ich damals noch so leichtfertig hab bleiben lassen, fange ich in diesem Moment an zu bereuen. Ich meine, ich brauche mich im Moment vor nichts zu fürchten. Er hat in keinerlei Weise versucht, wieder in Kontakt mit mir zu kommen. Andererseits weiß ich, dass er nicht dumm ist und weiß, dass er sich mit einem Fehlverhalten die eigenen Knochen bricht. Aber ich sollte mich erst einmal zusammennehmen und weitermachen. Wenn ich nicht funktioniere, haben weder Emilia noch ich etwas davon. Es reicht, wenn ich mir dessen bewusst bin und wachsam bin.

Langsam werde ich unruhig. Von diesem Eintrag sind es nur noch sechs Monate bis zu meinem ersten Geburtstag, und ich weiß von meiner Tante, dass ich diesen nicht bei meiner Mutter verbracht habe. Wenn meine Mutter also weiterhin in so großen Abständen geschrieben hat, bleiben mir nur noch wenige Seiten zu lesen. Plötzlich frierend, ziehe ich mir meine auf dem Boden liegende Jacke ein Stück weit den Oberkörper hoch und vertiefe mich in die letzten Seiten.

03. Mai 1999

Die Ereignisse überschlagen sich gerade. Emilia lächelt mich dauernd in ihrer zahnlosen Art an, dass mir jedes Mal ganz warm ums Herz wird. Überhaupt ist sie sehr viel mobiler geworden und dreht sich von der Rücken- in die Bauchlage. Sie sieht dabei ein bisschen aus wie eine kleine Robbe und macht dabei undefinierbare Blubbergeräusche. Gerade findet sie es lustig, Spuckeblasen mit ihrem Mund zu machen. Danach muss ich fast den Body auswringen, weil er so nass geworden ist. Außerdem gibt es Neues von Martin. Tina hat letzten Nachmittag auf Emilia aufgepasst, damit ich ein bisschen Zeit für mich habe. Anscheinend ist Martin bei mir zu Hause aufgetaucht und hat wie besessen an die Haustür gehämmert und nach mir geschrien. Tina hat sich, in dem Versuch so zu tun, als wäre sie nicht da, mit Emilia ins Wohnzimmer gesetzt und dort ausgeharrt. In der Hoffnung, dass Martin dann einfach wieder verschwinden würde. Aber Emilia war es wohl zu laut, und sie hat angefangen zu weinen, wodurch Martin nur noch wütender wurde, weil man ihn ignorierte. Tina meinte, dass das Haus fast gebebt hätte unter seinen Faustschlägen. Ich weiß nicht, in was für einem Wahn er gewesen ist, dass er nicht mehr klar denken konnte. Tina hat es nicht mehr geschafft, die Polizei zu rufen, was aber die Nachbarn für sie erledigt haben. In so einem Fall ist die Neugier von Frau Kleinschmidt ein Segen. Als Martin die Polizeisirenen hörte, hat er die Flucht ergriffen, und die Beamten mussten sich mit dem Bericht meiner Schwester zufriedengeben. Ich weiß gar nicht, ob ich bei so einer Sache auch wieder eine Verfügung beantragen kann. Darüber muss ich mich nochmal informieren. Tina war ganz aufgelöst und hat mich gedrängt, irgendwas zu unternehmen, um Emilia zu schützen. Sie hat mit einer solchen Vehemenz auf mich eingeredet, dass ich mir vornehme, mich noch in dieser Woche um Bewegungsmelder für meine Wohnung zu kümmern, damit ich rechtzeitig gewarnt bin, falls ich unerwünschten Besuch bekomme.

30. Juni 1999

*Ich glaube, Tina wird paranoid! In jeder Situation sieht sie eine Bedrohung für **meine** Tochter. Ich soll möglichst nur noch in Begleitung spazieren gehen, Einkäufe kann sie für mich erledigen, und für den Fall, dass ich in Not gerate, soll ich eine Kurzwahltaste für sie einstellen. Sie meint, dass man Martin nicht mehr einschätzen und dass er jede Gelegenheit nutzen könnte, um mir aufzulauern. Was ich seltsam finde, ist, dass ich mir anscheinend nicht so viele Gedanken mache wie sie. Bedeutet das, dass ich Emilia weniger liebe? In meinen Augen Unsinn, denn ich verlasse mich auf meinen Mutterinstinkt, und der trügt doch recht selten. Ich denke nicht, dass ich zu gutgläubig bin, denn ich verkläre Martin nicht, weil ich ihn einfach nicht mehr liebe. Jedenfalls ist Tina im Moment hier und bringt Emilia ins Bett, während ich mir ein Bad genehmige, was bestimmt sehr wohltuend wäre, würde Tina nicht gerade so einen Lärm veranstalten. Ich höre…*

An dieser Stelle bricht das Tagebuch abrupt ab. Getrocknete Wasserflecken lassen die Worte dieser Seite etwas verschwimmen. Ich schätze, es sind Tropfen ihres Badewassers. Langsam bringe ich das Buch näher an mein Gesicht und atme vorsichtig ein, in dem Versuch, den Geruch ihres Badeschaums wahrnehmen zu können. Doch da ist nichts, was ich durch meine weniger feine Nase hätte erkennen können. Es lässt mich die Wassertropfen unvollkommen wahrnehmen. Wie ihren letzten Satz, durch den ich das Gefühl bekomme, die volle Bedeutung der gelesenen Seiten nicht begreifen zu können. Die im Tagebuch verbleibenden Seiten sind jungfräulich weiß. Nur zwischen dem Buchrücken und der letzten Seite ist etwas eingeklemmt. So klein gefaltet, dass ich vermuten könnte, dass es unentdeckt bleiben soll. Doch nun, da ich einen Blick darauf geworfen habe, zieht mich dieser eigentlich unscheinbar aussehende Zettel magisch an. Ich fixiere ihn mit meinem Blick, so als würde er sich einen Tarnmantel überwerfen und verschwinden können, wenn ich meine Augen abwenden würde. Wie in Trance, greife ich in das Buch und ziehe den Zettel heraus. Das Auseinanderfalten gestaltet sich schwieriger als gedacht, denn meine Finger zittern, als ob sie wüssten, was für eine Bedeutung der Zettel innehat. Da wären sie meinem Kopf auf jeden Fall einen Schritt voraus, denn der begreift erst langsam, um was es sich handelt: ein Brief meiner Tante Tina. Er knüpft praktisch am Ende des Eintrags meiner Mutter an und bringt das zu Ende, für das ihre Zeit nicht gereicht hat. Ich weiß nicht, ob ich überrascht sein soll, dass sie das Buch vor mir gelesen hat, denn meine Tante gehört zu den Menschen, die gerne die Fäden jeglicher handelnden Person auf Erden in den Händen halten. Situationen dem Zufall zu überlassen, kommt für sie nicht in Frage, was vielleicht auch damit zusammenhängt, dass sie meine Mutter und ihre Schwester auf so eine grausame Weise verloren hat. Anscheinend hat sie versucht, meine Mutter vor Martin zu schützen und hat es nicht hinbekommen und wollte diesen Schutz nun auf mich übertragen? Der Brief ist noch nicht alt, datiert auf den 3. September 2016, und ebenfalls mit Wassertropfen übersät. Ihren Tränen?

Meine allerliebste Emilia!
Ich wünsche mir, dass du, wenn du diesen Brief findest, gemütlich in einem Zugabteil sitzt und freudig deinen geplanten Zielen entgegenreist. Ich kann mir vorstellen, was du empfindest, wenn du die Gedanken deiner Mutter liest, denn ich habe sie mindestens genauso sehr geliebt, wie du es tust, obwohl du sie nie richtig kennen gelernt hast. Dass ich das Buch vor dir gelesen habe, war für mich absolut notwendig, denn nur so kann ich dir das, was ich jetzt sagen muss, überhaupt in Worte fassen. Bevor ich anfange, sollst du wissen, dass ich dich wie eine eigene Tochter liebe und immer lieben werde. Doch manchmal entstehen Situationen, die man mit dem gesunden Verstand objektiv betrachtet nicht nachvollziehen kann.

Emilia, du hast deinen Vater nie kennen gelernt. Ich habe dafür gesorgt, dass du das Interesse an ihm verlierst und ihn als den Verursacher für den Verlust deiner Mutter siehst. Aber das ist nicht wahr.

Emilia, ich bin für den Tod deiner Mutter verantwortlich! Ich allein trage die Schuld dafür, dass du dich nie mit deiner Mutter streiten konntest, mit ihr nicht deine ersten Mädchenprobleme besprochen hast und dass du keine klaren Erinnerungen an sie hast. Aber bitte glaube mir, dass ich es nicht mit böser Absicht getan habe.

An dem verhängnisvollen Abend war ich in eurer Wohnung und habe dich ins Bett gebracht, während deine Mutter badete. Als ich mit dir in deinem Kinderzimmer war, habe ich laute Geräusche gehört. Das Zerbersten einer Glasscheibe. Ich war sofort in Alarmbereitschaft, denn ich rechnete jeden Tag damit, dass dein Vater seinen Willen durchsetzt, um dich und deine Mutter zu sehen. Ich habe dich schnell in dein Kinderbett gelegt und mir aus der angrenzenden Küche ein Messer geholt. Ich habe nicht beabsichtigt, es wirklich zu benutzen, das musst du mir glauben! Es sollte dem Eindringling nur als Abschreckung dienen. Im Flur stand ich dann Martin gegenüber. Er hat mich einfach nur angesehen mit seinen glasigen Augen. Wahrscheinlich hat er wieder Alkohol getrunken und zu viel geraucht. Seine Ausdünstungen rochen unangenehm süß. Als er einen wackeligen Schritt auf mich zumachte, habe ich ihn angeschrien, dass er verschwinden soll, dass er hier nichts zu suchen hat. Und er hat nur gelallt, dass ich mich nicht einmischen soll, dass das hier seine Familie ist und ich doch nur neidisch auf deine Mutter wäre, weil ich zu unfähig bin, eine eigene Beziehung zu führen. Dann hat er höhnisch gelacht. Manchmal träume ich davon.

Würde er eine intakte Beziehung mit meiner Schwester führen, wüsste er, dass meine Kinderlosigkeit mehr Gründe hat als einen fehlenden Partner. Doch für solche Informationen war sein Gehirn zu vernebelt.

Dass du anfingst zu schreien, machte es schwierig, mich zu konzentrieren und mir zu überlegen, was ich tun sollte. Ich ging langsam rückwärts, um einerseits Martin nicht aus den Augen zu lassen und andererseits zu dir zu gelangen. Aber bevor ich auch nur einen weiteren Schritt tun konnte, stand deine Mutter, in ein großes Badetuch gehüllt, mit dir in den Armen hinter mir. Du hast noch immer geschrien, ich bin der festen Überzeugung, dass du die Spannungen gespürt hast. Du wurdest mir in die Arme gedrückt, und deine Mutter hat sich Martin gegenübergestellt. Sie war sehr mutig und hat ihm mit ruhiger Stimme gesagt, dass er verschwinden soll und sie andernfalls die Polizei rufen würde. Aber genau das hat ihn nur aggressiv werden lassen. Er ging auf deine Mutter los, griff ihr in die Haare und riss ihren Kopf nach hinten. Ich weiß nicht, was er zu ihr sagte, weil er ihr leise ins Ohr raunte, aber ich konnte an ihrem Gesicht erkennen, dass es etwas Schreckliches sein musste. Sie schüttelte nur immer wieder und wieder den Kopf. Und dann hatte er plötzlich etwas in der Hand, einen Stein, ich weiß nicht, woher er ihn auf einmal hatte, aber er setzte ihn im Gesicht deiner Mutter an und schnitt mit einer scharfen Kante die Wange auf. Ich, ich wusste nicht wohin, und er schnitt einfach immer tiefer, und deine Mutter schrie, und du schriest. Er war wie in einem Wahn und beobachtete fasziniert, wie das Blut immer dunkler und immer mehr wurde. „Lass sie los. Lass sie los!", habe ich immer wieder geschrien. Er hörte nicht. Er konzentrierte sich ganz und gar auf das Muster, das er die Wange hinunter bis zu ihrem Hals in ihre Haut schnitt. Ich habe geglaubt, mein Kopf müsste explodieren. Und dann fing deine Mutter an, nach Luft zu schnappen. Er schnitt in ihren Hals, und ab da setzte es bei mir aus. Ich stürmte mit dir auf dem Arm und dem Messer in der Hand auf Martin zu, um ihn auf irgendeine Weise zu verletzen. In dem Moment machte deine Mutter eine plötzliche und starke Bewegung, mit der sie den betrunkenen Martin aus dem Gleichgewicht brachte. Er fiel, und deine Mutter schützte seinen Körper unabsichtlich mit ihrem Körper. Doch da war es zu spät, um mich zu stoppen. Ich hatte mein ganzes Gewicht in den Stoß gelegt, meine Hand mit dem Messer sauste hinunter und bohrte sich in den Körper deiner Mutter. Ich, Emilia, ich habe es nicht gewollt! Ja, ich war eifersüchtig auf meine Schwester, aber das wollte ich nicht!

Einen kurzen Moment versuchte Martin, das Messer aus ihrem Körper zu ziehen. Dadurch konnte die Polizei Fingerabdrücke von ihm feststellen, und er wurde, auch weil er der Polizei nicht unbekannt war und sich an nichts erinnern konnte, wegen des Mordes an deiner Mutter verurteilt. Das aber nur für sechs Jahre. Verminderte Schuldfähigkeit wegen Trunkenheit. Trotzdem ist er bis jetzt noch nicht wieder auf freiem Fuß, denn er hat sich im Gefängnis nicht gerade vorbildlich verhalten. Du wurdest in meine Obhut gegeben, weil ich die einzige nähere Verwandte war.

Emilia, ich kann nicht sagen, wie sehr es mich schmerzt, dir das angetan zu haben. Ich weiß nur, dass du der Grund warst und immer noch bist, warum ich morgens aus dem Bett steige und den Alltag bestreite. Ich muss nur gestehen, dass ich keinen Tag meines Lebens in ein Sportstudio gegangen bin. Das war nur ein Vorwand, um das Haus zu verlassen und meine Therapiestunden besuchen zu können. Ich habe dich nicht verdient und weiß, dass du jetzt nicht mehr mit mir in Verbindung gebracht werden willst. Du sollst wissen, dass ich meine Schwester sehr geliebt habe. Mir tun all diese Lügen leid.

Ich hoffe, dass du für dich die richtigen Entscheidungen triffst und so ein guter Mensch wirst, wie deine Mutter.

Lebe wohl, Tina

Die letzten Worte kann ich aufgrund der Tränen, die unablässig meine Wangen hinunterlaufen, nicht richtig entziffern. Mein Kopf ist leer. Meine Gefühle flimmern vor meinen Augen in unterschiedlichsten Rotschattierungen. Wut, Verrat, Verachtung sind die ersten Emotionen, die ich benennen kann. Ich frage mich, wie sie die Geschichte so lange unter Verschluss halten konnte. Kann ich wirklich davon ausgehen, dass Tina die Situation damals falsch eingeschätzt hat oder sie aus purer Absicht gehandelt hat? Ändert es etwas an der Beziehung zu ihr? Ja, definitiv! Aber ist meine Mutter deswegen weniger bei mir? Ich kann es nicht mit Gewissheit sagen, aber im Prinzip weiß ich jetzt mehr von ihr, von ihrem Leben.

Ich weiß, dass ich meiner Tante nicht sofort werde verzeihen können, doch ich habe sie als einen liebevollen Menschen kennen gelernt. Ich unterstelle ihr keine bösen Absichten. Ich merke, dass sich meine Wut auf einen Mann richtet, der sich meilenweit von mir in einem geschlossenen Raum befindet und keine Ahnung hat, was in der Realität vor sich geht. Wie es sich anhört, hat er den Bezug zu sich selbst verloren. Und ich habe keinerlei Interesse daran, ihn kennen zu lernen. Ja, er macht 50 Prozent meiner Gene aus, aber ich habe nicht vor, meine charakteristischen Merkmale mit ihm in Verbindung bringen zu wollen. Er ist nicht viel mehr für mich als der Fremde, der er nun mal ist.

Und dann flackert neben den verschiedenen Rottönen meiner Wut ein kleiner Streifen Blau auf. Wie ein Banner, das von einem Flugzeug über den blutroten Himmel gezogen wird. Dieses Bild ist sehr beruhigend und verhindert, dass ich mich in die Wut hineinsteigere, denn das ist eigentlich gar nicht meine Art. Ich will so nicht empfinden.

„Wenn du weiterhin deine Hand so anspannst, ist das Blatt gleich ganz zerknüllt", höre ich die Stimme von Piet von schräg über mir. Sein Timing ist wirklich unschlagbar. Wieder einmal befinde ich mich nicht in der optimalsten aller Situationen, aber daran kann ich auch nicht unbedingt etwas ändern, und so blicke ich auf, um ihn mit meinen vom Weinen geröteten Kaninchenaugen anzugucken. Ich sehe, wie Piet einen kleinen Moment lang stutzt und sich dann neben mich hockt.

„Alles gut mit dir?", fragt er, während er mir unbeholfen die Hand tätschelt. „Ja klar, alles gut, alles bestens", erwidere ich müde. „Ich mach das gerne. Hier sitzen." „Wie wäre es, wenn du weniger sarkastisch bist und mir einfach sagst, was los ist?", schießt er ungerührt meiner Bissigkeit zurück. „Nein! Ich kenne dich nicht, und auch sonst ist alles in Ordnung, danke der Nachfrage." Ich weiß, dass ich es eigentlich besser weiß, doch ich bin nicht bereit dazu, mein komplettes Seelenleben vor einem fremden Menschen in Streifen zu schneiden. Mir einzureden, stark zu sein, ist für mich im Moment die einzige Möglichkeit, auch meinen Geist dahingehend zu manipulieren.

„Meinst du nicht, dass du dir etwas vormachst?", sagt er.

Echt jetzt? Kann er es nicht mal lassen, meine Empfindungen zu scannen? Bestimmt hat er es sich auf seine Lebens-To-Do-Liste geschrieben, Leuten das Leben verbessern zu wollen. Natürlich nur denen, die es nicht wollen. Und ich will es definitiv nicht, weswegen ich mich ungelenk aufrappel und versuche, mein Gesicht nicht schmerzhaft zu verziehen, als ich meinen Sehnen wieder die Möglichkeit gebe, sich zu strecken. Im selben Atemzug steht Piet neben mir, sodass ich nicht mal eine Sekunde meine größenmäßige Überlegenheit auskosten kann. Ist doch klar, dass Männer immer denken, Frauen seien hilfebedürftig, wenn schon die Natur dieser Meinung ist, sinniere ich. Da kann ich auch mit meinem geistigen Genie nichts ausrichten, zumindest nicht, wenn ich emotional so angepikt bin wie eben jetzt. Ich bin aber schon immer schlecht darin gewesen, die Problemlösung anderen zu überlassen. Gar nicht viel anders, als ich es von meiner Tante gewohnt bin, wird mir klar. Ich weiß, dass das auf Dauer ungesund ist, aber trotzdem ist das hier mein Bier, und das muss ich auch alleine trinken. Ich hole tief Luft und schaue Piet fest in die Augen.

„So mein Lieber", sage ich. „Ich weiß ja nicht, was im Allgemeinen und im Speziellen deine Mission mit mir ist, aber ich werde mich jetzt verabschieden." Ich klaube meine Jacke vom Boden und binde sie mir um den Bauch. Das Tagebuch meiner Mutter nehme ich fest in beide Hände. Ich habe das Gefühl, ihre Hände dadurch spüren zu können, die mir die Kraft dafür geben, die ersten Schritte Richtung Polizeiaufgebot zu machen. Ich hoffe, dass das hier nicht allzu bitter wird und keinen schalen Geschmack im Mund hinterlässt.

„Danke, dass du dich kümmern wolltest, aber es ist nicht nötig, ich komme zurecht", sage ich noch, weil ich plötzlich das Gefühl bekomme, nicht gerecht gewesen zu sein.

Und auf einmal erfasst mich ein Gefühl der tiefsten Ruhe und Zufriedenheit. Ist dieses Gefühl real? Ich weiß es nicht mit absoluter Bestimmtheit. Vielleicht spiele ich mir diese Rolle nur gut vor, aber mit Sicherheit kann ich sagen, dass ich jetzt besser weiß, wer ich bin. Ich habe meine Mutter kennen gelernt, und ich fühle, dass ich meine Erinnerungseinbrüche besser in den Griff bekomme. Also ja, ich kann mit Fug und Recht behaupten, dass ich klar komme.

Und noch während ich mir einen Weg durch die Menschenansammlung bahne, mein Ziel stets im Blick, merke ich, wie sich eine Hand in meine schiebt. Auch ohne hinsehen zu müssen, weiß ich, dass es Piet ist. Meine biestige Art hat ihn also nicht abgeschreckt, und er hat sich entschlossen, das Bier mit mir zu teilen. Es freut mich insgeheim, und ehrlich gesagt gibt es mir sogar ein bisschen mehr Mut, meinen Weg fortzusetzen. Gemeinsam gehen wir weiter. Unseren Herzschlag spüre ich an unseren Handinnenseiten, die Betriebsgeräusche der gemeinsamen Existenz.